ちくま文庫

赤い猫

ミステリ短篇傑作選

仁木悦子
日下三蔵 編

JN259239

筑摩書房

本書をコピー、スキャニング等の方法により無許諾で複製することは、法令に規定された場合を除いて禁止されています。請負業者等の第三者によるデジタル化は一切認められていませんので、ご注意ください。

目次

第一部

赤い猫　9
白い部屋　55
青い香炉　103
子をとろ　子とろ　151
うさぎさんは病気　192
乳色の朝　235

第二部

小さい矢　299
早春の街に　346
最も高級なゲーム　385
編者解説　日下三蔵　428

赤い猫

ミステリ短篇傑作選

第一部

赤い猫

1

家中の整頓と掃除を終った時には、日はすっかり傾いて、電灯をつけなければならない暗さだった。

居間の中央に立って、沼手多佳子《ぬまでたかこ》は、周囲を見まわした。シャンデリアの光が、十二畳敷の広さの洋間のすみずみまでを、へんに白っぽく照らし出している。

毛足の長い上質のじゅうたん、マントルピース風にしつらえたストーブ。そのストーブから、遠過ぎも近過ぎもしない位置にぽつんととまっている車いす。だが、その車いすには、もう人の姿はない。車いすのひじかけには、青磁色の大型の鈴がくくりつけられている。冴えた響きをたてる、磁器製の鈴だ。この鈴が鳴るたびに、多佳子は、何をしていても即座に車いすのそばに駈けつけたものだった。

もう、この鈴の音を聞くこともない。

あとすることは、ガスの元栓を閉め、あかりを消し、どっしりした一枚板のドアから出て行くことだけだ。

この大きな邸《やしき》のあるじだった老女には、身寄りがただの一人もなかったという。わずか一年の間ではあったが多佳子が馴れ親しんだこの家は、この先どうなるのだろう？ 競売にでも付されるのか、それとも、住む人もいないまま、荒れ、朽ち果ててゆくのであろうか。――

不意にノックの音がして、一枚板のドアがあいた。

「すっかり片づきましたね。ご苦労さま」

半白の髪をきちんと七三になでつけた背の高い男性である。この家の女あるじの相談役だった弁護士の河崎《かわさき》であった。

「いまやっとお掃除が終ったところですの。河崎さんが来てくださいましたし、これで、わたくし失礼します」

多佳子は、マントルピースの上に置いたショルダーバッグに手をのばした。わずかな身のまわりの物は、新しく借りたアパートに、すでに運び出してあった。

「いや、大林さんのために、よく尽くしてくれましたな。沼手さんにいてもらえて、あの方の晩年は幸せだったと思いますよ。わたしからもお礼を言います」

河崎は、かるく頭を下げた。

「そんなこと。わたくし自身、たのしい毎日を過ごさせていただいたんですもの」

お世辞ではなかった。短いつきあいではあったが、大林郁《いく》とすごした日々の記憶は、一生自分の心に残るだろうと思った。

「ところで沼手さん。まだ一つだけ用件が残っているのです。これをあなたに渡さなければならない」

河崎弁護士は、上着の内ポケットに手をさし入れた。取り出したのはしっかりしたクラフト紙の封筒だった。

「なんですの？」

「大林さんのご依頼で、わたしが保管していたのです。確認してください」

多佳子は、いぶかしげに封筒を受け取り、中身をとり出した。厚手の用箋に見憶えのある震えた筆跡で書かれた文字が、跳ねるように目にとび込んで来た。

遺　言

私、大林郁は、私の所有になる不動産、動産その他一切の物件を、沼手多佳子に遺贈いたします。沼手多佳子は、大林郁の相続人として、これらすべてを相続し……


「これ……これは、どういうわけですか？」

多佳子には、事態がのみ込めなかった。わけもなくうろたえて、河崎の顔をみつめた。

沼手多佳子が大林郁の家に来たのは、ほぼ一年前、春の初めのことだった。当時彼女は、勤めていた小さな印刷会社が倒産して、失業保険で生活していた。バスはなくトイレは共同という四畳半一間のアパートから、いますこしましな住まいに移りたいという夢ははかなく消え、それどころか、食べてゆけるだけの仕事を探すのに必死だった。水商売に世話してくれようとする人はあったが、決心がつかなかった。その職業に偏見をもつのではないが、どう考えても、自分には向かないように思えてならなかったのだ。

勤め先が容易にみつからないのは、不況のせいばかりではなかった。両親がなく、都内に家もない一人暮しの女性には、世間はきわめて冷酷であった。かといって、五歳の時から育てられた伯父の家に、今さら帰ることはできない。彼女を慈しみ、かばってくれた祖母は、中学の頃に病死し、そのあと、何かにつけて恩着せがましいもの言いをする伯父夫妻と我がままで意地の悪い従姉妹《いとこ》たちとの生活に堪えて、ようやく高校を卒業したのだ。恩着せがましくするくせに、多佳子が親から受け継いだはずの東京都内にある家屋は、いつのまにか伯父たちによって、いいように処分されていた。

高校を終えた彼女は、家業の染物屋を手伝えというのを振りきって、東京に職をみつけた。会社が倒産したときには、彼女は二十二歳になっていた。

――話相手の女性求む。

住込・年齢三十歳まで・高給優遇。

当方、一人暮し老婦人――

という広告を新聞でみつけたのは、三月の半ばのある朝だった。

話相手というのは、どういうことをするのだろうか？　外国の推理小説には、よく、体の不自由な億万長者の老人が登場し、主人公である若い女性が話相手として雇われて世界一周旅行に付き添ったりするけれど、日本では、そういう話はあまり聞いたことがない。

まあ、様子を見に行くくらいなら、悪いことはあるまい、と多佳子は考えた。広告主が、男性でなく、「老婦人」とあることも、警戒心を弱める助けをした。

書添えられているナンバーに電話すると、中年の女性と思われる乾いた声が、「明日午後一時から面接をするから、これこれの場所に来るように」と、道順を説明した。東京都下の、中央線の沿線だった。

翌日、指定の場所に出かけた彼女は、目をまるくした。教えられた家は、思いのほかの豪邸だった。古風な煉瓦《れんが》べいに囲まれた数百坪の敷地に、ちょっとバタくさい感じの二階家が建っている。白塗りのテラスなどついて、昔の映画にでも出て来そうな、いかにも古めかしいぜいたくさだった。

五十年輩の、いかつい感じの女が出て来て、応接間に通し、番号を書いた紙きれを渡した。声で、昨日電話に出た人だとわかった。

広い応接間には、すでに三人ほどの応募者が待っていた。多佳子のあとから、また二人やって来た。いかにも怜悧そうなてきぱきした女性や、美貌の女の子を見渡して、彼女は自信を失った。

いかつい感じの中年女性——宝田《たからだ》フジエという家政婦だと、あとで知った。——に番号を呼びあげられた応募者は、順番に奥にはいってゆき、十五分くらいすると出て来て帰ってゆく。

やがて番がきて、多佳子は立って行った。

天井からシャンデリアのさがった居間に、車いすにすわった老女がいた。無表情な目で、じっと彼女を見すえる。居心地のいい雰囲気とはいえなかった。

——なにもかも、外国の小説みたいだ。——と、彼女は思った。「話相手」という言葉を見て想像したような仕事が、現に日本にもあるものらしい。

車いすと並んでソファーにかけている髪に白いものの混った紳士が、氏名や出身地、経歴、趣味などを尋ねた。この男性が、資産の管理を任されている河崎という弁護士であることもまた、あとになって知った。

応募する気になった理由を聞かれて、彼女は、正直に、勤め先の倒産で失業した次第を答えた。

次のテストは、与えられた二、三冊の本の中から、それぞれ十行くらいずつを音読するものだった。俳句の本、旅行記、翻訳ものの推理小説などだったが、読書好きの彼女には、どれもさして難しいものではなかった。

その日は、交通費だけもらって帰った。十日ほどして、採用するむねの手紙が来た。半ば諦めていたので、意外だった。

あの古めかしい邸の中で、陰気な老女のお守りをするのかと思うと、心のはずむ仕事ではなかったが、就職をためらう気持はなかった。ＯＬ時代の二倍くらいの給料の上に、居間と寝室と二部屋もの個室が与えられるのだ。アパートを引き払って大林邸に移ったのは、三月末だった。

郁は、冷たいというのではないが、無口で、とっつきのわるい老婆だった。年齢は七十代の半ばであろうか。資産家の夫に先だたれたあと、数年前脳溢血《のういっけつ》で半身不随になったとかで、自分の足では数歩しか歩けない。ほとんど一日中、車いすにすわっているだけだ。

炊事や掃除洗濯などの家事と、郁の着替えや入浴の世話は、家政婦のフジエがやった。ほかに、雇い人としては、週に一、二回、庭の手入れや外回りの男手の仕事をするじいやが顔を見せる。多佳子の仕事は、車いすを押して庭や付近の静かな道を散歩したり、本を読んで聞かせたり、手紙の代筆をすることだった。郁には身寄りがなく、親しい友人知人もほとんどない模様で、手紙といっても冠婚葬祭に対するあいさつや事務的なものであり、それも大した件数ではなかった。郁は、文字は書けることは書けるが、手が震えるのであった。

生活費は、毎月、弁護士の河崎が自分で届けにやって来た。株の配当金ででもあろうか。フジエの話によると、河崎は、父親の時代から大林家には大変世話になっており、郁も信頼して、細かいことまで任せているのだということだった。

郁は、読書は好きとみえて、新聞の新刊紹介などで見た本を書店に注文して取り寄せ、多佳子に音読させる。本の種類は多種多様にわたり、こんなのが果してわかるのだろうかと思うのだが、郁は何時間でも黙って聞いている。しかし、おもしろい本でも、声をたてて笑ったり、内容について多佳子と話し合うといったことはなかった。

2

多佳子にとって、この郁を見直すような事件が起こったのは、梅雨があけ、暑さが急に訪れた、七月末のことだった。

郁の寝室と隣りあった、自分に与えられた寝室で眠っていた多佳子は、フジエのけたたましい叫び声で目を覚した。

「多佳子さん。起きてください。泥棒がはいったみたいです」

とび起きて、枕もとの時計を見る。六時半だった。朝食の支度などのために、フジエは彼女よりもすこし先に起きるのが習慣になっていた。

「いま、お書斎の窓をあけようと思って行ったら、お部屋が荒らされているの。早く来て見て」

急いで着替えをし、フジエについて書斎にとんで行った。

書斎というのは、家の反対側に位置する十畳ほどの洋間で、郁の亡夫が使っていた大型のデスクや回転いすが、そのままに置かれている。郁が多佳子に手紙を口述筆記させるときなど、この部屋をいまも使うのだった。デスクの上にはアイリスをいけた銅の花びんが載っている。デスクの引出しは、乱暴に引開けられていた。

床には、ブルー地に白の飛び模様のじゅうたんが敷きつめられている。デスクと反対側の壁ぎわには戸棚とサイドボードが置かれ、サイドボードの上に蒔絵《まきえ》の宝石箱が載っている。その宝石箱の鍵が壊されて蓋があき、中身の幾つかが箱の周辺に散らばっているのであった。

「だけど、どこからはいったんでしょうね」

フジエが、うめくように言った。書斎の窓は二つあるが、どちらもよろい戸が閉まって、内側から錠がおりている。ここから侵入したのでないことは明らかである。

「廊下からのドアは、どうなっていたの？」

「そういえば、すこし開いてたわ」

「それじゃ、どこからかはいって、廊下のほうから来たのね」

二人は廊下に出、こわごわあたりを検分した。まさか賊がまだ家の中にいるとは考えられないが、気持のいいものではない。

「あっ、あそこが——」

フジエが浴室のほうを指さして叫んだ。脱衣室と浴室の間は、アコーディオン・カーテンで仕切られている。淡緑色のそのアコーディオン・カーテンが半分ほど引かれ、浴室の中が見える。浴槽のうしろの窓のガラス戸が開いて、外の庭木の青葉が夏の朝日に光っていた。

「多佳子さん。あなた、ゆうべお風呂にはいったとき、窓のねじ錠をはずしたの？　わたしははずしたりしなかったわよ。一番最後にはいったのはあなたよね」

ヒステリックに、フジエがわめいた。

多佳子は息をのんだ。大変なことをしてしまった、という思いで、頭がくらくらした。

この家に来てから――というより、暑い季節になってからだが、多佳子は入浴のとき窓をすこし開けておく習慣がついた。この窓は、外に何本かの雑木が植わっており、その奥は隣家との境の高い煉瓦べいで、人にのぞかれる心配がなかった。邸の構造上、表のほうからぐるっとまわってはいってくることもできないようになっている。つまり、この浴室の窓の外は、小さな裏庭になっているが、そこには、煉瓦のへいを乗り越えない限り誰もはいって来られないのであった。

その習慣がついた最初は、ほんのちょっとしたきっかけからだった。多佳子は、三人の家族の中の最後に入浴することが多く、自分のあと誰も待っていないという気易さから、のんびりと時間をかけて体を洗うのが常だった。この家に来て、とりわけ厭《いや》なことがあるというわけではないが、老体で病身でしかも何を考えているのかわからないこと の多い無表情な女主人に仕えていると、神経の休まるときがなかったし、家政婦の宝田フジエは、必要なことはきちんとするが、それ以外の場で親しみやすい相棒になってくれることはとうてい望めなかった。週一回の休みの日を除くと、ベッドの中と風呂だけが、多佳子の心からくつろげる空間であり時間であった。

ある夜、すこしのんびりとしすぎて湯気に当ったのか、のぼせ加減になった彼女は、浴室の窓をあけて外の空気を吸い込んだ。そのとき、胸の中いっぱいにしみ透《とお》ったのは、ひんやりした夜の空気と、青葉の香りだった。

——ああ、これは。——

多佳子の心は、懐しさに波立った。

彼女が幼い頃住んでいた東京の王子の家では、やはりここと同じように風呂場の窓の外に雑木が植わっていた。その外側は板べいで、そのさらに外はどこかの会社の倉庫なので人通りはなく、ひっそりと静かだった。そこでもやはり、誰かがのぞき込むといった心配はなかったので、死んだ母は、夏には窓をあけ放したまま娘を入浴させた。母に体を洗ってもらいながら幼い彼女は、時刻が早いときは軒に映る夕陽のあかあかとした名残《なご》りを眺め、とっぷりと日が暮れてからは夜風にのってはいってくる青葉のにおいを胸一杯に吸い込んだ。

埼玉の伯父の家に引きとられてからは、窓をあけて入浴するという習慣を忘れた。この家では、風呂場が玄関脇にあって、表通りに面していたのだ。窓は、外から見通せない石目ガラスで、いつもねじ錠がかけられ、外側には頑丈な木格子がついていた。

現代ではおそらく、窓をあけたまま風呂にはいるなどは考えられないことになっているのであろう。窓のない密室状の浴室も多い。大都会の生活では、そのような行為は、不用心というより以上に、みだらな感じさえ伴うのかもしれない。が、古くのどかな時代に建てられた大林家では、風呂場の窓に格子すらついていなかったのであった。

3

家のむこう端のほうで、鈴が鳴っているのが、遠く聞こえた。

「奥様だわ。奥様にお知らせしなくちゃ」

フジエが、あたふたと駈けだした。多佳子も従った。

「なにかあったのかい?」

郁はベッドの上に上半身を起こしていた。隣室に寝ていた多佳子がフジエの呼び声でとび起きたのだから、郁が目を覚さないはずはなかった。

「はい。泥棒がはいりまして、お書斎の宝石を――」

「泥棒? どこからはいったの?」

「お風呂の窓からです。へいを乗り越えて、お風呂の窓からはいったのだと思います」

「ガラスを割って?」

「いいえ。ゆうべ多佳子さんがはいったとき、錠をはずしたままにしておいたのです」

「そうなの?」

郁は射すくめるような視線を向けた。

「よく憶えていません。かけ忘れたのかもしれません」

「あんたは、お風呂にはいるとき、いつも窓を開けるのかい？」

「開けることもあります。でも出る時は必ず閉めて、ねじ錠をかけるようにしているつもりなんですけど」

多佳子が、消え入りそうに言った。

「かけ忘れたに決ってますわ。だって、ほかはどこも、ちゃんと戸締りしたままですもの。警察に電話いたしましょうか」

「ちょっと待ちなさい。わたしが現場を見ます」

郁は、車いすのほうに目くばせした。

フジエと多佳子は、あわてて郁にガウンを着せかけ、車いすにすわらせた。多佳子は、いつものように車いすのうしろに回り、押し手をつかむと、重い足どりで歩き出した。

「はじめに書斎を」

郁が命じた。

書斎に車いすを押し入れると、郁は、軽くうなずいて止めるように合図し、あたりを見まわした。

「引出しを抜いて来ましょうか？」

多佳子がおそるおそる言った。何と何がとられたかは、郁自身が調べなければわからない。

「馬鹿ね。むやみと触ってはいけないのよ。警察が調べるまではね」

フジエが叱った。

郁はそんな二人の言葉など耳にはいらないかのように、じっと室内の隅々にまで目を配っていたが、

「そこへ」

とサイドボードを指さした。多佳子は、車いすを押して行った。手が届くところまで来ると、郁は、宝石箱の中を調べた。フジエが、のぞき込んで、

「何か、ご大切な物が？――」

「ダイヤのブローチ、パールのネックレス、サファイアのイヤリングと、プラチナの指輪」

郁は、スーパーの買物メモでも読みあげるような無表情な声で言った。それから、

「あそこへ」

とデスクを指した。多佳子は、また言われるままに車いすを移動させた。

デスクの上には、文房具、小型の本立て、電卓、民芸風の陶器の灰皿、ティッシュペーパーの箱、花びんなどが載っている。郁は上体をのり出すようにして、それらの品々を眺めた。ティッシュペーパーの箱を取ってのぞいた。中はからだった。花びんのアイリスは、花が傾いて、乱れていた。

「この花は、いついけたの？」

「昨日の午後です。まえのが駄目になりましたので」

フジエが答えた。郁は、細い腕をさしのべて花びんをつかみ、振ってみた。

「水が少いようだね。どれだけはいっているか調べて」

「はい」

多佳子は、花を抜き取り、花びんの中をのぞいた。郁の言うとおり、水の量が少いようだ。が、はっきりどれだけということはわからない。

「灰皿にあけてごらん」

言われるとおりにする。水は灰皿の三分の一しかなかった。花びんにすると、底の二、三センチしか溜《たま》っていなかったことになる。アイリスは水あげのよい花だし、根もとだけは浸っていたので、しおれはしなかったのであろうが。

「多佳子さん。足もとのじゅうたんに触って。濡れているかどうか」

多佳子はしゃがんで、じゅうたんを手でなでまわした。

「濡れていません」

「全然?」

「はい、完全に乾いています」

「では、もう一度あそこへ」

郁は、車いすをまたサイドボードのそばに移動させた。

「下の戸棚をあけて。右のほう」

下の棚には、鉛筆、便箋、ティッシュペーパーなどの予備が保管されている。使っているのがなくなると、ここから取り出し、その分をまた補充しておく決まりになっていた。その中のティッシュペーパーの箱に郁の視線が行った。淡いピンクの紙箱は、封が切られて、同じピンク色の紙の端がとび出していた。

「次は風呂場」

「はい」

じゅうたんを敷きつめた部屋と違って、廊下は滑りがよく、車いすを押すのは楽だ。つき当りを左に曲ると脱衣室と浴室だった。

「ここは、誰か触ったかい？」

「いいえ。そっとそのままにしてあります」

「窓もアコーディオン・カーテンも、このとおりにあいていたのね」

「はい」

「多佳子さん。あんた、ゆうべお風呂から出たとき、窓に錠をおろしたかどうかは憶えていないと言ってたね。では、ガスの元栓は？　それからアコーディオン・カーテンは？」

「ガスは止めたのを憶えています。わたし、栓を止めるとき、口の中で『ガス止めた』と言う癖があるんです。それからアコーディオン・カーテンも確かに閉めました。閉めようとした時、足拭きがはさまったので、しゃがんでそれをどけたのです。だから、ここを閉めたのは間違いありません。でも、窓の錠は——」

「窓の錠は、もうどうでもいいんだよ。この事件のことは、全部わかったんだから」

「わかった？　犯人が？」

多佳子とフジエが同時に叫んだ。

「ああ、わかりました。――フジエさん。わたしは警察に知らせようとは思いません。とった品物をここへ持っておいで。それから、今日限り、辞めてもらわなければならないのは仕方がないでしょうね」

「奥様。なにをおっしゃるんです。わたくしがそんな。……証拠もないのに」

「証拠はあります」

郁の声は低かったが、きっぱりしていた。

「書斎をかきまわした人間は、誤って花びんをひっくり返したのです。もし花びんの口が、机の端から出たならば、水はじゅうたんに吸い込まれたはずです。しかし、じゅうたんは乾いている。ということは、水は机の上にこぼれたのです。しかし、机の上にも溜ってはいなかった。つまり、犯人は、机の上のティッシュを取って水を拭き取った。しかし、ティッシュは残り少くなっていたので、足りなかった。そこで犯人は、サイドボードの下の戸棚の新しい箱の口を切って何枚か出して拭いたのです。外からはいって来た人間なら、そこの戸棚に予備のティッシュがはいっていることを知っているはずがないし、第一、水がこぼれたからといって、拭いたりしないで、放っておくのじゃないかしら」

「でも、それだけで——」

「もうひとつあります。このアコーディオン・カーテンは、中から見て右の端に引手がついています。それなのに、あいていたのは左半分です」

「だって、だってそれは、いつも左側をあけているではありませんか。右からあけると、ちょっとした具合で、ひっかかって開きにくいことがあるので、このお宅では、引手がついていない方を開け閉めする習慣になっていて、みんなそうしているじゃありませんか」

「そう。そのとおりです。だからこそ、外の人間がはいって来たのなら、常識として引手に手をかけて開けるでしょう。ひっかかって開きにくいと言っても、開かないわけではないのだから。多佳子さんは、ゆうべアコーディオン・カーテンは閉めたと言っている。それが開いていたのは、泥棒がお風呂の窓からはいったと見せかけるために、家の中の誰かが開けたのです。窓についても、もともと開いていたのかもしれないし、犯人がわざとねじ錠を外して開けておいたのかもしれないけれど、それは今となっては、どうでもいいことです」

「でも、家の中の人間と言ったって、わたし一人じゃありませんわ。多佳子さんもいるんですし」

「多佳子さんがしたのだったら、お風呂場の窓ではなく、もっとほかの場所からはいったように見せかけたでしょうよ。これでは、ゆうべ一番あとにお風呂にはいった人が、戸締りをしなかったという責任を問われます。窓をこじあけてはいったという状況をこしらえるのなら、ほかにこの家の中にはいくらでも適当な場所はあるはずですよ。あんたは、多佳子さんが、お風呂で窓を開ける癖があるのを知っていて、それを利用しようとしたのでしょう。でも、多佳子さんが窓の戸締りを忘れた夜に限って、泥棒がお隣りの庭からへいをのり越えてはいって来るというのは、すこし不自然ではありませんか?」

フジエは黙り込んだ。顔から血の色が失せていた。

4

宝田フジエが盗んだ宝石類その他を返して出て行ったあと、多佳子のこの家における比重は、当然のことながら大きくなった。庭の手入れに来るじいさんが、新しい通いの家政婦を世話してくれ、掃除、洗濯、買出し等はその女性の役目になったけれど、炊事と、郁の着替えや入浴に際しての手助けは、新たに多佳子の仕事となった。

が、彼女は、べつに不満とは感じなかった。郁がその分給料を上げてくれたこともあるが、この邸《やしき》での生活がおもしろくなってきたためでもあった。

例の事件があってから多佳子は、大林郁という老女に興味を抱き始めていた。老いぼれたように、毛布にくるまって車いすにすわったまま、ろくにものも言わずにいるが、その頭の中身は、どうしてもうろくにはほど遠いらしい。

いままでも、いろいろな本を彼女に読ませて飽きず耳を傾けていたが、ほんとにわかっているのかどうかと、音読していて心もとなくなることがあった。が、いまは、多佳子は自分からこれはと思う本をみつけると買って来て、郁に読んで聞かせるようになった。彼女自身ミステリーは好きだったし、その点で郁とは好みが一致することが多く、彼女が選んで来た本は、たいてい郁の気に入った。

「ねえ奥様。この作品の犯人は、誰でしょうか?」

多佳子は、最近では自分のほうから郁に話しかけるようにもなっていた。口数のすくない郁も、こういう話題だと、

「わたしはAだと思う。Bが犯人だとすると、いろんな点に矛盾が出てくるもの」

などと、結構のってきた。秋から冬の夜長を、二人は犯人あてや、パズルに興じた。

ある夜のことであった。

「多佳子さん。なにを考えているの?」

と、郁に声をかけられて、多佳子はわれに返った。あかあかと、オレンジ色に燃えるストーブを見つめながら、いつのまにか、遠い幼い日を思い起こしていたのだった。

「はい。……いいえ、べつに」

とは言ったが、そのとき彼女の心に、一つの思いつきが浮んだ。他人にほとんど話したことのない幼年時代のことを、郁に話してみようか、と考えたのであった。こちら、と郁のほうを盗み見ると、郁の目もこちらを見ていた。

「多佳子さん。あなたの身の上話をまだ聞いてなかったね。よかったら聞きたいわ」

多佳子は、郁のカンの鋭さに、舌を巻く思いだった。でも、そう言ってくれたおかげで糸口がついて、すらすらと話し出すことができた。

自分が生れたのは、父と母が結婚して三年目とかで、父方の祖父母はもういなかったが、母方の祖母が誰よりも大喜びしたという話。父の覚《さとる》はある出版社に勤めていたが、スポーツ好きで健康そのものと思われていたのに、自分が三歳の誕生日を過ぎて間もなく、くも膜下出血で突然世を去った。そのため写真以外では父の顔を憶えていないこと。幸い、住んでいた王子の家が、父方の祖父から受けついだ庭つきの一戸建てだったので、母の由佳子《ゆかこ》は二階を改築してまかないつき下宿にし、多佳子と二人の生計をたてたこと。——などを彼女は物語った。

「そうして、五つのときまで、その家にいたのですけど、母が亡くなって、埼玉の伯父の家に引きとられました。母は、殺されたんです」

「殺された？」

郁は、驚いて顔をあげた。

「はい、ちょうど今頃——お正月過ぎてすこしたった頃でした。わたしは前の年の春から幼稚園に行っていたのです。その日も幼稚園から帰って、近所の友だちの家に遊びに行き、夕方帰って来ました。そうしたら、母が死んでいたのです」

「あんたが発見したの？」

「はい。でも、その時は、死んでいるということはよくわかりませんでした。バットのような物で後頭部をなぐられたのだという話ですけど、血もほとんど出ていなかったし、母が茶の間に倒れて何も言わないので、病気になったのだと思って泣きながらお隣りに知らせに行きました。あとは、近所の人や親戚が、処理してくれたのだと思います。わたしはすぐに祖母が迎えに来て、伯父の家に連れて行かれ、それっきり王子の家には戻らなかったのです」

「誰に殺されたのか、わかったの？」

「いいえ、わからずじまいです。殺されるような理由がどうしてもみつからないので、通り魔か強盗のしわざだろうということになったらしいのです」

まだ若い未亡人の由佳子には、愛人がいたのではないか。痴情関係のトラブルから殺されたのでは――というのが、捜査の初期における警察の見方だったらしい。が、どんなに調べても、そういう線は浮んで来なかった。

「あの子が、そんなみだらなことをするわけがないよ。それを疑ってかかるなんて」

と、祖母は、多佳子がある程度の年齢に達したとき、そのように言って憤慨《ふんがい》していた。

「十八年も前のことですから、犯人はとてもわからないし、わかっても時効で、逮捕はされないんですね」

どうしようもないこととは思いながら、話し出すとやはり無念な思いがこみあげてきた。幼児を抱えて必死に生きようとしていた若い母が可哀そうでならなかった。

「わからないかもしれない。でも、できるところまで調べてみたら？」

郁が言った。

「できるでしょうか？」

「だから、できるところまでさ。多佳子さん。あんたの知っている限りのことを話してごらん。それを整理してみるのが第一歩だわ」

そう言われると何となく力が湧《わ》いてくる。多佳子は考え込んだ。

「あの頃、わたしたち親子は、さっきも言いましたように、王子で下宿屋をしていました。家は、下が三部屋とお勝手とお風呂で、二階が四部屋、これは人に貸すためにあとから改築したのです。まかないつきと言っても、自炊のできる部屋もあったようです。どんな人が借りていたかは、わたしは憶えていません。母は毎日、早目に買物をして来て、若い人向きの食事を工夫してつくっていたようです。事件のあった日は、正確に言うと、一月の二十二日でした。わたしは幼稚園から帰ると、近所のアパートに住むユミちゃんという子のところへ遊びに行きました。それから、二人でべつの子の家へ遊びに行こうということになりました。二人で連れだって道路を駈《か》けて来たのです。その道は丁度わたしの家の前を通り過ぎるのです。うちの前まで来た時、誰か縁側からおりて、こそこそっと向うへ行ったのが見えました。庭を横切って裏の通りのほうへ出て行ったのです。顔は見えなかったけど、男の人のようでした」

「いまも憶えているの？　その人の体つきなんか」

「ぼんやりとしか憶えていませんけど、青っぽい服を着ていたように思います。多分あれが犯人だったのでしょう。わたしはそのまんま、友だちの所に遊びに行ってしまったんですけど、あとで、わたしがその時刻に男の姿を目撃したということがわかって、警察の人はお菓子を買ってくれたりなんかして、そのことについて話させようとしました。そうしたら、わたしは、『青葉堂のおじちゃんだった』と言ったのです」

「誰だって?」

「青葉堂って、近くにあった本屋さんなんです。そこのおじさんだったと、なぜだかそんな気がしたんです。青葉堂のおじさんは、わたしをかわいがってくれていたし、第一わたしは、その時見た人が母を殺した犯人だなんて考えていなかったので、青葉堂さんに罪を着せようなんて思ったわけではもちろんないんです。ただそんな気がしたので、そう言ったんです」

「で、その本屋さんは犯人ではなかったの?」

「ええ、気の毒に、ずいぶんきびしく調べられたらしいんですけど、はっきりしたアリバイがあったので、違うということがわかったんです」

「近所の人とか、二階に間借りしていた人で、その頃のことをよく憶えているのが誰かいないのかね」

「さあ、わたしも五つの時までしかいなかった町だから。――あ、そういえば一人だけありますわ。その時部屋を借りていた人の中で、女子学生がいたんです。ファッション関係の短大かなんかに行ってたらしいんですけど、駅のそばの洋装店にアルバイトに行って、そこのご主人たちに気に入られて息子さんのお嫁さんになったんです。うちの二階にいた時の苗字《みようじ》は知らないけど、いまは笹岡《ささおか》さんです。笹岡ますみさん。『ぶりあん』ていうお店で、そこのご主人がうちの遠い親戚だそうで、祖母が亡くなった時も、お線香あげに来てくださったんです」

「参考になることが聞き出せるかどうかわからないけど、その人しかないね。多佳子さん。あしたでも、その人に会いに行ってごらん。私は大丈夫だから」

5

王子の駅におりたのは、十八年ぶりだった。多佳子の心のどこかに、この土地を避ける気持があったのだろう。

昔の記憶がおぼろげなので、町の変りようはあまりはっきりしなかったが、「ぶりあん」は、隣りの店を買いとって改装したのか、目を見張るばかりデラックスなショーウインドーを構えていた。

「沼手多佳子さん？　ああ、さとる荘の多佳子ちゃんね。まあ大きくなって」

笹岡ますみは、昔の下宿の名を言って、まじまじと多佳子を見つめた。亡くなった母は、下宿屋を始める時、父の名の覚《さとる》を、そのままつけたのだった。

昔のことをすこし聞きたいのだと言うと、ますみは快く、自宅になっている二階に多佳子を通した。「洋装店のひまな時期でよかった。三月になると急に忙しくなるのだ」と、彼女は言った。四十前後の落ちついた感じの女性で、職業柄、シックな服装をしていた。

「すみません。これ、とらせていただいていいでしょうか。いろいろな方のお話を伺って、母が亡くなった前後の事情を考えてみたいんです」

多佳子は、ショルダーバッグに入れて来た小型のテープレコーダーを取り出しながら言った。自分がメモを取るよりも、証言の一言一句を郁に直接聞いてもらいたかったのだ。

「おっかないわね。まあいいわ。だけど大したことは話せないわよ。わたし自身忘れちゃったから」

ますみは、さほど気にしないふうで、そう言った。多佳子は、まず、あの当時の下宿のことから尋ねることにした。

「そうねえ。さとる荘は、外からの階段と、家の中の階段と二つあって、どっちからも上がれるようになっていたわね。二階は南側が三部屋、廊下をはさんで、北側に一部屋と階段の上り口があったわ。そうよね？」

「ええ、そこらへんのことは大体憶えています」

「そうでしょうね。多佳子ちゃんは、よく二階に遊びに来ていたから」

「あら、わたしが？」

「そうよ。忘れたの？　部屋にはいるわけじゃなくて、廊下で一人で遊んでいるんだけど。——そういえばサンタクロースごっこが好きでね」

「サンタクロースごっこってなんですか？」

「クリスマスにね、お母さんが、多佳子ちゃんを喜ばせようと思って、プレゼントを寝ている部屋の戸口に置いておかれたのね。それがとても気に入ってしまって——いいえ、プレゼントがじゃなくて、サンタクロースが戸口に置いて行ってくれたということがね。そこで、サンタクロースになったつもりで、いろんな物を、二階のわたしたちの部屋のドアの前に置くのよ」

「おもちゃを？」

「おもちゃもあるし、いろんな物。小さい子って、大人の目にはつまらない小石とか、貝殻なんか大事にしているでしょ。どういうわけか、わたしの部屋の前には、よく平たい小石が置いてあったわ。お隣りの三号室の前には、いつも、かわいがっていた猫の縫いぐるみが置いてあるのにね。えこひいきよね」

「へえ。そうだったんですか？」

二人は顔を見合わせて笑った。

「何か聞きにいらっしゃったっていうのに、無駄話をしちゃったわね。ほかにお聞きになりたいのは、どんなこと？」

「どんなって、はっきりとはわたしにも言えないんです。たとえば、あの頃さとる荘にいられた方たちのこととか、母が殺された前後の様子とか」

「待って頂戴。そう言えば、古い日記帖がどこかにあったはずだけど」

ますみは、立って行って、クロース表紙の小さな当用日記を持って来た。

「全部読みあげるのは堪忍してね。プライベートなことも書いてあるから」

しばらくページをめくっていたが、とびとびに読み始めた。

「『一月七日、冬休みもそろそろ終り。東京に戻って来る。おばさんが七草がゆをつくってくださる』――おばさんて、多佳子ちゃんのお母さんよ。考えてみるとまだ若かったのに、わるいわね、おばさんなんて呼んで」

「いいえ」

多佳子は、かむりを振った。思わぬところに母に関する記録が出てきて、懐しさに胸が熱くなった。

「『わたしは、おかゆが好きなのでおいしかったが、一号室の松川さんと四号室の比良《ひら》さんは、ぶつぶつ言って、おもちを焼いて海苔《のり》を巻いたのをつくってもらっていた』――それから次ね。八日、九日、十日にはわたし個人のことしか書いてないわ。『一月十一日。三号室の綿井《わたい》さんが東南アジアから帰って来た。会社の出張で十一月半ばから行っていたのだ。わたしにだけ、木の皮で編んだ敷物をおみやげにくれた。買って来るなら、おばさんや多佳子ちゃんに買って来てあげればいいのに』

『一月十三日。比良さんが、会社の新年会とかで、ひどく酔って帰って、トイレの戸をどんどんたたいたり、大声で歌を歌ったり、大変だった。おばさんが上がって来てたしなめても、女だと思って馬鹿にしているようだ。こういう時、ご主人がいないのを、さぞ辛く思われるだろうと同情した』」

「下宿をやってゆくのは、あれで大変だったのでしょうね。笹岡さん以外は、みんな男性だったんですか？」

「そうよ。日記を読んだら、一人一人のことを思い出したわ。わたしの右隣りの綿井さんと、向い側の比良さんは社会人で、左隣りの松川さんは大学生だったわ。L大の法科だったかしら。度の強い近眼鏡をかけて、神経質そうな人だった。綿井さんは、三十二、三で、ほっぺたに泣きぼくろがあったっけ。片いっぽうの肩をすこし落して、体を傾《かし》げるようにして歩く癖があったわ。比良さんも同じくらいの年で、がっちりした大男だった。普段は陽気で親切なんだけど酒癖が悪くて、みんな持て余していたものよ。――もうすこし先、読みましょうか」

「お願いします」

「『一月十四日。朝、また多佳子ちゃんが、わたしのドアの前におみやげを置いて行った。夕方帰って来ると、持って行ったとみえて、なくなっていた。先だってのクリスマス以来、こんな遊びを考えだしたのだ。ただの平べったい石ころだけど、彼女にとっては宝物なのだろう。わたしも子供の頃こんなことをして遊んだのかしら？』――それから十五、十六、十七、十八とずっとなくて、二十二日だわ、事件のことが出てくるの」

「何て書いてありますか?」

多佳子は緊張した。一月二十二日は、確かに母の命日である。だが、日記には、手がかりになりそうなことは、何も書かれていなかった。『一月二十二日。夕方家に帰って来て仰天した。おばさんが午後、誰かに殺されたといって、警察の人が大勢来て、家の中をひっくり返していた。バットかなにかでなぐられたらしいという。あんなにいい方だったのに。多佳子ちゃんがかわいそう。夜、怖くていられないので、友だちのところに泊めてもらいに行った』というだけの記述である。ますみは、その後数日で、さとる荘を引き払ってよそのアパートに移っている。

「母は、殺されるすこし前に、いつもと変った様子なんかなかったでしょうか? でなければ、笹岡さんに何か話すとか」

「全然記憶がないわ。わたしも昼間は学校だったしね。親しいお友だちにでもお聞きになってみたら?」

そう言われても、多佳子には、母がどういう友人をもっていたか、見当もつかないのだ。母に姉か妹がいれば、もうすこしその方面のことがわかったかもしれないが、あまり人づきあいのよくない伯父のところには、母の旧友などが寄りつくはずもなかった。

これ以上は、得るところもなさそうなので、多佳子は、笹岡ますみに礼を言って、彼女の店をあとにした。もと住んでいた場所へ行ってみたい誘惑にかられた。が、結局それはやめた。さとる荘は、伯父が勝手に売りに出してしまい、その後、取り壊されたという話を聞いていた。

駅の前まで来たときだった。「青葉堂」と書かれた看板が目にはいった。ぱっとしない小さな書店である。

「あの店だわ。例のおじさんのいた――」

多佳子の足がとまった。

店の中には、一人二人の客が立読みしていた。奥のほうに、六十代くらいのやせたばあさんがすわって伝票を調べている。

「ちょっとうかがいますけど」

多佳子ははいって行って声をかけた。ばあさんは、老眼鏡の上からじろりとこちらを見た。

「ずっと前――もう十八、九年も前ですけど、この先に『さとる荘』っていう下宿があったの、ご存知でしょうか？」

「さとる荘、ねえ」

ばあさんは、ちょっと首を傾《かし》げたが、

「さとる荘っていうと、あの、奥さんが殺されたうちじゃなかったかね」

「そうです、そうです」

「そんなら憶えてますよ。あの一件ではなにしろひどい目に遭ったんだからね」

「ひどい目っていうと？」

「あのうちの小さな女の子が、お母さんを殺したのは青葉堂のおじさんだなんて言ったもんでね。おかげで死んだ主人は、警察に呼び出されて調べられてね」

「あら、おじさん亡くなったんですか?」

「六年前に死にましたよ。あんた、うちの人、知ってるの?」

ばあさんには、問題の小さな女の子と、目の前の女性とが同一人物だとは、夢にも考えられない様子だった。

多佳子は、以前近くに住んでいた者だ、と言った。

「おじさんには、いろいろと親切にしていただいたんですの。何のご病気で?」

「心臓の病気ですよ、心筋こうそく。——うちの人は、もともとひ弱くてね。そのうえ戦争にひっぱり出されて、すっかり体を悪くして帰って来たんですよ。結核でね、肋骨《ろっこつ》を五本も切る手術をしたのよ。こっち側の肋骨ね。その頃は、働けないし、子供は小さいしで、大変でしたよ、ほんとに。——年とってからはやっと丈夫になったと思ったけど、やっぱり根は弱かったんだろうね。心臓を悪くして、あっけなく行っちゃった」

「やさしいおじさんだったのに」

「そうですよ。子供好きで、近所の子なんか自分の子みたいにかわいがって。それだのに、あのさとる荘の女の子ったら、うちの人のことを犯人だなんて、憎ったらしい」

「でも、すぐ疑いが晴れたんでしょう?」

「当りまえですよ。あんな仏さまみたいな人が。——それに、あの殺人事件のあった日、うちの人は、親戚の法事で川崎まで行っていたのよ。証明してくれる人はいくらでもいましたからね。警察にとめておかれるようなこともなくてすんだのよ。警察も警察さね。四つか五つの子供の言うことを取りあげるなんて」

「もうずいぶん前になるんですか？　その事件」

「そりゃあそうよ。あれは確か、うちの上の子がお嫁に行った年だから。あら、違うかな？　うちの娘が嫁に行ったのは十月で、さとる荘の事件は確か一月頃だったから、次の年ってことになるんだわね。なにしろあの年は、物騒なことばかりでね。このあたりじゃ火事が続けざまに起こるし」

「火事？」

「放火よ。連続放火っていうのかねえ。頭のおかしいのがいて、火をつけたらしいのよ。夏から十一月頃までに十何件ってあってね、自警団つくって交替で夜まわりしたり大変だったのよ」

「そのほうの犯人は、捕まったんですか？」

「捕まらずじまいよ。でも二、三カ月だけで、寒くなる前には放火もなくなってしまったので助かったわ」

　しゃべりだすととめどもなくしゃべる。

　多佳子は、どっちみち買おうと思っていた新刊の推理小説を一冊買って青葉堂を出た。

6

「もう一ぺんかけてみておくれ。多佳子さん」

郁は、昨夜二回も聞いたテープを、もう一度最初から聞きたがった。テープが回っているあいだ、じっとまぶたを閉じて身じろぎもしない。眠ってしまったかと思うくらいだ。その横顔を眺めながら、多佳子は、郁もやつれたな、とふと思った。自分が最初来た頃とくらべると、ぐっと老い込んだように見える。ことに今日は、顔の色も冴えないようだった。

「多佳子さん。今度は、そのさとる荘の見取図を書いてごらん。思い出せる範囲でいいから」

「はい」

多佳子は、デスクの上に紙をひろげて、図をかいた。うろ憶えの部分もあったが、昨日笹岡ますみと話し合ったことで、記憶がかなり呼び起こされていた。

「下は三間《ま》です。この部屋に、こっち向きに母が倒れていたんです。ここが、わたしの見た男の人が出て行った縁側。ここが階段です。二階は部屋が四つあって、こっちのほうから、松川さん、笹岡さん、綿井さん、比良さんだったらしいです」

「多佳子さんも、小さい頃は、石ころなんか集めたのかねえ」

「さあ、記憶にはないけど、そんなこともあったのでしょうね。どういうわけか、笹岡さんの部屋の戸口には、いつも石ころを置くのに、お隣りのドアには猫のおもちゃを置いて、えこひいきねって笑われました」

「その猫のおもちゃって、どんなのだったの？」

郁は、何から何まで詳しく聞きたがる。

「猫ですか？　縫いぐるみなんです。このくらいの大きさで、真っ赤なシールでできていました。かわいがって、しょっちゅう抱いて歩いていたんです」

「赤猫か。赤猫っていえば、昔は火事のことをそう言ったものよ。若い人は知らないだろうけど」

「火事っていえば、昨日、青葉堂のおばあさんも火事の話をしていました。母の事件があったすこし前頃、連続放火事件なんかもあったんですって。駅の周辺で」

「その話をしなさい。多佳子さん」

郁は、車いすの上で体を起こすようにした。目が怖いように光っている。多佳子は少し気をのまれてうなずいた。

青葉堂のばあさんとのやりとりを、郁はこれも都合三回繰返させた。このほうは、テープをとったわけではないので、話すたびに細部がすこしずつ食い違う。

「正確に。――ちゃんと正確に話して」

郁は、いらだった。

満足のいくまで聞き終ると、郁はしばらく黙然と考えにふけっていた。が、

「わかった」

と、つぶやいた。

「え?」

「わかったよ。お母さんを殺した人間が」

「ほんとですか?」

「ほんとよ。綿井という男。左のほっぺたに泣きぼくろがあるという——」

「どうしてわかったんですか。たったこれだけの話から」

多佳子には、信じられない思いだった。警察が捜査してもわからなかった、それも遠い以前の事件なのである。

「多佳子さんが目撃した、縁側から出て行ったという男、それは二階の三号室にいた綿井だったのよ。まだ小さかったあんたは、それを、青葉堂の主人と見間違えた。でも、それには理由があった。小さくても小さいなりに、よく観察していたのだね」

「理由って?」

「綿井は、片方の肩を落して歩く癖があったと、笹岡さんが言っているだろう? 青葉堂の主人は、結核で肋骨を何本も切ったというわね。肋骨を取った人は、どうしても体をこう傾《かし》げるようにして歩くことが多いものなのさ。体を傾げた歩き方を見て、青葉堂のおじさんだと思ったに違いないわ」

「でも、警察では、二階の下宿の人たちにも当然会って話を聞いたはずでしょう? 青葉堂さんのほうは、署にまで呼んで取り調べているんですよ。歩き方が似ていたら、綿井という人を疑うのが当り前じゃないかしら」

「聞込みの時には、面と向って話すことはあっても、歩きつきを見る機会はあまりないのじゃないかね？　それに、大人には子供と違って先入観があるから、青葉堂の主人が容疑者になり、それが真犯人ではないということに決ると、今度はそれと似た年恰好《かっこう》の人間を犯人として想像してしまうのよ。ところが、この場合には、片方は三十歳ちょっとで、もう片方は結婚した娘さんがいたというから五十代にはなっていたと思うね。こういう場合は、歩きつきというたった一つの点を見逃したら、目撃された男を綿井だと考える根拠がなくなってしまうわけだから。ね？」

「だけど、綿井は、わたしの家の二階に住んでいたわけでしょう。それなら、わたしだって、一目見て二階の綿井さんだとわかるんじゃないかしら？　いくら小さいといったって」

「どうかねえ。サラリーマンだったら、夜にならなければ帰らないし、小さな女の子が顔を合わす機会はあまりないんじゃないかね。それに、綿井は、会社の用で十一月から外国に行っていたというしね」

「では、わたしが目撃した男が、二階にいた綿井で、犯人もその人だとすると、いったい何のために母を殺さなければならなかったのでしょう？　ただの間借人だったんじゃありませんか」

「自分の悪事を、あんたのお母さんに知られたと思ったためさ」

「悪事――って、その人、何かしたんですか?」

「連続放火事件」

「ええっ?」

いくらなんでも、郁の想像は飛躍しすぎる、と思った。しかし、郁は、言葉を続けた。

「そう考えると、話が全部合うんだよ。考えてごらん、多佳子さん。連続放火は、いつ頃あったのだい?」

「夏頃から、秋までだと言っていました。寒くなる前の、十一月――」

「綿井が外国へ行ったのは?」

「十一月の半ばだと――あっ」

「そうだろ。綿井が外国へ行った時期から、放火事件は、ぱったりとなくなった。そして、綿井は一月十一日に帰って来た。綿井は、ある日、自分の部屋の前に、赤い猫のおもちゃが置いてあるのを見て、ぎくっとした。赤猫――火事。これは、ぎくっとするだろうよ。その猫は、いつのまにかなくなったと思ったら、またある日、戸口の前に置いてあった。綿井は、これは自分が放火犯人だということを知っているぞという脅しだと思ったのだよ」

「わたしがサンタクロースのまねをして遊んでいただけなのに?」

「そう。綿井は、さっきあんたが言ったとおり、十一月から外国へ行き、帰って来たばかりだった。あんたが、クリスマスにプレゼントをもらって喜んで、サンタクロースごっこを考え出したということを知らなかったんだよ。丁度その時期にいなかったから。でも、どのドアの前にも、おもちゃが一つずつ置いてあったら、子供の遊びだと気がついたかもしれない。ところが、ほかの戸口には、石ころだの貝殻だのしか置いてなかった。子供には大切な宝物でも、大人——ことに心のきたない大人には、そんなものはゴミと同じで、目にはいらないのさ」

「赤い猫が何度も自分の戸口にだけ置かれるのを見て、怯《おび》えたというわけですか？」

「そう。ところがその猫のおもちゃは、下宿の女の子の持ち物だ。とすると、それを使ってその厭《いや》がらせができるのは、母親以外にはない。母親は、何かの折に自分が放火しているところを目撃して、自分を脅喝しようとしているのだ。と、そう考えて、口をふさごうとしたんだよ」

「ひどい」

多佳子は、くちびるを噛んだ。——じゃあ、わたしが、そんな遊びを考え出さなかったら、母は殺されなかったわけ？」

「あんたのせいじゃないよ、多佳子さん。子供は無邪気にいろいろなことを考え出して遊ぶものさ。それを悪い意味にとるのは、とるほうが悪いんだよ。それだけのことをしてるからだよ」

「その人、いま、どこにどうしているのかしら。わたし、探し出したい。時効になっていて、裁判にはかけられないかもしれないけど、マスコミにでも訴えて、社会的に葬ってやりたいわ」

「気のすむまで、やってごらん。住民票なんかもあるだろうし、どこにどうしているかを探し出すのは、そんなに難しいことではないと思うよ」

郁は、やさしく、しかし疲れた口調で言った。

7

しかし多佳子は、その探索には遂に取りかかれずに終った。郁が、数日後、体の具合が悪いと言って床についたのである。多佳子は、献身的に看護をした。折畳みのソファーを郁の寝室にもち込んで、夜もベッドのそばで眠った。それでも、二十四時間付き添っているわけにはいかないので、磁器の鈴は、車いすから取りはずされて、ベッドのかたわらの小卓に置かれた。

弁護士の河崎が、その月の生活費を届けにやって来た。そういう場合、多佳子は、座をはずして別室でひかえているのが習慣になっていた。財産の管理や、経済的なことについて、郁は、その日にとりまとめて河崎に相談することにしていたのだ。

この日の相談ごとは、これまでになく長時間にわたった。多佳子は、郁の体を気づかって、気が気でない思いだった。

河崎との長時間の面談がさわったのか、郁はその翌日あたりから、めっきりと衰えが目立ち始めた。ただじっと寝ているだけで、多佳子が最初に来た頃のように、口数が少く、ほとんどものを言わなくなった。が、寝ながら彼女を見あげる目はやさしかった。

主治医が、ほとんど毎日診察に来たが、老衰ということで、これといった治療法もなかった。入院させようかという話もあったが、郁自身が、どうしても聞き入れず、また多佳子も、特別の治療をするわけではない以上、できるなら郁の希望どおりにしてやりたいと考えるのだった。

しっとりと春めいた三月のある夜、郁は静かに息を引取った。あと数ヵ月で八十歳になるはずだったと、多佳子は初めて郁の正確な年齢を聞いたのであった。


「でも、どうしてわたしが、遺産を……」

多佳子は、とまどいながら河崎を見やった。それが、現実的にはどういうことなのか、まだはっきりとはのみ込めなかった。

「ここに、べつに、あなたにあてた手紙があります」

河崎は、もう一通の封筒を差出した。「沼手多佳子様」という表書きの文字は、遺言状よりも一層ひどく震えていた。

多佳子さん

長い間、そばにいてくれて、ほんとうにありがとう。たった一年だったとあなたは言うかもしれないけれど、わたしには、それまでの何年間よりも楽しい一年でした。お礼を言います。

お礼とならんで、わたしは、あなたに、お詫びを言わなければなりません。お詫びなどという簡単な言葉ですむものではない、重大なことなのですが。

あなたのお母さんを殺した綿井英太郎という男は、わたしの息子なのです。わたしは、若い頃、綿井という人物と結婚し、男の子を生みました。が、事情があって、綿井と別れなければならなくなりました。その時、英太郎をどうしても引きとりたかったのですが、わたしが健康を害していて療養していたなどの事情もからんで、引きとって育てることが不可能でした。大林と再婚してこの家に来たのは、だいぶあと、中年になってからです。

わたしは、その後も何回か英太郎には会っていますし、あの子がどういう人間に成長したかについても、およそは知っています。あの子は、中学時代に、近所の家に放火して、補導されたことがあります。その後も、会社などでおもしろくないことがあると、この放火癖が頭をもたげ、そのために勤め先を転々と変えたりしました。父親が生きていた時は、莫大なお金を出して、内聞にすませてもらったりもしたようです。

英太郎は、子供の頃、木のぼりをしていて落ちたのがもとで、ほんの少しですが体がゆがみ、片方の肩を落して歩くようになりました。普通の時はわからないのですが、急いで歩いたり、気が高ぶっている時には目立つのです。幼いあなたが目撃した男は、やはり英太郎に違いありません。

そのようなことが、あの子の心をゆがませたのか、それとも、わたしという母親が、去ってしまったことが原因だったのか。今さらそんなことを言っても、どうにもなりませんね。もっとずっと厳しい状況に置かれながら、まっすぐに育っている人は、いくらでもいるのですから。

わたしは、あなたのとって来た録音テープや、聞いて来た話を聞いて、お母さんを殺した犯人は、二階の下宿人の綿井——つまりわたしの息子だということがすぐにわかりました。かりにわたしの息子ではなかったとしても、あれだけの手がかりがあれば、推理はできたと思います。

わたしは、あの推理を、あなたに話そうか話すまいか迷いました。わたし自身としてもあまり話したくなかったし、あなたとしても、幼い時の無邪気な遊びが原因になったと知るのは辛いことでしょうから。でも、わたしがいなくなったあと、あなたがいろいろと調べて歩いたり、一生涯釈然としない気持ですごすのでは、やはりよくないと考えたので、あのように推理して見せたのです。

それでは、あの時に、綿井英太郎がわたしの息子だということも、告白すればよさそうなものだとあなたは思うかもしれません。やはり、自分の息子をかばって、本当のことを言わなかったのだと。——しかし、それは違うのです。わたしは、あの子を今でもいとしいと思っています。でも、そのようなひどいことをしたと知ってまで、息子をかばおうとは思いません。あの子が生きているなら、警察に突き出されるのも止むを得ないと考えます。

そうなのです。あの子は実はもう、この世にいないのです。何年か前に、ガンになって死んだと、わたしは知らされました。河崎さんにお願いすれば、それを証明する書類を取り寄せてもらえるでしょう。英太郎は、自分のした悪事が、永久に誰にも知られることはないと信じて、死んでいったことでしょうよ。

わたしが、あの子のことを打明けなかったのは、このわたしが犯人の母親と知ったら、あなたはこの家を出て行ってしまうだろうと思ったからです。もう長い間ではないのだから、せめて最後まで、あなたにいて欲しいという、わたしの我がままを許してください。

わたしは、自分の持っている物をすべて、多佳子さんに譲ります。これは、お世話になったお礼でもなければ、英太郎のしたことに対するお詫びでもありません。わたしは、あなたが心から好きになってしまって、自分の娘のような気がするのです。それで、プレゼントをしたいのです。遺言状の日付を見ればわかると思いますが、この遺言状を書いたのは二カ月も前のことです。だから今度のこととは関係ないのです。どうぞ受け取ってください。

では、元気で、しあわせに。

郁

多佳子さま

追伸　あんな推理をしなかったら、そして事実を知らなかったら、わたしがもっと元気で長生きしたろうにとは考えないでください。わたしは、どっちみち、もう長くは生きられなかったのです。体の衰えがひどくなり、手紙を書いたり好きな本を読んだりが辛くなったので、誰かをと考えてあなたを雇ったのでした。

「意外だったでしょうね」

と、河崎が言った。

「わたしも先日、奥さんから打明けられた時は驚きましたよ」

「ええ」

多佳子はうなずいたが、

「でも――実の息子さんとは思いませんでしたけど、綿井という人を前から知っていられるのではないかと、ふと思ったことはあります。つっこんで聞くのは何となく怖い気がして、そのままにしてしまったのですけど」

「ほう？　どうして？」

「『左のほっぺたに泣きぼくろのある男……』と、そう言われたのです。笹岡ますみさんは、ただ『ほっぺたに……』と言っているだけで、左とも右とも言わなかったのです」

「ふうむ。なるほど。沼手さんも相当な名探偵だな」

「いいえ。わたしなんか、足もとにも及びませんわ。綿井という人間を知っているいないにかかわらず、あの方の推理は見事でした。──でも」

「でも、何です？」

「あの時、あの方は、綿井英太郎のお母様だということを話してくださってもよかったのです。その事実を知っても、わたしはやっぱり、おしまいまでこの家にいたでしょう。わたしも、あの方がとても好きになっていたんですもの」

多佳子は、手にした封筒に視線を落した。表書きの文字は、震えがわからないまでに、にじんで見えていた。

白い部屋

1

「神保《じんぼ》さん」

私の右隣りの桃井が、ベッドの上にすわって、向いのベッドに声をかけた。

「う？」

返事にもならない返事とともに、神保老人が、書見器の板を押しのけて枕から頭をもたげた。

「神保さんは、警備員をしてたんだって？　会社の？」

「ああ、既製服メーカーの夜警だ」

「じゃあ、その怪我《けが》も、強盗とやりあって？」

「いやいや」

老人は苦笑した。

「ただのぎっくり腰だよ。夜の巡回の途中で階段を踏みはずしたんだ」

六十代半ばには見える年齢である。骨も筋肉ももろくなっているのだろうし、回復も若い者より遅いのか、彼はもうだいぶ前から、この病室に入院しているらしかった。

老人は、再び、仰向けになった顔の上に書見器を持ってきて、読書を続けた。

相手が話にのってこないので、桃井は退屈そうに鼻を鳴らして、ベッドの上にねそべった。三十代のサラリーマンで、会社の野球チームで練習中ボールが当って頭蓋骨にひびがはいったとかで入院しているのだが、自覚症状がなにもないまでに回復しているので、時間をもてあましているふうだった。

と、今度は、隣りの会話に誘われたように、私の向いのベッドの石岡が、

「三影《みかげ》さんよお、眠ってるのか？」

と声をかけてきた。私とは、足と足を向き合わせる位置にいる若い男である。

この部屋は四階の外科病棟の男子の四人部屋で、窓の側に二つのベッドが、そして廊下に近い側にいま二つのベッドが置かれている。私のいる場所は廊下に近い側で、先に言った桃井と神保の二人が窓側である。

南向きなので、冬日がよく当り、白い壁と天井がいやがうえにも白く明るい。このところ冬型の晴天続きで、窓から遠い側の私の位置からも、空が真っ青にひろがって見えていた。

私の向いの石岡は、二十四、五歳のがさつな若者で、運送会社のトラック運転手をしているらしい。というと交通事故を連想しがちだが、ここにはいっているのは盲腸をこ

じらせて腹膜炎を起こしかけたからだそうで、それももうすっかり元気になって、桃井と同じく退屈しきっている様子であった。

「眠ってはいない」

私は、天井を見つめたまま答えた。石岡はのり出すようにして、

「あんた、ほんとは私立探偵なんだって？」

「そうだよ」

事実を隠した覚えはないのだから、ほんともうそもないだろうに、と思いながら私は答えた。

「おれさあ、そのときの新聞見そこなったんだけど、あんた拳銃で撃たれたんだって？胸を」

「ああ」

「かっこいいな」

なにがかっこいいものか。血まみれになって息も絶え絶えにかつぎ込まれて来たときのことを考えると、みじめったらしくて、私自身は思い出したくもないのだ。

「で、撃った相手はどうしたのさ」

「死んだよ」

「撃ち合いやったのかい、すげえな」

「馬鹿な。自分の拳銃の暴発で死んだんだ」

撃ち合いなどやったら銃砲不法所持でぶち込まれることを、この若者は知らないのだろうか。無邪気さと無知に呆《あき》れながら、そんなことをわざわざ説明してやるのはおっくうだった。

この目黒区碑文谷《ひもんや》の救急病院に運び込まれたとき、最初は、次の間つきの最高級の個室に入れられた。いわゆる差額ベッドというやつだ。数日たって、この四人部屋のベッドの一つが空いたと聞いて、私は無理やり希望して、こっちへ移った。自分が経営者でもあれば労働者でもあるしがない一私立探偵としては、傷の痛みよりも財布の痛みがおそろしかったのだ。

弾丸は、左の鎖骨に当って角度を変え、肩寄りの位置にとまっていたという。口径が小さかったのと心臓や肺が無事だったので助かったが、さらに何日か経過したいまも、へたに左腕を動かすと痛みが走るし、長い廊下を洗面所まで歩いて行くのに、途中二度くらいは立ちどまって呼吸を整えなければならないありさまだった。

向いのベッドの石岡は、私がトイレに行くために体を起こすとすぐにとんで来てスリッパをそろえてくれたり、食事のときにはソースやしょうゆをかけてくれたり、うんざりするほどまめまめしい。退屈しきっているため、体を動かすチャンスがあると見ると反射的に行動を起こさずにいられないのだろう。

「じゃあ三影さん。あんた殺された死体なんか見たことあるんだろう?」

「あるよ」

　私は無愛想に言った。なんのために、こんなところでまで他殺死体の話にかかわり合わなければならないのだ？

「すげえな」

と、これは石岡の口ぐせである。

「殺人事件なんて、新聞には毎日ごまんと出ているようだけど、実際にはそうそうぶつかるもんじゃねえもんな。この前うちの近くで人殺しがあったときゃあ、野次馬で大変だったよ」

「人殺しって、誰が殺されたんだい」

桃井がむっくり起き上がった。退屈している同士にとっては、恰好の話題であろう。

「碑文谷一丁目の瀬上《せがみ》って爺さんさ。瀬上志免吉《しめきち》。七十六歳だ」

「聞いたような名だな。そう言えば確かテレビで見た。去年の秋ごろじゃなかったか？」

「それだよ。一人暮しだがどえらい金持ちらしくって、庭なんか、そこらの児童公園くらいあったよ。マイホームふうの庭じゃなくて森みてえにでかい木が茂ってるんだ。そこに時代ものに出てくるような古い家が建ってるんだ」

「詳しいんだな」

　桃井はとうとうベッドを降りて、石岡のそばまで歩いて行った。神保老人は、聞こえているのかいないのか、黙然《もくねん》と読書にふけっている。

「その邸のすぐ向いにえのき荘ってアパートがあって、おれのダチがいるんだよ。よくそこへ遊びに行くんで知ってんだ」

「じゃあその友だちは、真っ先に野次馬になった口だな」

「決ってら。好奇心強い奴だもの。城西大の学生でね。風呂屋で知り合ったんだが、おれの田舎の隣り町から来てることがわかったんだ。それで遊びに行くようになったんだが、そいつの部屋から見ると、まるで森みてえに見えるので、あれなんだって聞いたら、金持ちの爺さんが一人で住んでるって話だった」

石岡自身は、高卒で上京して職を幾つか変えたあと、小さな運送会社に住み込みで働いているらしい。直接聞いたわけではないが一日中することもなく横になっていると、周囲の雑談が自然に耳にはいってくるのだ。事件に巻き込まれて負傷しここへ担ぎ込まれた私だけを例外として、あとの三人は、病院からせいぜい一キロ半の範囲内に住居がある模様だった。神保は、勤め先の会社で怪我をして、一旦はその近くに入院したのだが、家族が看病に通うのに近いほうがよいというのでここへ転院したという。誰しも、特に高度な専門的治療を必要とするのでない限り、自宅から近い病院を選ぶのが自然であろう。

「一人暮しの年寄りじゃ、偏屈爺《じじい》で、近所づきあいなんかもしなかったんだろうな」

「いや、全然しないってんでもないんだ。えのき荘の学生なんかも、結構遊びに行ってご馳走になったりしてたのもいるようだぜ」

「あんたの友だちも、ご馳走になったのか？」

「白井は駄目だ。奴は福島の田舎町の雑貨屋の息子だもの。アルバイトでやっと学校行ってるようなのには、はなもひっかけなかったんだ、あの爺め」

「へえ。じゃどういうのならいいんだい」

「県会議員の息子とか、元華族《もとかぞく》のぼんぼんとか、医者のあとつぎとかそういう連中は可愛がるんだ。だけど、モトカゾクって一体なんだい」

「公爵とか、伯爵とかいう、あの華族だろう。そんなことはいいとして、身内はあったのかい？」

「爺さんの身内か？　孫娘が一人。何とか言ったっけ。あ、菅《すが》悠子だ」

「詳しいんだな。怪しいぜ」

「そんなんじゃねえよ。そんなスケ、顔を見たこともねえや。だけど、何てっても近所で殺しがあったんだもんな。新聞もいろいろ買って切り抜いてみた、白井からも話聞いたしさ。その孫は、親が死んで、大学出るまではあの家で一緒に暮してたそうだ。会社に勤めたら中野のほうにアパート借りて出ちまったんだ」

「ははあ、爺さんと仲わるかったんだな。するとその孫が犯人か。だって、爺さんが死ねば、土地や家は孫のものになるんだろう？」

「チャチな推理すんなよ。べつに仲がわるくはなくて、日曜日なんかときどき帰って来てたようだぜ。それにあんな殺しは、女の子じゃできねえよ」

「あんなって、どんなふうに殺されたんだ？」

「頭をなぐられたとか書いてあった。風呂にはいってるとこをやられたんだ。こん棒かバットか、そんなもんでさ。ほそめの女の子にできる仕事かよ」

「ほそめって、やっぱりあんた知ってるんだろ？　その子を」

「知らねえったら。テレビで、泣いてるとこ見たんだ」

「むきになるとこみると、ますます怪しいぞ。で、殺されただけなのかい？　とられた物は？」

「そこまではわからねえ。新聞には、そんなに詳しくは出てなかった。通いの家政婦かなんかがやって来て、死んでるのを発見したんじゃなかったかな」

石岡と桃井の無駄話は延々と続く。その声が次第に遠のいて、私はいつか眠りに落ちた。

目が覚めたら、桃井のところに面会人が来ていた。というよりも、隣りに面会人が来た気配で眠りを破られたのだろう。面会時間は三時からと決められている。床頭台に置いた腕時計は三時半を指していた。

来ているのは桃井の弟で、二十二、三のひょろりとした若者だった。桃井の家に置いてもらって大学に通っているとかで、時々学校の帰りに、汚れた寝巻などを取りに寄る。桃井のところは共かせぎなので、細君はウィークデーには姿を現わさないのだった。

「なあ晴《せい》ちゃん。去年の秋、一丁目で一人暮しの年寄りが殺されたのを憶えているかい？」

　弟と雑談していた桃井が、ふと思い出したように、さっきの話題をもち出した。

「ああ。お祭りのときだろう？」

「お祭り？　そうだったかな」

「堅木《かたぎ》神社の秋祭りだよ。おれ、あの近くの古本屋へ行ったら、ゆうべ人殺しがあったって話してたんだ。そのとき、神社で太鼓や笛を鳴らしていたよ」

「古本屋でその話をしてたのか」

「そうだよ。古本屋の二階に、出戻りの姉貴とかいう中婆さんが同居してて、殺された家に通いの家政婦で行ってたんだって」

「へえ？　ほんとかい？」

　と、話に割ってはいったのは石岡だ。彼はいつのまにか自分のベッドをおりて、桃井のかたわらに突っ立って兄弟の会話に聞き入っていたのだった。桃井が弟に、

「この人と、さっき、事件の推理をしてたんだ。犯人、まだ捕まってなかったよなあ」

「警察に捕まらないものを、素人がこんなとこで推理したって解決できるもんか。現場に行ったとこで、何カ月もたってちゃ証拠なんか消えちまっているだろ」

「消えちまうかねえ、証拠」

　石岡が言った。

「指紋とか、そういうもんは、どのくらい残るんだろう？　じきに消えてしまうのか

ね」

「さあ」

桃井は、首を傾《かし》げていたが、

「ついた指紋って、何日ぐらい残っているもの？　三影さん」

と私に尋ねた。

「一概には言えないね。数日で薄れてしまうこともあるし、指紋のついた面の材質や、乾いたところ湿ったところなど、条件にもよるからね。アルミニウムの粉末を使う方法で半年くらいたった指紋でも検出できる場合が結構あるし、ニンヒドリンのアセトン溶液を使うのは蛋白質の成分を検出するのだが、これでもかなりよく出るようだ」

「へえ？　そんなに？」

石岡はひどく真剣な表情でつぶやいた。

「晴ちゃん。その古本屋に行って、事件のあった日のことを何でもいいから聞き込んでこいよ。推理する材料に」

桃井は、さっきの石岡との推論の内容を弟に話して聞かせた。

「もの好きだなあ。まあいいや、今夜でも聞いて来てやる」

つり込まれて興味が湧いてきたとみえ、弟はうなずいた。

2

翌日も晴天で、病室の窓には日ざしが明るかった。空の青さが、幾分柔らかみを帯びて、春が近づいているのを感じさせる。

午前九時に病棟勤務の看護婦の交替がある。夜勤からの申し送りや仕事にとりかかる準備のための時間が一時間あって、十時になると検温や注射に回ってくる。

患者たちに人気のある小柄で色白の看護婦が、点滴の道具を持って現われた。壁のやや高い所にとりつけられているフックに、液体のはいったプラスチックの瓶を逆さに吊るす。瓶からは細い管が出ていて、その先端に針がついている。

「よくはいるようになったわね。三影さん」

左腕の下膊部《かはくぶ》をゴム管できつく縛り、手の甲に浮き出した静脈に針を刺すのだが、体が衰弱していたときには血管が収縮していて何回も刺し損なったものが、回復するとともに楽にはいるようになる。人間の体というものは奇妙にできているものである。

そのとき、

「看護婦さん、おれ、今日外出しなけりゃならないんだ」

向いのベッドから石岡が言った。看護婦は振り返って、

「まだ早いんじゃない？　先生に話したの？」

「話してないよ。でもさあ、今日姉貴が田舎から来るっていうんだ。来るっていっても関西へ団体で行くのでさあ、上野に着いて、東京駅から新幹線に乗るんだ。ここまで見舞いに来る時間ないから、できたら会いに来いって言ってきたんだ」

「先生がいって言われたらいいけど。聞いてみるわ」

「頼むよお。何年ぶりかなんだよ」

石岡は、おがむまねをした。

結局石岡の願いは聞き届けられたようだった。昼食のすこし前に、さっきの看護婦が、

「石岡さん、書類書いて出して」

と、所定の用紙らしいものを持って来た。

「外出許可になったからって、お酒は駄目よ。アルコールはまだ許可出てないのよ」

「へいへい」

文字などろくに書いたことはないのだろう。石岡は、一字一字考え込みながら記入している。

「いいなあ。おれも外出願い出すか」

桃井がつぶやいた。神保老人は、読書に飽きたのか、今日は朝から書見器を横に押しのけて、ぼんやり考えにふけっている。

石岡はやがて、パジャマをセーターとジーパンに着替え、ジャンパーをひっかけて出て行った。

その日の午後は、話相手がなくて、桃井は一段と退屈そうだった。折あらば私に話しかけようとする。が、私はとり合わなかった。長時間話すとまだ呼吸が苦しくなるし、そのうえ無性に眠たかった。昼間眠ったからといって夜眠れないということもない。昼

も夜もいくらでも眠れた。回復期にはこうして自然に休息をとり、自然に体力がつくようになっている。これも人間の体のよくできているところだ。

　夜、桃井の弟の晴司《せいじ》がやって来た。

「古本屋に行って、事件のことを聞いて来たよ。おしゃべりな婆さんで、自分のほうからべらべら全部しゃべった。ほら、これ」

　メモ用紙の束を、桃井の毛布の上に投げ出した。

「それにしても見ず知らずのお前によく話したな」

「推理小説を書いて応募するので参考にと言ったら、得意になってしゃべったよ」

　そこへ、部屋のドアを押しあけて、

「ただいまあ」

　と石岡が帰って来た。

「お帰り。姉さんに会えたかい?」

「会えた。乗り換えに一時間ぐらい時間があったからね。――東京駅でみやげ買って来たよ。これなら、皆、食えるだろ」

　石岡は、黄色と淡緑のキオスクの紙包みをとり出し、べりべりと包装を破いた。ビスケットだった。

「弟が、例の事件について詳しく聞いて来たぜ」

「わっ、聞かせてくれ」

石岡は、包装紙を丸めて、そそくさとベッド脇のくず入れに放り込み、財布を自分の床頭台の引出しにしまった。そのとき、手早く枕の下に何かを突っ込んだ。ビスケットを、部屋の全員に一つかみずつ配ってから、桃井のベッドに兄弟と並んで腰をおろした。

「家政婦の婆さんは、中江とみっていうんだ。六十くらいかな。家政婦っていっても何軒かかけもちでやってて、瀬上のところには週二回行くだけだったそうだ」

晴司は、メモをひっくり返しながら説明を始めた。

「瀬上って爺さんは、ちょっとした炊事や風呂たきくらいは自分でやってたそうだ。もっとも風呂たきっていっても、湯わかし器が別にあって、蛇口をひねれば湯が出て、浴槽に入れるだけというやつだったそうだがね。おとみさんは、家中の掃除と洗濯やって、それから食料品をいろいろ買い込んで冷蔵庫に入れとくのが仕事だったそうだ。事件を発見したのは、このおとみ婆さんなんだ」

「事件は、いつだっけ」

「去年の十月十六日の夜だ。堅木神社のお祭りは十六日と十七日の二日間だけど、去年はちょうど土曜と日曜に当ってたんだ。そして十七日の日曜が、瀬上の爺さんの誕生日だったんだそうだ」

「誕生日？　そんな爺さんでも誕生パーティなんてやるのかね？」

「いつもやるわけじゃないけど、その日は七十七とかの祝いをするので、お客が六、七人来ることに決ってたんだそうだ。その準備とか料理をするために、いつも日曜日は来ないおとみさんが、特に出勤するように言われて、午前十時ごろに出て来てみたら、爺さんが風呂場で死んでいた。——というわけさ」

「お客がそんなに来るって、じゃあ結構つきあいも広かったのかな」

「お客といっても、一人は孫で、二、三人は古い知合いかなんかで、あとの二、三人は近所のアパートの学生だったそうだ。爺さんは、孫娘をいいとこの息子と結婚させようと思って、近くの学生たちを物色して、時々うちに呼んだりしていたらしいよ」

「畜生。おれのダチの白井は、一度だって呼ばれたことねえんだ。瀬上のうちに出入りしてたのは、同じアパートの学生でも、山内《やまのうち》とか、牟礼《むれ》とか、沼中《ぬまなか》とか、いいとこのぼんぼんばっかりだったよ。汚ねえの」

　石岡は憤慨に耐えないといった口調だ。

「その学生たちはどういう奴なんだ？　金持ちか？」

　桃井が石岡に聞く。

「山内は北陸のほうの県会議員の息子で、山なんかかなりもってるうちらしい。牟礼は親父の代まで華族だったとか言ってた。特に貧乏でも金持ちでもないみてえだったけど、ともかく毛並みのいいのが爺さんには気に入ってたんじゃねえのかな。沼中は静岡で開業医やってるうちの長男で、医大へ行ってたから、親父のあとを継ぐんだろ。こいつはいちばん金もってて、アパートの横の駐車場にシトロエンなんか入れてやがった。牟礼と沼中は、去年の秋から今までの間に、どっちも契約が切れて、よそへ越しちまった。無理もねえや。いくらもきれいなアパートやマンションが建つもんな。えのき荘じゃ、白井ぐらいがぴったしだよ」

「誕生パーティが、とんだ悲劇に変ったわけだな。で、爺さんはどうやって死んでたんだい？　風呂場でっていうと、はだかでか？」

　桃井が今度は弟に尋ねた。

「当りまえだろ。着物着て風呂にはいる奴があるかい。湯ぶねの外側のすのこの上に、仰向けに倒れていたそうだ。いつも使うヘチマを手につかんだままで。――湯ぶねには、蛇口から湯がじゃあじゃあ出っ放しになって、ふちから流れ落ちていたそうだよ。その湯にたたかれて、血なんかほとんど流れちまっていたようだな」

「ひゃあ、湯わかしボイラーが一晩中燃えっ放しになってたわけか。もってえねえな」

　桃井が大げさに、かくんと体を傾げる。弟はメモ用紙をあちこちめくって見ていたが、

「えーと、それからと、――電灯は家中消えていたが、風呂場だけはつけっ放しになっていたそうだ。おとみ婆さんは、最初見たとき、脳溢血起こしてひっくり返ったのかと思ったらしい。だけど、よく見たら頭に傷があるので、これは足を滑らして湯ぶねの角で頭を打ったんだと考えた。いずれにしても怖くてさわれないので、救急車を呼んだんだって言ったよ」

「ほんとに、それだけのことじゃなかったのか？　脳溢血か滑ったのかは知らないが、

ころんだ拍子に頭ぶつけて死んだんじゃ――」

「いや、警察の調べでは、ころんで打ったにしては、頭の傷がひどい。頭蓋骨がへし折れてひっ込んで、脳までやられているから、これは風呂にはいってるとき、誰かに後から鈍器様の物で強くなぐられたに違いない、と言ってる。ま、兄貴みたいに、硬球の直撃でもへいちゃらの頭なら、死ぬわけないだろうけどさ」

「余計なこと言うな。鈍器様なんて言葉を使うところみると、凶器は見つからなかったんだろうな」

「ああ、どこからも見つかってないようだ。でも他殺には間違いないらしいよ。座敷のタンスや机の引出しやなんか、やたら引っぱり出して、中身をぶちまけてあったって話だ」

「じゃあ、物とりか」

「そこらへんははっきりしないんだ。金とか、その他の物で、なくなったものがあるかと言っても、誰にもよくわからないんだってさ。孫が調べてもわからないって言う。そりゃそうだよな。おれだって、親父とおふくろが一ぺんに殺されたとしたら、家ん中に幾ら金があったのか、そんなことわからねえもんな。ことに孫はよそに住んでたんだし」

「うちん中が、そんなふうになっていたといっても、物とりとは限らねえんじゃないかなあ」

石岡が、いつになくおずおずとした口調で言った。

「そりゃあそうだよな。誰かが爺さんに脅かされてたとか、借金をしてたとかいうことだったら、証拠の書類なんか捜して、かきまわすだろうしな。強盗とは限らないよ。どっちにしろ、おとみさんは、救急車呼んでから座敷が荒らされているのに気がついて、これはただの急病や事故じゃないと思ったら、体ががたがた震えたと言ってたよ」

「で、爺さんが殺されたのは、発見される何時間ぐらい前なんだい？　前の晩の何時ごろ？」

「午後四時から七時ごろの間だって」

「ずいぶん幅があるんだな。いまの鑑識は、もっと詳しいことがわかるのかと思っていたのに」

「普通だったら、もっときちっとわかるそうだけど、何しろこの事件は、熱い湯がじゃあじゃあ溢れて、死体が滝に打たれるみたいに打たれていたし、まあ言ってみりゃお湯の川につかってたみたいなもんだから、はっきりと言えないんだそうだ。何度の湯に何時間つかってたとか、わかってれば計算できるんだろうけどよ」

そのとき、ドアが開いて、看護婦がはいって来た。

「検温のお時間です。面会時間は終了ですよ」

今夜の看護婦は、眉間にけんのあるおっかない眼鏡だった。桃井のベッドをじろっと見て切り口上で告げた。

晴司は、あわてて腰を浮した。

3

翌日は、珍しく雨であった。夜中から降り出した冷たそうな氷雨が、しゃらしゃらというような音をたてて窓のガラスをかすめてゆく。

石岡と桃井は、午前中は例によって、殺人事件のことなどをひっきりなしにしゃべっていたが、午後になると、嬉々《きき》として入浴に行ってしまった。病棟のはずれに小さな浴室があり、男女別に入浴日が決っていて、医師の許可のおりた患者ははいることができるのだ。

二人が出て行くと、部屋はとたんに静かになる。神保は、例によって仰向けになったまま読書だ。

私の床頭台の上にも、友人が見舞いに持って来てくれた本が何冊か積んであるが、読もうという気にもなれないまま、目を閉じて横になっていた。

ふと、人の動く気配がした。私は、薄くまぶたを開いた。神保が、書見器を横に押しやって、そろそろと身を起こしている。対角線に位置するベッドなので、よく見える。

神保は痛そうに顔をしかめながら、起き上がり、床に足をおろした。私は不審に思って、薄目を開けたまま観察していた。彼はトイレに行く以外はほとんど起き上がるということがなく、トイレに立つときでも、石岡か桃井か看護婦が手を貸して、抱えるようにして立たせるのだ。

今日は思いきって一人で行ってみようと考えたのか、とも思われた。が、神保は、そのまま立ち上がろうとはしないで、隣りの石岡のベッドに手をのばした。

私は本能的に目を閉じた。じっと寝息をたてているふりをしていた。このへんで、彼がこちらの様子をうかがうだろうという気がしたのだ。案の定、神保は手をとめて、こちらを振り返った気配だった。それからまた、微かに身動きする音がした。私も再び薄く目をあけた。

神保は、石岡のベッドの枕の下に手を差し入れ、何かを引き出した。小さな紙片のようだった。しばらくそれを見つめていたが、何かもっと捜そうとするようにもう一度枕の下を探った。が、それ以上は何もなかったらしい。吐息が一つ聞こえた。

彼がまた振り返りそうに見えたので、私は寝たふりに戻った。こういうことにはカンが働くのだ。

神保が再び自分のベッドに横たわったとき、私は目をはっきりと見開いた。いつものように書見器を顔の上に移動させようと、腕をのばしかけた彼は、見つめている私と視線が合った瞬間、ぎくっと身を固くした。

「いまのことについて、説明してもらいましょうか」

できる限りおだやかに、しかしうむを言わせない口調で、私は言った。

「申しわけない。つい小遣い銭に困って。——恥かしいことをしてしまった」

神保は、どぎまぎと言った。一瞬真っ赤になった顔が、蒼白《そうはく》に変わっていた。

「ごまかさないでください。神保さんが小銭にまで困っているかどうか、かりに困ったとしても枕捜しをやる人かどうか、一週間同じ部屋にいたらわかりますよ」

神保は一段と青ざめて、怯《おび》えた目で私を見た。

「時間がないから簡単でいい。話してください。小遣い銭なんかじゃなくて、例の殺人事件に関係があるのでしょう?」

「どうしてわかった?」

「大体昨日の石岡君の外出からしておかしい。手紙や電報が来た様子もなかったし、電話連絡があったとも思えないのに、急に姉さんに会うことになったなどと言い出した。東京駅で買ったと言ってキオスクの包みを持って帰ったけれど、あれは必ずしも東京駅でなくても買えるし、包み紙を急いでくず入れに突っ込んだのも怪しいと言えば怪しい。それに、彼は、帰って来たとき、何かを枕の下に隠した。神保さんもそれを見たのでしょう? そもそもですね。あの殺人事件に対する石岡君の関心の深さはちょっと異常です。いくら近所で起こった事件だからといって、被害者の名前から年齢、孫娘の名、現場の状況なんかを、新聞記事を読んだだけであれほど詳しく記憶するのは普通ではない。彼には、あの事件に特に関心をもつ理由がなにかあるのに違いない。桃井君のほうは、釣り込まれて推理ゲームを楽しんでいるとしか思えないが……」

「その理由というのは、なんだと思う?」

「そんなことはわかりませんよ。調べてみたいとも思っていなかった。しかし、いま、もう一つ興味ある点が出て来た。あなたが、石岡君にも劣らないほど、例の殺人事件に関心をもっているという点だ。ことに昨日の石岡君の行動は、あなたにとっては見過ごしにできない重大な関心事であるようだ。なぜ、それほどまでに関心があるんです?」

「あんたは刑事になっていればよかった」

「そんなせりふで、おだてになると思ったら間違いですよ。わたしはべつに、刑事に憧れてなんかいないから」

「おだてではない。わたしは停年まで刑事をやっていたんだ」

神保のくちびるの端がかすかに歪《ゆが》んだ。苦い笑みに見えた。

「あんたになればよかったと言ったが、刑事は辛いばかりで報われない仕事だ。昇進を考えずに仕事一筋にやって来た結果は衣料品会社の夜警だ。息子は警察には入れるまいと思った。息子自身も機械いじりが好きでエンジニアになった。一人息子だ」

「それが」

「息子——得也《とくや》というんだが、これに恋人がいる。本人同士は結婚を考えていたらしい。その相手が、殺された瀬上志免吉の孫娘なのだ」

意外だった。が、頭の中にぱっと何かがひらめいた感じだった。

「神保さんは、あるいは息子さんが犯人なのではないかと……」

神保は仰向けになって、暗い目で天井を見つめていた。

「まさかとは思う。わしもこれまで、あんな事件には関心はなかった。ところが石岡の雑談の中に突然菅悠子という名が出てきて、はっとしたのだ」

「その女性の身もとについては、知らなかったのですか？」

「近くの旧家の娘だとは聞いていた。が、去年の秋、ちょっとしたことがあった」

「というと？」

「息子が、ひどく飲んで荒れたことがあったのだ。わしには言わなかったが、母親に打ち明けたところだと、その恋人の家に初めて遊びに行った。若い二人の気持では、先方の親に得也が会うことで結婚の話をほのめかそうとしたらしい。が、相手の親が――わしは実はこれまで親だとばかり思っていたが、親は死んで祖父だったんだな。その祖父が、『孫は、刑事くずれの守衛の息子などには絶対にやらん。豊かで家柄のよい若者がいくらでもいる』と嘲笑したのだそうだ。得也は、あれでもこの親父に誇りをもってくれていたらしくて、口惜しいと言って母親に泣いたそうだ。その後、その女性との話は聞いていないので、別れたのかと思っていた。改まって問いただす気にもなれなくてな。しかし、殺されたのが、菅悠子の祖父だということになると――」

「そのトラブルがあったのは、事件のどのくらい前ですか？」

「はっきり憶えていないが、犯行が十月十六日だとすると、一週間か、二、三日前だったか」

　神保は、息子が、父を侮辱された怒りから瀬上志免吉を殺害したのではないかと悩んでいる。が、それは父親の感傷であって、動機はもっと汚いものではないだろうか。瀬上志免吉が死ねば、得也と悠子は誰にも反対されずに結婚できるし、さらには莫大な遺産を相続する結果にもなるのだ。いや、神保自身、その辺に気づいていないとは思えない。そのような強力な動機があればこそ、一人息子をも疑わずにはいられないのであろう。

「で、神保さん。枕の下には何があったんです？」

「新聞の切り抜きが四、五枚。事件の報道をたんねんに保存しておる。それと宝くじが一枚」

「宝くじ？」

「ああ。大吉《だいきち》くじというやつだ」

三題話めいた感じだ。

「宝くじは、何のことか、わしにもわからん。三影さん、あんた、石岡の口から探り出してもらえないだろうか。あの男が、なぜあの事件に関心をもっているのか。昨日の急な外出には、何か意味があるのか」

「自分で聞いてみたらどうです？」

「わしにはできん。無理だ」

「さんざん被疑者を取り調べたんでしょう？」

「意地のわるいことを言うな。息子がこの件に関係しているのではと思い始めてから、わしは二十も年をとった気がする」

「聞いてみてもいいですよ。でも、その結果、息子さんが黒だという事実が出てきたらどうします？　それを不問にすることは、わたしとしても……」

「わかる。そこまでしてくれとは言わない。が、もし犯人がほかにあるのなら真犯人が判明することが最上の解決だし、万が一得也がやったのだったら、わしから説得して自首させねばならない。事実はいつか明るみに出る。明るみに引きずり出されるより、自分から自首したほうがいいことは言うまでもないだろう」

　このまま迷宮入りになる場合もあり得るとは考えないところが、元刑事である。

「わかりました。何とか考えてみますよ」

　すりガラスに、ぼんやりと人影が映って、石岡と桃井の話し声と一緒にドアがあいた。てらてらといい血色になった二人が、部屋にはいって来た。

4

　神保に請け合ったものの、この四人部屋では、石岡を問い詰めるチャンスは、なかなか訪れそうもない、と思っていた。ところがそれは、意外に早くやって来たのである。

　前々日、石岡の外出をうらやましがっていた桜井が、自分も外出願いを出して許可になったのだ。この病院では、ある程度よくなった患者には外出や外泊をさせて、普通の生活に体を慣らし、それから退院という段どりにするケースが多いようだった。

桃井は、朝食がすむと、うれしそうに服装を整えて出て行った。

午前中は、検温・点滴などで看護婦の出入りが多く、午後は回診や包帯交換で、部屋が三人きりになったのは夕方近かった。私は向いのベッドに声をかけた。

「石岡君。ちょっとここへ来てくれないか」

「何だい？　用事？」

石岡は気軽く立って来た。

「ちょっとそこへかけろよ」

「何だい、改まって」

石岡の表情に、不安の色が走った。が、逆らおうとはせず、壁に立てかけてある金属製の折りたたみいすを取って開き、腰をおろした。

私は小声で言った。

「あんた、おととい姉さんに会うって外出したけれど、あれ、うそだろ」

「何でそんなこと言うんだい」

石岡は明らかにうろたえた。

「静かに、あそこにいる神保さんだがね。あの人は、元警察官だったんだ。それも刑事だ」

「刑事？」

石岡は、息をのんで、窓ぎわのベッドを盗み見た。神保は、私のまねをして眠ったふりをしている。

「だからあの人には鋭いところがあるんだ。きみが瀬上の爺さんの殺人事件にからんで何か知っているとにらんでいる。神保さんの同僚だった刑事が、前に詳しく話して聞かせたそうで、何かきみの言葉の中に、事件について知っている人間でなければ言えないようなことがあったらしい。僕にはわからないがね」

「そんな……そんなこと」

石岡はがたがた震え出した。

「怖がらなくてもいい。神保さんだって、きみが犯人だなどと思っているわけじゃないんだから。ただ、きみの知っていることを話して捜査に協力してほしいのだそうだ。でも、自分が尋ねるのは気詰まりだろうから、僕から聞いてくれないかと頼まれたんだ。神保さんの同僚だった刑事の話では、きみはおととい、姉さんと会ったりはせずに、住まい、つまり運送会社の寮に帰ったそうじゃないか」

かまをかけたに過ぎないのだが、石岡は一層すくみあがった。

「怖がるなと言ったろう？　僕はべつに警察の人間じゃないんだから。きみが事情を話してくれれば、いくらでも力になるよ。僕がちらと耳にはさんだところでは、事件には宝くじが関係あるとかいうことだが……」

「そんなことまでわかってるのか」

石岡は、私の毛布の上に突っ伏して頭を抱えた。だから、斜めのベッドから神保が頭

をもたげてこっちを見たのには、気づかなかったに違いない。石岡は、頭を抱えたまま、

「三影さん。ほんとに、力になってくれるかい？」

「なるとも。ただし、きみが瀬上の爺さんを殺した当人なのだったら、隠してすむというわけにはいかないがね」

「違う。おれ、爺さんを殺したりしねえよ。あれはほかの奴だ。しかも、誰かがはだかにして風呂に入れたんだ。だって爺さんは、ちゃんと着物着て死んでたもの」

「着物を着て――というと、きみ、現場を見たの？」

石岡は、子供のようにこくこくとうなずいた。

「その話、残らず聞かせてもらおうか。言っとくけど、これが警察の取調べだったら、こんなことじゃすまないぞ。僕みたいに、お手柔らかじゃないからな」

「わかってるよ。全部話すよ」

石岡は身を起こし、気をとりなおしたように話し始めた。

「あれは、十月十六日の夜だった。堅木神社の宵祭りで、太鼓がどんどん鳴っていたよ。おれは、することもないから、祭りの夜店でも見てこようかと思って出かけた。七時ごろだったかな。白井を誘おうかと思ってえのき荘に寄ったけど留守だった。えのき荘の向いが瀬上のうちで、その横にほそい路地がある。そこを抜けると、すぐ神社の横の入口なんだ。で、路地を通って行った。瀬上のうちは、どこも真っ暗で、明かりがついていなかった。裏口んとこまでくると戸が開けっ放しになっていた。木戸っていうのかな。

小さな門があって板の戸がついてるやつさ。それで、おれ――」

　石岡はためらって、言葉を切った。

「話すんだ」

「おれ、わるいことしたと思ってる。だけど、あのときはつい……」

「言いわけはいいから、何をやったんだ？」

「うちん中へ、はいったんだ。うちじゅう真っ暗で、木戸も開いてるから、爺さんはきっと祭りを見に行ったんだと思って」

「何のために、人の家になんかはいったんだ？」

「宝くじ」

「え？」

「おれ、すこし前に、駅のそばで宝くじを一枚買ったんだ。自治体大吉くじっていうやつ。ところが九月末に発表になったら、二番違いではずれだったんだ。せめてもう一番だけあとのやつを買ってたら、前後賞になって三十万円もらえたのにと思うと口惜しかった。瀬上のうちのとこまで来たとき、急にそのことを思い出したんだ。おれがくじ買ったとき、瀬上の爺さんと偶然一緒になった。あっちはおれのこと知らなかったろうけどさ。おれ、続き番号のを二枚買おうかどうしようかと考えて、一枚だけにしておいた。そしたら爺さんが、そのもう一枚を買ったんだ。だから爺さんには、前後賞の三十万円が当ったんだよ。世の中、不公平だとおれ思った。だって、三十万円なんておれには大金だけど、爺さんには小銭みてえなもんだろう？　それなのに金持ちのほうに当りやがるんだからなあ」

「で、そのくじを盗みにはいったというわけか」

「ひょっとそんな気になっちまったんだ。それと、おれ、ポケットに懐中電灯持ってたんだ。前のが壊れちまったので、途中で電気屋で買ったんだ。もしポケットにそれがなかったら、あんなことしなかったかもしれない」

「家の中は真っ暗だったと言ったな。風呂場もかい？」

「ああ、どこもかしこもだよ。おれ、懐中電灯つけて、台所口からはいって行った。ドアじゃなくて、がらがらと引く戸だったよ。台所から、次が茶の間だった。テーブルの上に酒の箱が置いてあった。その次の部屋には机があって、筆立てや帳簿みてえな物があった。何となくここらへんらしいって気がして、机の引出し開けた。指紋がついたらやばいと思ってハンカチを指に巻きつけて開けたんだよ。書類なんかの間にはさまって、宝くじがあった。でも、おれはそれ以外の物には手をつけなかったし、タンスや何か荒らしたりはしなかったよ。くじをポケットに入れて、もう一度茶の間を通って台所から出ようとしたとき、何かにつまずいた。それが爺さんだったんだ」

「じゃあ、台所に倒れていたのか？」

「そうだよ。新聞も家政婦も、はだかで風呂にはいっていたって言ってるけど、うそだよ。黒っぽい着物の上にそでなしを着てた。床の上にすこし血が流れてた。頭の傷はよく見なかった。怖いんで、夢中で外に出て逃げて帰ったんだ」

「で、宝くじはどうしたんだ？　ずっとしまっておいたのか？」

「そうだよ。金は欲しいけど、もしこれが瀬上のうちにあったもんだってわかったら、人殺しの罪までかぶらなければならないかもしれねえ。ほとぼりがさめるように、ぎりぎりまで置いといて、やばくなさそうだったら、引き換えようと思ったんだ。だけど、三影さんに聞いたら、何カ月たっても指紋が検出される場合があるって言ったろう？こりゃやばいと思って、外出もらってうちへ帰って、宝くじをやぶいて捨てようとした。万一調べられたら爺さんの指紋がついているからね。だけどやっぱりもったいなくてここへ持って来たんだよ。病院までは調べねえだろうと思って。でも、もうわかっちまっているんだったら、おれ、どうしたらいいかねえ。警察に自首しなけりゃいけねえんだろうか」

「まあ、その問題はちょっと待てよ。きみはさっき、茶の間に酒の箱が置いてあったと言ったけど、酒の瓶の間違いじゃないのかね」

「瓶じゃなくて箱だよ。段ボールで作った細長い四角い箱で酒の瓶を入れて売ってるやつがあるだろう？　あれが、ちゃぶ台の上に立っていたんだ。『富士乃鶴』と書いてあったから特級だな」

「ふうん。普通自分の家で飲むときは、瓶だけで箱入りは買わないがな」

「あの爺さんは、あくる日七十何歳とかの祝いをする予定だったっていうから、誰かがプレゼントしたんじゃないのかな。でも、どっちみち爺さんは、毒飲まされて死んだんじゃないから、酒が送られて来たことは関係ねえんじゃねえか?」

「べつに殺人に関係あるとは言ってないよ。きみは、爺さんの死体には触ってみたかい?」

「触る気になんか、とてもなれなかった。ただ暗かったので、つまずいたんだよ」

「冷たかったか、温かかったか、わかるかい?」

「すっかり冷たくなっていた。手がちょっと触ったんだ。ぞうっとしたよ」

「大体わかった。きみが今後どうしたらいいかということは、神保さんと相談しておこう。そろそろ食事が来そうだぜ」

廊下で配膳車の音がしていた。石岡は立ちあがった。が、とても食事どころではないような、げんなりした表情だった。

5

二、三日して、桃井と石岡は相次いで退院した。石岡の退院した日は土曜日だった。

その夜、私は、若い女性の訪問を受けた。というよりも、私が電話番号を調べて、病院内の赤電話で呼び寄せたのである。

「菅悠子ですけど」

二十三、四歳に見えるその女性は、病室のドアをはいって来たときから、思いつめたような固い表情をしていた。が、かなり美人で、聡明そうでもあった。石岡の言ったようにほそめで、ＯＬの通勤着らしいツーピースを着ており、全体として堅実な印象であった。

ここに、恋人の父親が入院していることを聞いているらしく、斜め向うのベッドに、ちらと視線を走らせる。神保は窓のほうに向いて、こちらには背中を見せて寝ていた。

「下へ行って話しましょう。エレベーターのところで待っていてください」

彼女が出て行くと、私は起きあがり、パジャマの上に青いガウンを着込んだ。病院の中くらい歩きまわれる程度には回復していた。

一階におりると、外来の廊下には、ほとんど人の姿がなかった。そこの長いすに、私は菅悠子と並んで腰をおろした。

「祖父が殺された事件についてって、どんなお話ですの？」

悠子は、正面を向いたまま、低い声で言った。

「瀬上さんの事件は、家政婦さんの話や警察の発表では、入浴中に殺されたとなっているそうですね。しかし、それはうそだという証言があるんです」

私の言葉は、予期以上のショックを彼女に与えたようだった。体が小刻みに震えだした。

「で、菅さんに、あの日のことを詳しく話してほしいと思って、来ていただきました」

「どうしてわたしが、そんなことをお話ししなければなりませんの？　知ってるわけないでしょうに」

「そういう言い方をされては困りますね。殺されていた瀬上志免吉さんをはだかにして、浴室に運んだのは、あなたなのでしょう？」

悠子は、小さな叫び声をあげそうになったが、手にしたハンカチを前歯で嚙んで、やっと感情を抑えた。

「神保得也君をかばおうとしたのですね。しかし、得也君は、自分がしたと告白したのですか？　それとも、彼が犯人だという、動かない証拠でもあるのですか？」

「そういうものは全然ありません。彼は、自分がしたなどと言ってはいませんし、わたし尋ねてみたこともありません。怖くて、聞けないいんです」

「では、あなたの思いすごしにすぎないかもしれませんね」

「そうですか？　彼ではないんですか？」

悠子は、私にとりすがるように言った。

「まだ確定的なことはいえません。が、わたしには得也君ではないように思えるのです。犯人は、瀬上さんに『富士乃鶴』を贈り物として持って行ったらしい。得也君は、そのすこし前に瀬上さんから嘲笑されて非常に憤慨していたと聞きますが、それが事実なら、酒など持って訪問したというのは、何となくそぐわない感じですね。瀬上さんも、そういう相手が何日もたたないのに贈り物を持って来たら、警戒するんじゃないでしょうか？」

「そういう見方もあるんですわね。わたしはもう、頭から彼がしたことと決めてかかってしまったので、お酒の箱に彼の指紋が残っているといけないと思って、細かくやぶいてごみのバケツに入れてしまいました」

「『富士乃鶴』は、瀬上さんが好んでいられた銘柄なのですか？」

「はい。これは甘くなくていいと言っていました」

「得也くんは、そのことを知っていましたか？」

「祖父が『富士乃鶴』を喜ぶということをですか？　知らなかったんじゃないかしら。わたしが話さない限り知れるとは思えないから。知らなかったとしたら、あれは彼ではないわけだわ。ね、そうでしょ」

「まあ、そう話を急がないで。あなたは何時ごろおじいさんの家に行ったんです？」

「七時すこし過ぎでした。家の中は真っ暗でした。留守かと思いましたが、合かぎを持っているので、玄関をあけてはいりました。茶の間の明かりをつけると、黒檀《こくたん》の座りテーブルの上に『富士乃鶴』の箱が立っていました。それから台所に行ったら、祖父が仰向けに倒れていました。頭をなぐられたらしく、血が流れて、固まりかけていました。びっくりしてゆすぶってみたのですが、完全に冷たくなっていました」

「それであなたは、得也君が犯人だと思ったわけですか」

「ええ。そうとしか思えなかったのです。その三日ほど前、彼を祖父の家に連れて行ったら、祖父がとてもひどいことを言ったのです。彼は席をたって帰ってしまい、口惜し泣きに泣いていました」

菅悠子は、祖父をはだかにし、浴室までひきずって行った。浴槽のすぐ外側に、倒れたように寝かせ、湯を出しっ放しにした。うまくいけば、浴室でころんで頭を打った事故死とみなされるかもしれないし、それでなくても死亡推定時刻があいまいになれば、それだけ捜査は困難になる、と思ったという。台所の床についた血は、乾きかけていたが、ぞうきんをぬらして懸命に拭きとった。ビニールタイルが貼ってあったので、案外きれいに取れたという。ぞうきんは、あとで持って出て、帰る途中で捨てた。

彼女はまた、物とりの仕業に見せかけようと、座敷のタンスの引出しなどをかきまわし、中身をぶちまけた。

「その夜、おじいさんの家に行かれたのは、何のためだったんですか？　何か用があって？」

「はい、その翌日が、祖父の喜の字の祝いで、わたしにも来るようにと言われていました。でも、わたしは厭《いや》でした。お祝いはいいのですが、祖父は、お祝いにかこつけて、自分の気に入るような青年たちを呼んでわたしと近づけ、結婚相手に決めようと考えていたのです。わたしは、『結婚の相手は神保得也さん以外にはない。彼との結婚を認めてくれないのだったら、明日のお祝いにも出席しないし、二度とこの家にも来ない』と、はっきり言おうと思って、あそこに行きました。そうしたら、あんなことになっていたのです。得也さんとのことは、わたしが自身祖父の納骨とか遺産相続の手続きとかで忙しく、何となく保留というようになっています。でも、そういうことよりも、ほんとはわたし自身どう考えたらいいのかわからなくて悩んでいるのです」

「その喜の字の祝いですが、どういう人が招かれていたか、わかりますか?」

「大体わかります。まず祖父の古い知合いで、笹塚《ささづか》さんという、もと陸軍の軍人さんだった方と、城間《しろま》さんというおばあちゃん、この方は、むかしどこかいいおうちの小間使いをしていられたそうです。それと、近くの学生の人が三人。みんな祖父のお好みに合うような青年たちなのです。それとわたしと、そのくらいじゃなかったかしら」

「もひとつ聞きたいんだけど、あなたはさっき、『富士乃鶴』の箱をごみバケツに捨てたと言いましたね。では、酒そのものはどうしたのです? 酒も捨てたんですか? 瓶も?」

「お酒は——はいっていませんでした」

「はいっていなかった?」

「はい。空箱《あき》だったんです。わたし、あのときはそんなことまで考えられなかったんですけれど、そういえばお酒の瓶はどうしたのかしら。祖父が、おかんして二人で飲むつもりでお勝手に持って行ったのでは。——でも、それもおかしいわ」

「おかしいというと?」

「事件のあと、中江さんという家政婦さんが『お通夜なんかのために、すこしはお酒も用意しなければならないのに、切らしてしまっている。酒屋に電話しなければ』と騒いでいましたもの」

「一方でわかってきたことがあるかと思うと、一方では新しいなぞが出てくる。ともかく、もうすこし考えてみますよ」

「お願いします」

悠子は、立ち上がった。が、何か言いかけて口ごもった。

「何ですか？」

「あの、わたしがあの夜、あの家に行ったこと、どうしてわかったのでしょう？」

不思議そうな表情に、私は思わず笑った。

「それはわかりますよ。浴室に倒れていた被害者は、いつもするようにヘチマをにぎっていたという。ところが、被害者が、ちゃんと着物を着て台所に倒れていたのを見た者がいるのです。となると、被害者は、はだかにされて浴室に運ばれたのに違いない。運んだ人間はその手に、ふだんの習慣どおりヘチマを持たせた。そういう習慣を知っていたのは、家政婦を除けばあなたしかいないじゃないですか」

悠子は、びっくりしたように、私の顔を見つめた。それからもう一度、

「お願いします」

と頭をさげて、病院のホールを横切って出て行った。

6

四階までエレベーターで上がり、自分の部屋に向って歩いていると、すれ違った看護婦が、

「三影さん、面会の方がお部屋で待っていられるわ」

と言った。

「だいぶ前に来たんですか？」

「いいえ、つい今しがたですよ」

病室に戻ると、私のベッドの脇に、見知らぬ若い男が腰かけていた。ひざにレインコートを丸めて置いている。

「三影さんですか。白井といいます」

立ち上がってあいさつした。田舎ふうの人のよさそうな青年だった。

「石岡君に言われて。三影さんが何か僕に聞きたいことがあるとかって——」

「いやあ、こんなにすぐに来てもらえて、ありがとう。下へ行って話しますか」

もう一度、下の外来の長いすに逆戻りだった。さすがにすこしばてていた。が、せっかく来てくれたものを、また今度というわけにはいかない。病院という所は、夕食が馬鹿馬鹿しく早いので、夜が長い。消灯も、一般社会の生活から考えると早いのだが、それでも夜の時間はもて余すくらいある。壁の時計を見たら、寝る時刻までまだ小一時間はあった。

「聞きたいって、どんなことですか？　えのき荘の向いの爺さんのことだとかって、石

岡が言ってたけど」

「それがどうも漠然としたことなんだけどね。去年の十月に、あの爺さんが誕生祝いをやることになって、きみのアパートからも何人か招かれたんだって？」

「ええ。でも、僕は招かれませんでした。いつもそうだったから、あの家についてはよく知らないんです」

「知らなくてもいいんだ。そのアパートの連中を招待したのは、手紙でもよこしたのかな。それとも電話？」

「自分でえのき荘に言いに来たんだと思います。すぐ向いだから」

白井は、しばらく考え込んだ。が、急に勢いづいて、

「思い出した。確かに自分で言いに来たんです。何日か前の夜だったと思います。牟礼に――牟礼っていうのは、アパートにいた学生の一人で、親父が子爵だったとかで、瀬上さんに可愛がられていました。その牟礼に『ぜひ祝いのパーティに来るように。何とかさんも来るから』なんて言っていました」

「何とかさん？」

「名前、忘れたんです。なんか、昔の知合いみたいでした。それが牟礼を知ってるらしいんです。『立派に大きくなったきみと会って、驚くぞ。びっくりさせてやろうと思って、先方には何も話してないが』なんて言っていました。そうだ、ぼく、廊下でふたりがそんな話をしてるとこを通りかかったのが、あの爺さんを見た最後だったんだ。だか

ら記憶に残ったのかもしれないな」

「牟礼っていうのはどんな男？」

「牟礼顕久《あきひさ》。P大の法科に行っていました。頭はよかったらしいけど、僕はあんまり好きじゃなかったな。変に冷酷なようなとこがあって。あの事件のあとすこしして引っ越して行ってしまって、今どこにいるのか知りません。僕らはよく、アパートの誰かの一部屋でマージャンなんかしたので、学校の違う奴とも結構仲よくするんだけど、あいつとは、引っ越して行ったきり縁が切れてしまいました。仲のいい奴だったら、引っ越した先にも遊びに行ったり、来たりするんだけど」

「アパートに、いまもつき合っている人はいないの？」

「彼とですか？　いないようです。ともかく、どっか変なとこがあったからなあ。子爵とか伯爵とかって人間は、あんなふうなのかなあ」

「どんなふうに変なの？」

「どんなって、言えないけど」

　事件当時えのき荘にいた人間で、出て行ったのは、牟礼と沼中だけだ、と白井は言った。沼中は、石岡も言っていたとおり医者の息子で、しゃれたクリーム色のシトロエンを持っていたが、それを置いていた駐車場にもう一棟のアパートが建つことになって車を置けなくなったとき、どこかのマンションに移ったという。

「沼中は、わるい奴じゃなかった。世間知らずだけど、親切なとこがあった。でも、あいつとつき合うと、小遣いが要ってかなわなかったです。することが派手でぜいたくだからね」

結局、思ったほど得るところはなかった。が、私は、わざわざここまで来てくれた労をねぎらい、礼を言った。

白井は、立ち上がってコートを着ると、ホールを横切って歩いて行った。外に出るガラス扉の前まで行って、そのままそこに立ち止まった。

「どうかしたの？」

私は近づいて行って声をかけた。

「いま思い出したんです。牟礼って、やっぱり変な奴でしたよ。子供の遊ぶ砂場に立ち小便するなんて、すこし非常識じゃないですか？」

「砂場に立ち小便？」

「ええ。——そうだ。あれは堅木神社のお祭りの日だった。本祭りか、その前の日の宵祭りだったかは憶えていないけど。あの日、暗くなりかけたころ、神社の前通ったら、お祭りで店なんか出てたので、鳥居をくぐって、ぶらぶら見て歩いたんです。堅木神社知ってますか？」

「いや。行ったことはない」

「表の鳥居から参道があってお社で、その参道の両側に、お祭りのときには屋台が並ぶんです。それから境内の横っちょのとこにもう一つ出入口があって、その近くは子供の遊び場になってるんです。滑り台やブランコや砂場なんかあって、まわりに木が植わってるんです。いつもは子供がいっぱい遊んでるんだけど、その日はお祭りなので、みんな屋台のまわりに集まって、遊び場のほうには誰もいませんでした。ところが、木の間から一人だけ男が立っているのが見えて、どうも見憶えがあるような後姿なので、そっちへ行ってみたら、牟礼だったんです。砂場のへりに、むこう向きに立っているんです。『何をしてるんだい？』と声をかけたら、振り向いて『ちょっと用たし』と言って、そのまま歩きだし、向うへ行ってしまいました。あれは立ち小便してたとしか思えないんです。一人前の大人がそんなことするなんて、あれやっぱりどうかしてるんじゃないのかなあ」

白井は、賛成を求めるように、私の顔をのぞき込んだ。

病室に戻ると、新しく隣りのベッドにはいった中年男が、

「検温と消灯の時間なのにいないと言って、看護婦さんが怒ってたよ」

と言った。その向うのベッドからは、神保が、不安そうな視線をこちらに向けていた。

私は、軽くうなずいてみせた。

＊　＊　＊　＊

病院を出て行ける日が来た。ぽつぽつと身のまわりの物をまとめていると、

「こんちは」

声とともに、ドアから石岡がはいって来た。てれくさそうに窓ぎわの神保に頭を下げ、それから私のそばにやって来た。

「今日退院だって聞いてたから、休みとって、友だちの車を借りて来た。うちまで運ぶよ」

「それはありがたいな。その辺でタクシー拾うよりないと思ってたんだ」

「誰も迎えに来ないの？」

「ああ、独り者だから」

石岡が手伝ってくれたので、荷物の片づけはじきに終った。神保のベッドのそばに行って別れを告げた。

「ありがとう。感謝してる」

神保は微笑して言った。彼も、だいぶ長い時間ベッドの上に起き直っていられるようになっていた。

手続きを終えて、外に出た。ブルーのカローラがとまっている。ドアをあけて、石岡が、私のボストンバッグや紙袋をシートにほうり込んだ。

「前に乗るだろ？」

「ああ、そうしよう」

運転手だけあって、石岡の腕には安定感があった。ただ、がさつなだけの人間ではないとみえる。

「犯人、牟礼だったんだってね」

　前方を向いたまま、石岡が言った。

「牟礼じゃない。喜多沢道介《きたざわみちすけ》という男だ」

「あ、そうだっけ。だけどおれ、新聞に出てただけじゃよくわかんねえんだ。牟礼がほんとは喜多沢だったんだって？」

「ああ、牟礼というのは喜多沢に殺された男なんだ」

　私は、石岡の疑問に答えて、説明してやった。

「喜多沢は、東京の下町で町工場をやっていたごく普通の家庭の息子だった。父親は、むかし戦争に行き、そこで牟礼という子爵家の息子と同じ隊になった。この二人はなぜか気が合ったらしい。どちらか一人が生きて帰ったら、もう一方の家族に届けようと、遺書を預け合い、腕時計を交換したという。ところが二人は別れ別れにあちこちの戦場を転戦したあと、二人とも生きて帰った。生きて帰ったことはお互い風のたよりに知ったが、それきり一生会う機会はなかった。『いつか折があったら、牟礼を訪ねて、遺書と時計を返すように』と息子に言いきかせて、父親は病死した。母親もすこし前に死んで、いなかった。喜多沢は半分は好奇心から、牟礼という人物を探しあてた。だが、父親の戦友だった人も、その夫人も死んで、一人息子が、都下の療養所にはいっていた。牟礼顕久という。この青年は生れつき病弱で、やっと高校は出たがノイローゼ気味になり神経科にはいっていたんだ。牟礼顕久が年恰好も顔立ちも自分に似ているのを見て、喜多沢は凶悪な計画を立てた。まず牟礼と友だちになり、療養所から出たがっていた彼をたきつけて、二人で共同生活をしようと誘い出した。そのとき、牟礼顕久が保管していた牟礼家の系図や、両親の写真、実印、土地の権利書、祖父の勲章なども全部持って来させた。そして、秩父の山の中に連れて行き殺害してしまった」

「ふうん。それで牟礼になりすましたのか」

「そういうわけだ。牟礼家は財産税で資産のほとんどを失っていたが、鎌倉に多少の土地があり、それが値上がりでちょっとした財産になっていた。喜多沢はそれを売って、大学にはいる資金を作った。浪人中に父に死なれて、進学するだけの余裕がなかったんだ。牟礼顕久の死体は白骨になりかけて発見されたが、身元もわからないまま迷宮入りになっていた。彼には親しい友人がなく、病院では一応の捜索はしたが評判を落すのを恐れてうやむやにしてしまっていた。要するに、身内や親友がいないので、本気になって捜してくれる者がなかったんだな」

「だけど、どうして瀬上の爺さんを殺さなけりゃならなかったんだい？　聞いたところじゃ城間という人が関係あるんだって？」

「ああ城間という老婦人は、若いころ牟礼家の小間使いで、その後も同家に出入りしていた。牟礼顕久の中学時代くらいまで知ってるんだ。瀬上は老人会の旅行で一緒になったこの老女から、そういった話を聞き、喜の字の祝宴に両方を呼んで会わせようとしたんだ」

「そりゃあショックだったろうな。牟礼――じゃない喜多沢にしてみりゃあな」

「瀬上の爺さんは、城間という人には、えのき荘にいる牟礼のことをまだ話していなかった。喜多沢は、その日の夕方、瀬上を訪れて、瀬上がお茶を入れようと台所に立ったところを後からなぐり殺したんだ」

「ちょっと待ってくれ、その凶器なんだけど――」

「バットやこん棒をぶらさげて訪問したら、誰だって怪しむよな。喜多沢は、あらかじめ丈夫な木綿でほそ長い袋を作り、砂を固く詰めておいた。手製のブラック・ジャックだ。これを『富士乃鶴』の空箱に入れて、贈り物に見せかけて持って行ったんだ」

「あの箱かあ」

「そういうこと。凶行のあと、彼はさすがに平静さを失って、砂袋を持ったまま現場から逃げた。神社のところまで来たとき、それに気づいた。そしてとっさに処分の方法を考えたんだ。袋を破いて、砂を砂場の中に捨てた。捨て場としては最高の場所だな。布袋だけなら、まるめて別に捨てることもできる。白井君は砂を捨てている犯人を見て、立ち小便と間違えたんだ。それよりか、きみ、例の宝くじどうしたい？」

「三影さんや神保さんに言われたとおり、菅悠子さんに返したよ。あの人が相続するもんなんだからな。おれのやったことは帳消しにしてくれるって言った」

「しかし莫大な財産を相続する悠子さんには、三十万は小銭だが、きみにはそうじゃない。不満じゃないのか？」

「そう考えりゃそうだけど、へたしたら人殺しにされちまったかもしれねえんだからな」

「それに、きみが三十万持ってみろ。浪費のくせ以外には何一つ残らないな」

「あんまりほんとのこと言うない」

カローラは、信濃町の駅を過ぎた。私の懐しのアパートは、もう目と鼻の先だった。

青い香炉

1

「だいぶ荒れてきたみてえだよ。おりてくのだいじょうぶかねえ」

おばさんが、庭先に出て、大声で誰かに言っている。

「ああ、ぐずぐずしてっと、ますますひどくなりそうだ。お茶ご馳走さん」

と、返事をしたのは、郵便配達だ。四十歳前後のがっしりした体つきの男で、四角ばった赤ら顔をしている。全国どこへ行ってもおなじみの例のマークのついたかばんをさげ、赤い自転車にとび乗って、下に向う坂道をおりて行った。

午後から急に風が強くなり、木々は無気味なうなりをたてながら、枝を振りまわして踊り狂い始めた。空もわずかな間にどんより曇って、ぽいぽい投げ上げたような雲の塊りが、風に追いまくられて南へ南へと走ってゆく。山の天候は変り易いというサンプルみたいな日になってきた。

「絵かきのお嬢さん、早く戻ってくればいいのにねえ。植物の先生も」

おばさんは、誰にともなく言い、手を額にかざして荒れる裏山を見上げた。

おばさんというのは、僕が泊っているこの山の宿のおかみさんである。名前は確か三《み》杉《すぎ》カノエといい、親父さんと二人で民宿三杉荘を経営している。二人そろって白髪五〇パーセントといった、中老の夫婦である。

「あの二人、出かけたの？　山へ？」

僕も庭下駄をつっかけて、外に出てみた。

「へえ。裏の山へ登るって、朝早くからね。今日は夕方から荒れるそうだから、お早くお帰りって言ったんだけど、なんか荒れがちっと早目に来たみてえですね」

「スケッチに行ったのかな、彼女」

「菊並《きくなみ》さんは、山の上から町を見下した景色を描きてえんだそうですよ。先生のほうは例によって植物採集だけんど」

「僕、迎えに行って来ようか。あ、またみるみる暗くなってきた」

座敷には、もうとっくに電灯がつけてある。あたりは人の顔もろくに見えない暗さだ。

おばさんの言う先生とは、どこかの大学の理学部植物学科の助教授だとかいうひょろっとした中年男で、僕はその人のほうはべつに興味ないけれど、画学生の菊並亜矢子《あやこ》嬢は、二十一、二歳の丸顔の子で、僕の好みのタイプだ。黒目がちの大きな目がかわいいので、僕はひそかにバンビというニックネームをつけた。彼女は、昨日この宿にやって来たばかりなので、まだほとんど口をきいていないが、荒れ気味の山に迎えに行くくらいのことで仲よくなれたら、とんだめっけものである。

ところで、この僕はというと、名前は高城寺拓《こうじようじたく》、東京のQ大法科四年で、そろそろ卒論の準備にかからなければならない。体は至って健康なはずなのだが、春先にかぜを引いたら、せきが止まらなくなった。かぜはとっくになおったのに、せきだけは出始めるとコンコンと三、四十分も出る。病院で検査をしても異常なしと言われるし、それならばいっそ、ゴールデンウィークを利用して空気のきれいな山にでも行ったらということになって、数冊の本を抱えてやって来たら、せきはうそのように止まってしまった。

この民宿三杉荘は、東京からいえばほぼ真北に当る。東北本線を日光線に乗り換え、さらにバスで二十分ほどはいるとS町がある。そのS町の背後の山を一つ越え、谷川にかかった吊橋を渡って、さらに山道を十分くらい登ったところだ。周囲には、家と名のつくものはほとんどない。不便な上に、民宿といっても現代的な設備はないし、ゴールデンウィークでも完全に満員になることは珍しい。電灯線と電話線は、谷川の吊橋を利用して引いてあるが、勝手もとは井戸水とプロパンガスでまかなっている。

このような有様だから、宿泊客も、お子様連れとか新婚旅行とかいった常識的なのは来るわけもなく、今宿泊している男性三名、女性一名は、みんなどこかしら変り者といっていいのかもしれなかった。

「あ、とうとう降って来た」

おばさんが、雨粒を手で受けた。ぼたぼたっと、雨が音をたてて地面を打つ。風が家を吹き倒さんばかりの勢いで過ぎた。

「あ、帰って来た！　帰って来た！　ほら、おばさん」

家の左手から裏山に登って行く道を、男と女の二人連れが、ころがるように駈《か》けおりて来る。長身の植物学者と小柄なバンビだ。彼女は、植物学者が貸してくれたらしいジャンパーを頭からかぶっている。

「やれやれ、もう一歩というところで降られちまった」

植物学者は、三杉荘に駈け込むなり、ぶるんと頭の水滴を振りとばした。四十五、六だろうか。柔らかい髪に一筋二筋白いものが混っているが、大きな茶色の目は、年より若々しく見える。おばさんが、二人にタオルを差出して、

「でも、早目に帰られてよかったです。風がこれ以上ひどくなると、山は歩けませんよ」

「ほんと。吹き飛ばされそうだったわ。そこで先生に会ってよかった」

その時、また、家が揺れるほどの風が吹き過ぎた。電灯がぱっと消えた。

「おいっ、電話が切れたぞ」

玄関脇の部屋から、宿泊客の一人である小柄なやせた男が出て来て、不機嫌にいった。名前は小木曽《おぎそ》末男といい、宝石やアクセサリーのセールスマンだという。顔色が青白く力も弱そうで、その上口数が少くて、誰ともほとんど言葉を交さない。陰気で頼りない印象から、僕のつけたニックネームは影男《かげおとこ》である。この三杉荘には、植物学者、影男、

バンビ、それに僕という四人の客と、経営者の三杉平太、カノエ夫妻の計六人がいるというわけだ。もっともこの人数は、このあとすぐに二人増えることになるのだが、それはあとで話そう。

「電話が？　あれまあ。電話も切れましたか」

おばさんが、電話室にとび込んで、フックをがちゃがちゃたたいた。

「ほんとだ。切れてる」

「のん気に言うない。東京に商売のことで電話してたら切れちまって。こんなことしょっちゅうあるのか？」

影男ががみがみ言う。奥から出て来た親父さんが、

「初めてですよ。わたしらが、ここで民宿始めたのが四年前だけど、電話が切れるなんて。停電もほとんど憶えがないねえ」

となだめるように言った。この夫婦は以前、ふもとのS町に住んでいたのだそうだ。夫のほうは町役場の職員だったという。でも停年と同時に子供たちが独立して都会地へ出て行ってしまったので、山の中の、これも都会地へ移住することになった人の家を買いとって民宿を始めた。山の暮しが好きなので、元気でやれる間夫婦二人が食べてゆければいいと言って、ふつうの家庭に毛が生えた程度の素朴なサービスしかしないが、それがいいところでもある。僕は、たまたまここに泊ったことのある友人から、雰囲気のいい宿だと紹介されてやって来たのだ。

「停電って、この家だけなの？　お隣りや近所もかしら？　聞いてみたら？」

バンビが言った。親父さんは苦笑いして、

「街なら当然そういうことになるんでしょうがね。ここでは、吊橋からこっちで電灯と電話が引いてあるのはうちだけなんですよ。前は、ほかに三、四軒あったんですがね。みんな便利なとこに越しちまって、うちだけ残ったんです」

「じゃあ隣りに聞きに行くわけにもいかないわね」

そのときだった。

「おうい、お客さんを連れて来たぞう」

外で叫ぶ声がした。すっかり本格的な暴風雨になった山道を、赤い自転車が登ってくるのが見えた。さっき降りて行った郵便配達である。自転車を引きずって、いま一人の人間を助けながら走るようにやってくる。その人間は、ジーンズをはいている上にビニールの合羽を頭からかぶって、とばされまいと必死に抑えているので性別はさだかでないが、体つきから見て若い女性のように思えた。

「どうしたんだ？　陽平《ようへい》さんよお」

三杉荘の夫婦は、あわてて玄関の土間に自転車ごと二人を迎え入れた。びしょぬれのビニール合羽を取ったのは、僕のにらんだとおり二十代のほっそりした女性だった。きゅっととがったあごと切れ長の勝気そうな目がオードリ・ヘップバーンに似ている。僕はこう見えても同年輩の連中の中では映画通で、それも一九二〇年代から五〇年代くらいままでの洋画をあさるように見ている。ヘップバーン、モンローはもちろんのこと、マレーネ・ディートリッヒに至るまで、ジェーン・フォンダなどと同じくらいおなじみなのである。

陽平さんと呼ばれた郵便配達は、帽子のひさしからぽたぽた雨水を垂らしながら、

「いやあ、えれえ目にあったよ。降りてって吊橋を渡りきったとこで、このお嬢さんに会ったんだ。そうして『三杉荘はどこか』って聞かれたのさ。あらしになってきてるし、ご婦人を一人でこんなとこまで登らせるわけにもいかねえから、案内するつもりで引っ返したんだ。そうして、もう一度吊橋をこっち側へ渡ったら、そのとたん――」

「怖かったわ。目の前で吊橋が切れたの」

ヘップバーンが言った。

「吊橋が？」

「向う側のがけのふちに生えていた大きな木が風で折れて、ばあっと倒れてきたの。そうして、吊橋を吊ってあったワイヤーに当って――」

「そうなんだ」

と郵便配達が引きとった。いや、一々郵便配達と書くのは煩わしいし、字画が多くて面倒だから、ポストマンということにしよう。この男性が野田陽平という名だということはあとで知ったが、四角ばった赤ら顔を見てもポストマンという名は、彼にふさわしいと思う。ところで、そのポストマンだが、身ぶり手ぶりを混えて、

「こう四本吊ってあるワイヤーの一本が切れて、橋が斜めに吊るさがったんだ。折れた木がそれと一緒になって宙吊りになってる」

「そのときなんだな。電灯線と電話線が切れたのは」

「え？　電灯と電話が？」

「ああ、停電の上に電話も不通だ。線はどっちも、あの吊橋の下側に沿って通してあるからな」

「困ったなあ。おれ、向う側に帰《けえ》れなくなっちまった。その上電話も通じねえじゃ、局の連中、おれのことを神隠しにでも遭ったと思うべ？」

「古くせえこと言うなよ。言うならせめて〝蒸発〟くれえ言え。それにしても、こっちの岸に渡っちまっててよかったな。二人と自転車が橋の途中にいたときだったら、命はなかったぞ」

そこまで言って、親父さんは、震えながら立っているヘップバーンに似た女性のことを突然思い出したらしかった。

「お客さんは、今夜お泊りで？」

「ええ、この山に三杉荘って宿があるって聞いて、来てみたくなったのよ。宇田美那子っていいます。お部屋あいてるかしら？」

「へえ。丁度よく一部屋あいてます。すぐ風呂をわかしますから、あったまってくだせえ」

すると横あいから、

「ねえ、ちょっと。橋が落ちて、電話が通じないんじゃ、わたしたちどうなるの？　島流しみたいなものじゃないの？」

バンビが不安そうに言った。その横に立っている影男も、青白い顔が一段と青ざめて、ひどくおどおどしている。

「大丈夫ですよ。あらしがおさまれば、下の町からすぐ修理に来ます。ただ、それまでは島流しで我慢してもらうよりねえけど」

「夜になっても明かりがつかないんでしょう？　それに食べるものは？」

「野菜や缶詰なんか、いざとなったら一週間は食いつなげるくらいありますよ。プロパンも、おとつい新しいのを持って来たとこだし。明かりは、懐中電灯とろうそくがあるし、古いランプもあるから何とか間に合うべえ。ただ、皆さん。なるべく一つ部屋に集まっていてもらうとか、風呂わかしたら続けてどんどん入《へえ》ってもらうとかすると、燃料や明かりが経済だと思いますがね」

荒れ狂うあらしの音に消されまいと、親父さんが大声で言った。

「たまにはそんな生活もおもしろいんじゃないかな。われわれの日常はちょっと便利になりすぎているから」

植物学者は、平気な顔で、むしろ楽しんででもいるみたいだ。

「おれも、今夜はここで泊めてもらうよりねえな。郵便、配り残した家には申訳ねえが、手紙ごと神隠しに会ったと思ってもらうことにして」

ポストマンは、依然として蒸発より神隠しのほうが趣味に合うらしかった。

2

暴風雨は、夜になっても鎮まる気配を見せなかった。三杉荘は、年代がたってはいるけれど柱の太いがっしりした作りで、まさか吹き倒されることはあるまいが、東京あたりのチャチな建売住宅だったら、ぺしゃってしまうのではないかと思うほどの風のうなりだった。

僕たちは、誰言うとなく、家の真中の十畳ほどの座敷に集まっていた。明治時代の遺物といったランプが天井から下げられ、ぼんやりした丸い光の輪を畳の上に落している。

お互同士たいして親しい間柄ではないが、各自自分の部屋に引取ったところで真っ暗やみの中でじっとあらしのほえる声を聞いているか一人でろうそくの焔を見つめているかしかないのである。それよりは見知らぬ他人であっても、こうして一部屋に車座になっていれば、心細さも救われるというものだ。それにこの、電灯とは感じの違う薄ぼんやりした光の下で、宿のおばさんの手づくりのお餅を油であげたやつをぽりぽりやりながらお茶を飲むのは、山の宿らしくて結構おもむきのあるひとときであった。

あの陰気な影男の小木曽氏だけは、頭痛がするから早く寝ると言って二階の部屋にこもってしまっていたが、あとの全員、バンビ、植物学者、ポストマン、ヘップバーン、三杉夫妻、それに僕の七人は、すっかり親しみのましたくつろいだ気分にひたっていた。

「こういう経験もいいわね。一晩か二晩ならね」

バンビの菊並亜矢子嬢が、みんなの感情を代表するように言った。

「停電なんて久しぶりだな。滅多にならないし、なってもほんの十分くらいでつくものね」

と僕。

「でも、停電っていうと、わたし、怖い思い出があるのよ」

バンビが、左隣りの僕を振返って言った。

「怖い思い出？」

「ええ。殺人事件なの」

「こんな晩に、人殺しの話なんてよしてくれえ」

大きな体をしながら、いちばん臆病なのか、ポストマンが頭を抱えた。

「おもしろいじゃないの。わたし聞きたいわ。ね、聞かせて」

ヘップバーンが、賢そうな目をきらりとさせた。

「半年前の秋のことなのよ。九月二十七日の夜だったわ。この下のS町に住んでいられた研原碧山《とぎはらへきざん》先生が――研原先生って知ってる？」

全員の顔をぐるっと見まわす。植物学者が、

「陶芸家じゃなかったかなあ。かなり有名な人でしょう？　芸術院会員かなんか」

「先生、植物以外のこともよくご存知なんですね。そうなんです。陶芸のほうでは、日本で何本かの指にはいる先生だったんです」

「そう。あんな偉い先生が二人組に殺されたんだから、大変でしたよ。この辺、その話でもちきりで。結局あの事件も迷宮入りらしいね」

と言ったのは親父さんだ。

「この辺て、じゃあS町で殺されたの？」

「そう。S町のはずれにある自宅で。——大きなお邸だったのよ。住んでいるところから廊下続きでアトリエがあって、その続きが窯場《かまば》になってた」

「よく知ってるんだなあ」

「だって、そこでお手伝いさんしてたんだもの。ほんの三カ月ぐらいだったけど」

「君が？」

「うん」

バンビは、首をひょいとすくめて笑ってみせた。しぐさがいかにもかわいい。

話によるとこうだ。彼女はもともと、S町にも陶芸家研原碧山にも関係は全くなかった。北陸の生れだったが、絵が好きなので、東京のある私立の大学のデザイン科に通っていた。ところが同じ学校の洋画科の学生と熱烈な恋愛に陥ってしまった。

「今考えると子供っぽかったと思うけど、その時は夢中だったのよ。ところが、ひょっとしたことから、その人にフィアンセがあることがわかったの。その人も、わたしをだますつもりじゃなかったんだと思うけど、わたしがあんまり熱あげてるので、何となくずるずるつき合っていたということかもしれないわ」

「ずいぶん冷静な見方ができるのね」

ヘップバーンが、皮肉に言った。

「冷静な見方ができるようになったのは、ここの山のおかげよ」

「山?」

失恋した当初は、自殺しようと思ったという。ノイローゼ気味になり夜も眠らず食事もとらないので、がりがりにやせてしまった。郷里へ帰ればいいようなものだが、両親がおろおろ心配するだろうことがわかっているのでそれも煩わしく、帰る気にもなれない。

その時、友人の一人が、陶芸の大家の研原碧山のアトリエで女手がなくて困っているから、しばらく気分転換に働いてみたらと紹介してくれたのだ。

碧山は、山のアトリエと東京都内の自宅とを行き来していた。子供はなく、夫人は、折合いがわるくてほかのマンションに別居中であり、夫人のほうから離婚の請求が出されていた。そのようなわけで、アトリエでの炊事、洗濯、掃除などの仕事をすることになったのだ。

「そう言えば、どっかで見た顔だ、見た顔だと思っていたんだ。研原さんとこへ配達に行って見かけたんだ」

ポストマンが、やっと納得がいったふうでうなずいた。

「でも、危険な話ね。そういう心理状態に陥ってる女の子が、老人とはいえ一人暮しの男性の所にはいるなんて」

ヘップバーンが、また口をはさんだ。

「先生は、そういう意味では、いやらしくはなかったわよ。ちゃんと鍵のかかる個室も与えてくれたし」

親父さんが、好奇心からつい方言まるだしで聞いた。

「いい人だっただかね？」

「いい人っていうのかなあ。いやらしいとか、お金に細かくて汚いとか、そういう感じはなかったけど、気むずかしいので厭《いや》んなることはあったわ。仕事に使うへらとか絵皿とか、ちょっとでも違うふうに置いてあると怒るので、掃除のときはとっても気をつかったし、食べるもんなんかも口うるさくて」

時々バンビは、半日くらい暇をもらっては、谷川の吊橋を渡って、この三杉荘の裏山に登った。目の下に盆地がひらけ、遠い山々は、夏から秋へと微妙に色あいを変えてゆく。それを眺めるのが、何にもまさる気晴しであった。

「高い所から広々とした空や景色を見ていると、彼との経験なんか、ちっぽけなことのように思えてきちゃうのよ。わたしが、思ったより短い期間で立ちなおれたのは、碧山先生やその芸術のおかげじゃなくて、この山の上から見渡した景色のおかげなの。殺人事件にぶつかったのはショックだったけど、それでも元気になってこの四月からまた学校にも戻れたし、あの景色を一度かいてみたいと思って、連休を利用して来てみたわけ」

　彼女が、裏の山に登ってスケッチをしたがる理由はそれでわかった。が、一同の興味は、そのことよりも、当然殺人事件のほうに集中しているのだった。

「で、殺されたのは、その陶芸家なのね？　あなたが発見者なの？　菊並さん」

「そうよ。今夜と同じような停電の夜だったわ。違うところは今夜のようなあらしじゃなくて、秋にしては生あったかいような、静かな晩だったけど」

「しかし、あの時も確か、停電した原因はあらしだったぞ。ほれ、台風何号かが来て、列車が遅れたりしたろうが」

　三杉荘の親父さんが、同意を求めるように左右をかえりみた。ポストマンが手を打って、

「そうだそうだ。前の日の夕方まで風雨が強くて、地滑りがあったりして、列車が遅れるやら間引きになるやらしたんだ。でも、その日はもう台風が行っちまって、いい天気になっていた。ところが、変電所のどっかに雨水がはいったとかで、夜になって急に停電しちまったんだ」

「電灯が消えたのは、夜の九時頃だったわ。わたしはもう自分の部屋に下って、テレビを見ていたんだけど、電気が消えたので、懐中電灯を持って母屋へ様子を見に行ったの。

碧山先生は、暗いのが大嫌いで、電灯はいつも二百ワットくらいのをつけている方だったから、困っていられるのじゃないかと思って。そうしたら、先生の居間の障子にろうそくの光がちらちら当って、人の影が見えたの。わたしが障子の外から『先生大丈夫ですか。懐中電灯を置いて行きましょうか』と言ったら、『心配しないでいい。ろうそくがあるから』という返事だったので、そのまま部屋に戻ったの。そういえば普段から、居間の本棚の引出しに、ろうそくが一箱しまってあったわ。暗いのが嫌いだから、用心がよかったのね」

「障子に人の影が見えたっていうのは、碧山先生の影だったの？」

と、僕。

「先生のじゃないわ。向って右のほうに後向きの影が映っていて、左のほうには斜め横向きにすわっている人が映っていたわ。後向きのはやせ型の小柄の人で、左にいるのは、もっと大柄で、あごひげを生やして眼鏡をかけていた。二人とも、それまでに見たことのない人だった。先生は向う側にすわっているらしくて、影は映っていなかったけど、そのときその部屋にいたことは間違いないわ。先生の声だったもの」

「それまでに見たことのない人というと、お客が来てたわけ？」

「そうだと思うわ。わたしのいた部屋は、西のはずれの離れで、玄関から遠いから、部屋に引っ込んでると誰か来ても聞こえなかったの。いつもは先生が『おい、お客さんだ。お茶』とか言って声をかけるんだけど、その晩はなぜか呼ばれなかったので、いつ来た

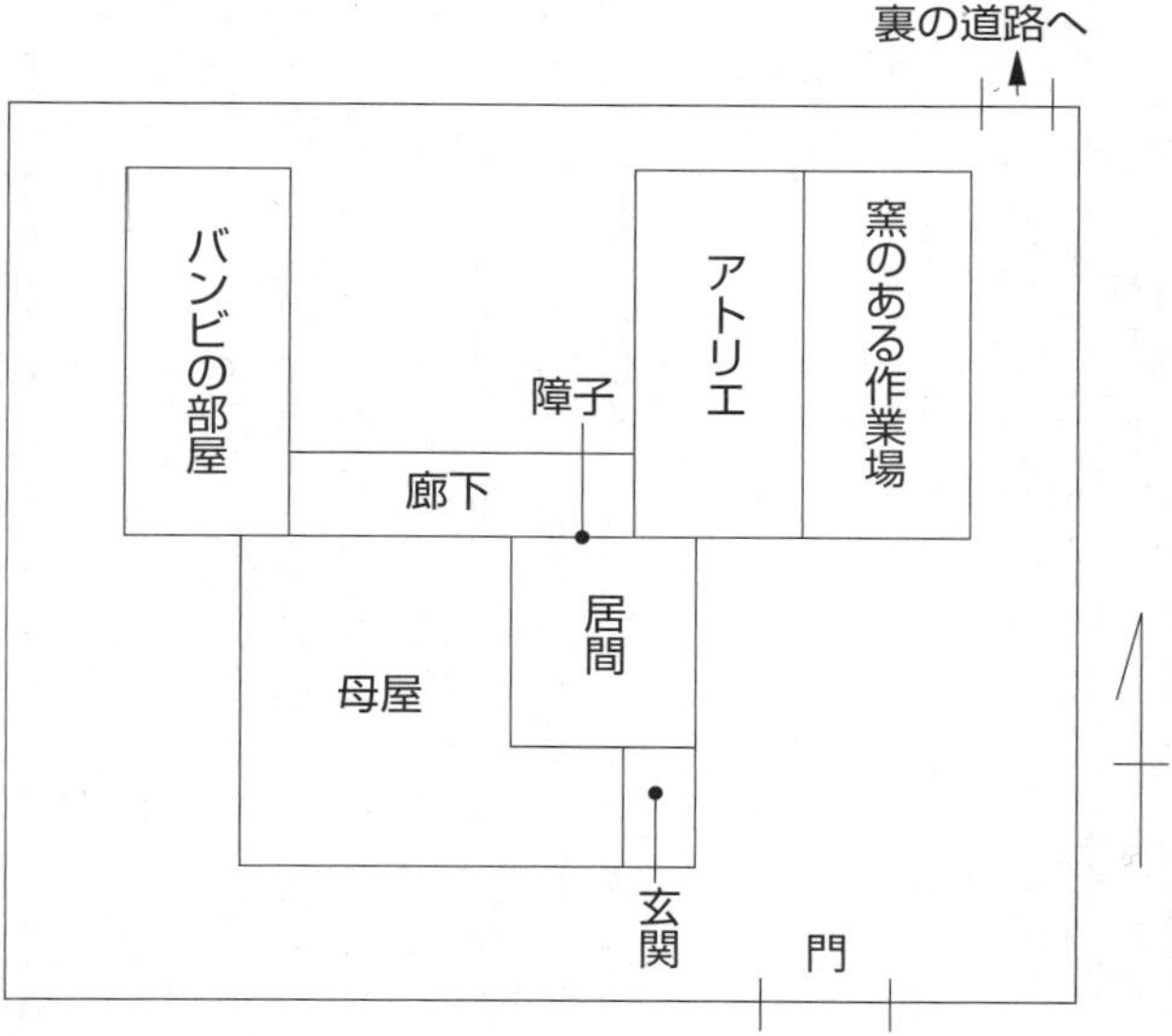

のか気がつかなかったの」
「ちょっと質問。その家の構造はどんなふうになっていたか知りたいんだけど」
　植物学者が、軽く手を上げて言った。この人は、これまでほとんど口をはさまなかったが、バンビの話を熱心に聞いている点では誰にもひけを取らない。くせなのか、右手をひろげてまじまじとてのひらを見つめながら、耳を傾けている。時々しゃべっているバンビの顔を眺めては、またてのひらに見入る。事件のデータを、目に見えない文字でてのひらに書きとめているのかもしれない。
　バンビは、誰かの差出した紙

きれに簡単な図面をかいた。玄関をはいったすぐの居間が、いま問題になっている部屋だ。

「で、別に用はないということなので、自分の部屋に戻ったの。言い忘れていたけど、その晩二階に泊り客が一人あったの。碧山先生の古い友だちの息子さんで、伊勢《いせ》郁夫《いくお》という若い人。出張で来たついでにと言って、お父さんの手紙と奈良漬だったか何かを持って来たのよ。この人は旅の疲れで早目に寝てしまっていたので、わたしも停電になったからといってわざわざ上がって見はしなかったの。で、部屋に戻って十五分くらいたってかなあ。居間でぎゃあっというような声が聞こえて、人が暴れるみたいなどたどたっという音がしたわ。わたしびっくりして、しばらくすくんでいたけれど、行ってみると、障子があけ放しになって、先生がうつむけに倒れているのが、ろうそくの光で目にはいったの。ほかの人たちの姿は見えなかったわ。怖いので、すこし離れたところで『碧山先生』と呼んだら、先生はうーむとうなって、それから一言何か言いかけて、それっきり」

「何て言ったの？」

「ダイイング・メッセージという奴だね」

僕たちは、ひざをのり出した。

「それがよくわからなかったの。セイ——と言ったように思うんだけど」

「セイ——人の名前かな？」

「さあ。それからともかく電話にとびついて、救急車を――」

「救急車？　あんた、先生が一言なにか言ってそれっきりって言ったじゃないの？　死んでしまった場合は救急車は呼んだって仕方がないでしょうに」

ヘップバーンが、とがめるように言う。バンビは口をとがらせて、

「だって、死んでるかどうかわからないし、そばに寄って見るのも怖かったんだもん。それにS町では、どういうわけか救急車はすぐに来るけどパトカーは呼んでもなかなか来ないって皆言ってたから」

「で、救急車はすぐに来たの？」

と、僕が聞いた。

「五分くらいで。――わたしが表の門を一杯にあけたので、庭の中まではいって来て、玄関の前にとめると、白衣を着た人たちがばらばらっととび降りたの、今でも見えるみたいよ。でも折角来てくれたんだけど、もう息が絶えているというので、救急隊の人がすぐ警察のほうに連絡してくれたの。事件を引き渡す責任があるのか、パトカーが来るまで、そのまま待っていたわ」

「あなたも、ぼんやり待っていたわけ？」

「わたしは、先生の弟子の清野《せいの》さんと楠本《くすもと》さんに電話して事件を知らせたわ。弟子というかアシスタントというか、二人とも若い男性で、通いで先生の手伝いをしながら焼きもののことを習っていたのよ。清野さんは歩いて十分くらいのアパートに、楠本さんの

ほうはバスで四十分くらいのとこに住んでいたわ。そこへ二階から伊勢さんが手探りで降りて来て、『何かあったのか』って聞くから、『先生が亡くなった、殺されたみたい』と言ったら、がたがた震えだして、水、水と言って台所に駆け込んだの。丁度その瞬間に、電気がぱっとついたんだわ。今でも憶えてるけど、目があけていられないくらいまぶしかった。伊勢さんは台所のテーブルの上にあったガラスの水さしを取って、口をあててごくごく飲んでいたわ。そこへやっとパトカーが来て、それから清野さんと楠本さんが、自転車やタクシーで駆けつけて来たり、大騒ぎになったのよ。先生は何でも、青酸化合物を飲まされて死んだということだったわ」

3

「犯人を推理するには、まだデータが出そろっていないようだな」

僕は考え考え言った。

「二人のアシスタントや、その晩泊っていたという男についても、もうすこし詳しく話してもらわないと」

「それによお。一体どうやって死んだのかということや、現場の様子なんかも、推理小説だったら詳しく書いてあるところだっぺ？」

ポストマンが熱心に言った。この男は、最初は殺人事件の話など厭だと言ったくせに、いつのまにかすっかりのり気になっている。

「それからへえ、何のために殺したのかということもさ。恨みのためとか、金とるためとか。——新聞に出てたとこだと、碧山先生んとこでは、金なんかはべつにとられてなかったっていうことだったな」

親父が、バンビの顔をのぞき込んだ。いつのまにか言葉もすっかりぞんざいになっている。交通も通信も途絶し、世の中から切り離された、山の中の一軒家である。いつのまにか、ランプの下の七人は、大学助教授も民宿の親父も郵便配達もない平等の仲間として、事件のなぞを解くことに熱中していた。

「お金はとられなかったのよ。家財道具もね。だけど、たった一つとられた物があったの」

「何？　それは？」

一同の視線が、バンビの口もとに集まった。

「青い香炉。濃い空色の香炉よ」

「碧山先生の作品かね？」

「そうなの。ただ、作品といっても、うわぐすりの具合なんかを試すための見本みたいなものだったのよ」

「というと、値段の高いものとか、そういう意味じゃあ？」

「ないの。碧山先生は、十一月に創作四十周年の個展を開く予定で、準備をしていられたけど、中でもまだ外部に発表してない紫の香炉がとてもご自慢だったの。『白霞紫雲《びゃつかしうん》香炉』って名がついてたけど、赤味がかった紫の地に、淡雪のような白い点々が飛んでいて、見事なものだったわ。あの先生を大して尊敬してなかったわたしにも、その紫の壺《つぼ》だけは、すばらしい物だという気がしたわ。清野さんや楠本さんがかげでひそひそ話していたところでは、百五十万くらいの値はつくだろうなんて言ってた。あんまり大きくない、小さめのメロンくらいの、蓋つきの丸い壺なんだけど。——ところが、その紫の香炉が盗まれないで、値段にしてみたら十分の一にもならない青い香炉のほうが盗まれてしまったの。わたしにはどうもふに落ちないんだけど」

「その二つの香炉はどこに置いてあったの？」

植物学者が、てのひらの筋から目を上げて聞いた。

「アトリエのガラス戸棚。同じような大きさで同じような形の香炉が、並べてしまってあったの。戸棚にはべつに鍵はかけてなかったので、取り出すことは簡単にできたと思うけど」

「アトリエの戸締りは？　外からはいることはできたの？」

「アトリエは、ガラス張りでレースのカーテンがかけてあるだけだったけれど、内側から錠がかってあったので、ガラスを壊さない限り入れなかったし、事件の時はべつにガラスは異常なかったわ。ただ、家の中からだったら廊下伝いに行けるの。アトリエのガラス戸の錠の、裏口に出る側のが、中から外してあったから、警察では『犯人は先生を殺したあとアトリエに行って香炉を盗み、錠を外して裏の小さな門から逃げた』と考えていたわ。確かにそうとしか考えられないの」

「それから次は、現場の模様だ。現場である居間はどうなっていたかを話して欲しいな」

　僕は、バンビのかいた図面を、ランプの光の一番明るく落ちているあたりに引き寄せた。その時、二階からの階段をおりて来る足音がした。

「あらし、一向に止まないようですね」

　青白い顔をのぞかせて言ったのは、影男だった。

「ああ、小木曽さん。頭痛、どうですか？」

　親父は、急に現実に戻って宿のホストという身分を思い出したのか、それらしい気づかいを見せて尋ねた。

「大分よくなった。わたしもお茶一杯もらおうか」

　電灯もつかない部屋で、一人あらしの音を聞いているのは、やはり心細くなって、おりて来たのだろう。植物学者とヘップバーンが、すわっていた位置をずらして、一人分の席をあけてやった。

「いま、犯人捜しをやっていたのよ。去年の九月二十七日、S町で偉い陶芸家が殺されて、未解決なので、皆で推理しているところ。この菊並さんは、その家にいたので事情に詳しいの」

　ヘップバーンが説明した。影男は、寒そうにうなずいた。

「で、現場の様子はどうなっていたんだい？　陶芸家の先生が倒れていて――」

僕が先をうながした。

「テーブルの上にはろうそくが一本ともっていて、ウイスキーのびんと、グラスが二個と、ガラスの水さしが載っていたわ。ウイスキーとグラスやなんかは、先生が自分で台所から持って来たのでしょう。全部先生の指紋しかついていなかったということだったわ。毒は水さしと一つのグラスにだけはいっていて、もう一つのグラスには、ウイスキーの水わりだけしかはいっていなかったという話だわ。それからテーブルの上には灰皿が載っていて、三種類の吸殻が残っていた。えーと、ピースとゲルベゾルテとハイライト。碧山先生は、いつもピースを吸っていられたけど、吸殻もピースのからは先生の血液型のB型が検出されたの」

「あとの二種類の吸殻は？」

「ゲルベゾルテはこれもB型で、ハイライトはAB型だといってたわ、確か。灰皿にはピースの空になった袋がくしゃくしゃにねじ込んであって、これからは先生の指紋が検出された。それから畳の上に、二、三本減ったゲルベゾルテの箱が落ちていたけれど、この箱からは、先生自身と、もう一人誰かわからない人の指紋がはっきり検出されたという話だったわ」

「では、次は碧山先生の周囲の人間について検討しようじゃないか」

僕は、いつのまにか、進行係みたいになってしまっていた。

「まず、身内は誰と誰？」

「さっきも言ったけど、子供はいなくて、奥さんとは別居中。奥さんは、結婚前は染色工芸の仕事をしていたんだけど、碧山先生が、『結婚したら女は良き妻に徹すべきだ』と言って、仕事をすることを許さなかったんですって。それで、どうしてももう一度自由になって染色の仕事がしたいと考えて、離婚を申入れていたの。この奥さんはさっぱりした女性だったわ。慾もなくて、自由になれるなら、お金も何もいらないと言ってたという話。先生のほうでは、奥さんに愛人ができたのだろうと疑って、なかなか離婚にうんと言わなかったのよ。そういう点、ねちねちしたところのある人だったから」

「兄弟やなんかは？」

「先生自身には兄弟はいなかったみたい。奥さんには弟がいたわ。この人は確か東京の渋谷のマンションに一人で暮していたと思う。横崎誠三っていって、三十代の半ばだけれどプレイボーイで独身だったの。サーフィンやボクシングやってて、体格はよかったわね」

「次は弟子か。二人いたと言ったね？」

「ええ。清野さんと楠本さん。二人とも苗字しか知らないわ。清野さんは小柄でずんぐりしたほうで、楠本さんは反対にのっぽでひょろ長いタイプ。ちょうどこの先生みたい」

バンビに突然指さされて、植物学者は目をぱちぱちさせた。

「清野さんは関西の土地成金の息子で、親からお金せびれるので、お小遣いくらいしかお給料が出なくても平気だったみたい。陶芸はまあ趣味ね。先生は、どっちかというと楠本さんのほうに目をかけてたみたい。楠本さんのほうも碧山先生を尊敬してたようだったわ。例の紫の香炉が仕上がって窯から出された時なんか、感激してすわり込んで何時間も眺めていたわ。民芸品を売っている店でアルバイトしながら陶芸の勉強をしてたの」

「犯行の晩二階に泊った、伊勢郁夫という男は？」

「三十二、三のサラリーマン。この人は陶芸とは全然関係ないみたいよ。碧山先生は堺の出身なんだけど、昔の同級生の息子さんだって。大阪の製薬会社に勤めていて、近くのU市まで出張で来たついでに足をのばしたのよ。お父さんが誰かに贈り物にするために先生の作品を一つ譲って欲しいという用件でね」

「譲ってもらったのかな」

「お皿を一枚ね。でも品物は十一月に開かれる個展に出品するので、そのあとで送るという話になったらしかったわ。もう夜だったし、疲れているようなので泊って行けと先生が言ったわけ」

「伊勢という男が、よりによって犯行のあった晩にその家に泊ったというのは、ちょっとひっかかるなあ」

「でも、それは全くの偶然だと思うわ」

バンビは、小首を傾げるようにして言う。

「だって、その人は、ほんとは前の日、二十六日に来るはずだったのよ。ところが列車が台風で遅れて、乗換駅で一晩すごすようなことになって、二十七日にやって来たのよ。出張先の仕事をすませてから来たので、先生の家に姿を現わしたのは、夜七時頃だったわ。二十七日の夜に泊り合わせることになったのは、だから偶然よ」

「しかし、その男自身が犯人だったら?」

「そんなこと考えられないわ。犯人は居間で先生と話していた二人連れに違いないと思うし、障子にうつった影は、どちらも伊勢さんじゃなかったもの」

「清野、楠本、横崎のどれでもなかったんだね?」

「いくら影法師だって、知っている人の影はわかるわ。わたしの見たことのない男たちだったのよ。それに、いま名前の上がっている四人は、誰もひげを生やしてはいないわ。楠本さんと、横崎誠三さんは近眼鏡をかけているけれど、この二人にはアリバイがあるし」

「アリバイ?」

一同の間を一種の緊張が走った。皆、もう一人一人がシャーロック・ホームズになった気分である。

「楠本さんは、勤め先の民芸品店の同僚と一緒に屋台のおでん屋にはいっていたの。同僚と別れて、自分のアパートに帰り着いたとたんにわたしからの電話を受けたんだって。

時間的に犯行は無理なのよ。誠三さんも、その日東京にいたことがわかっているの。彼は去年の五月頃、何かのツアーでアメリカ東部に旅行したんだけど、そのとき知合いになったアメリカ人の彫刻家が日本に観光旅行に来たのをあちこち案内していたらしいわ。二十六日の夜に成田に着いたのを迎えに行って、三十一日に関西行きの新幹線に乗せるまで毎日案内役をやって、その五日間は東京を離れていないことを証明する人間はいくらでもいるんですって。あ、それから、先生の奥さんも、二十七日の夜は、染色をやる仲間の人たちとお食事をしているので、やっぱりアリバイがあるのよ」

「ちょっとまた質問」

植物学者が手をあげた。

「タバコの吸殻が三人分あったことはわかった。が、ウイスキーのグラスに疑問があるんだけど」

何人かがうなずいた。心の中に同じ疑問をもっていたのだろう。僕も実はその一人だった。植物学者は、一つ一つの言葉を自分で検討しているように、ゆっくりと、

「菊並さんが障子の外から声をかけたとき、部屋の中には三人の男性がいた。碧山氏とあと二人。それぞれに吸っていたタバコが三種類。だがそれならば、なぜグラスが二個しかなかったのだろう？　二人のお客に一個ずつ出して、自分の分は用意しなかった、というのなら一応納得できる。が、現実には、その中の一個に毒が盛られ、碧山氏はそれを飲んで死んだ。彼はそのグラスを自分用に用意していたのだ。ではなぜ、お客が二

人いるのに一個しかグラスを出さなかったのか」

「初め、お客さんの分だけ用意して二個持って来た。でも、お客の中の一人が、自分はお酒を飲まないからと辞退したので、それではというので碧山氏が自分で飲むことにしたんじゃないかしら」

ヘップバーンが言った。

「それも一つの考え方だな。それから、もう一つの疑問。毒はグラスだけでなく、水さしに入れられていたという。もちろん対談中に犯人がすきをみて入れたのだろうが、なぜ、碧山氏の手もとのグラスに入れないで、水さしに入れたのだろう？　そのほうが入れ易い理由があったのだろうか？」

「それは簡単だわ」

と、バンビ。

「テーブルのこっち側に先生がすわってて、障子に近い側に犯人二人がすわってる。テーブルの真中に水さし。先生のすぐ前にグラス。それだったら、グラスよりも水さしのほうが近くにあって入れ易いじゃない？　先生が横を向いたときとかに入れられるわけよ。それにあの水さしは、口がこう花みたいに開いていて入れ易いタイプだったから」

「その水さしって、ガラス製？」

「透明なガラスの水さしで、緑色の木の葉模様が焼きつけてあるの。片側に手がついていて持ち易いのよ。使い易いので便利だと思っていたら、偶然暑中見舞に同じのをもう一つ戴いて、代りばんこに洗ったりして、二つとも使っていたの」

「伊勢郁夫が、事件でショックを受けて台所で『水、水』と言って水さしから飲んだというのは、もう一つのそれ？」

「はい。模様もよく似てて、ちょっと見たのではわからないみたいだったわ」

「なるほど。だいぶいろいろわかってきた」

そのとき、いままで終始黙って聞手にまわっていたおばさん――三杉カノエさんが、おずおずと口をはさんだ。

「あのう、人の殺された現場に何か落ちてて、それに指紋がついていたら、それだけで犯人にされることなんて、ないでしょうねえ？」

「どういう意味ですか？　もうすこし詳しく話してください」

植物学者が、穏かに言った。

「タバコなんです。さっきの話の中で、部屋には、空になったピースの箱と、二、三本減った外国タバコの箱があって、その外国タバコに、誰のかわからない指紋がついていたと言ったでしょう？　その誰のかわからないというのは、ひょっとしてわたしの従弟《いとこ》のじゃないかと思うんです」

「なんだって？」

思いがけない話の成行きに、一同の視線は、おばさんの顔に集まった。ランプの焔までが、感応するように、ぽっぽっと音をたてて揺れた。

「実はこういうことなんです。いま思い出したんですが、確かあの日、N市に住む従弟が不意にやって来たんです。従弟はN市の手芸材料の問屋に勤めていて、千代紙なんかをS町の民芸品店——ほれ楠本さんていう人が勤めているっていうその店だと思うけど、そこにも卸しているんです。で、その用事で時々S町まで来るので、ついでにここまで上がって来て寄ってくことがあるんです。従弟が来たのが九月二十七日に間違いないと思うのは、そのとき『ほんとは昨日来るつもりだったけど、台風がひどかったので一日のばした』と言っていたからです。その日は台風のあくる日で、とってもいい天気だったのを覚えています。従弟は、何かむずかしい名前の外国タバコを出して『お得意さんの人からもらったけれど、置いて行こうか』と言いました。わたしが『父ちゃんはこのところ、やっとタバコを止めたから』と言うと、『それじゃこれから研原碧山先生のところへ寄るから、先生にあげるべか』と言いました。従弟は、はぎれなんかのいいのが手にはいると、碧山先生のところへ届けることにしていたんです。壺や香炉の写真を撮る時、うつりのいい色の布地を下に敷いたり、後に垂らしたりするのに使うので、そういう布地は数があるほどいいと言って喜ばれるのだ、と言いました」

「ああ、先生の作品の写真を撮影するのにバックにするきれを持ってくるおじさんがいたわ。あの人？　そういえば、あの日も来たかもしれない」

バンビの目が大きくなった。

「だから、その、現場にあったという外国タバコは、わたしの従弟が持って行ったものでないかと——」

「わかったぞ。だいぶいろいろわかってきた。ひとつこれから、ちょっとした実験をやりませんか」

植物学者は、いきなり立ち上がった。

4

「実験？」

一同は面くらって顔を見合わせた。

「そう。三杉さん。ろうそくはありませんか」

「へえ。あります」

親父が、奥から二、三本出して来た。

「菊並さん。犯行現場にともしてあったというろうそくは、このくらいの太さの奴ですか？」

バンビに見せて確認してから、

「では始めます。ランプは、そっちの隅にやってできるだけ暗くしておいてください。実験は隣りの部屋でやりますから、皆さんは廊下で、障子を見ていてください。あ、それから誰か一人助手になってくれないかな。君、来てくれない？」

手招きされたのはポストマンだった。

植物学者とポストマンは、真っ暗な隣室にはいって行った。僕たちはぞろぞろと廊下に出て、やみの中の障子を見つめた。やがて、障子が、ほっと明るくなった。部屋の中でろうそくがともったのだ。

「よく見ててくださいよ」

植物学者の声がした。障子に人の影が映った。刈り込んだ頭、角ばったあご、広い肩幅。ポストマンであることは一目でわかる。と、光が何となくゆらゆらとゆらいだと思ったら、もう一体、影が現われた。なんと、これもまたポストマンではないか。こちらは、やや斜め向きで、鼻やあごの線がはっきり見える。

「どうでした?」

障子があいて、植物学者が顔を出した。

「どういうこと?　おんなじ人が二人」

バンビが、息をのみ込んだ。

「そんなにびっくりすることはないさ。種あかしは簡単。ろうそくをすこし離して二本立てたんだ。そら、こっちのろうそくでできた影は、うしろ向きに見えるだろう?　こっちのは斜め横向きだ。それぞれ、べつのろうそくによって生じた影なんだ」

「じゃあ、――じゃああの晩わたしが見たのも――」

「そう。犯人は二人連れだったというけれど、おそらくそれは一人の人間だと思う。碧山氏は、暗いのが嫌いで、電灯も明るくつけたがったという話だ。きっと、停電したときにも、ろうそくを二本立てたのだろう。そのため角度と大きさの違う影が二つできた。たまたま、タバコの吸殻が、人物が三人いたと錯覚するような状況をつくりだしていた。真相は、碧山氏がピースを吸い、ピースがなくなったので、その日もらったゲルベゾルテの封を切って吸ったのだ」

「それじゃあ、あの時あの部屋には、先生と犯人と二人だけしかいなかったのね」

「そう考えて間違いないだろう。本当のところは、ろうそくを一本ともしたのと二本ともしたのとでは光の感じも違うし、影の濃さや動きも違ってくる。僕たちのように、子供のころからしょっちゅう停電してろうそくをつけた経験のある者だったら気がつくかもしれないが、菊並さんのような若い人は、生れてこの方停電なんてほとんど経験がないだろうし、停電しても懐中電灯で間に合わせるだろうからね。犯人は自分の影が二つ映っているのを見て、ひょっとしたら二人の人間と錯覚してもらえたかもしれないと思い、一本のろうそくを消して持ち去ったのだ。タバコの吸殻が三種類あることも好都合だと思ったのだろう。ただし、グラスが二人分しか出ていない点は、どうしようもなかった」

「その一人の犯人て、一体だれ？」

「それはまだわからない。これから皆で、それを推理検討しよう」

八人は、またさっきの部屋に戻り、ランプの下に車座になった。おばさんが新しくお茶を入れ替えてくれた。暴風雨はまだ吹き荒れているが、宵の口からみると、とうげを越えた感じだ。

「菊並さんが細かく観察し記憶しておいてくれたので、半年も前の事件としてはデータがよく集まっている。これまでのデータから、めいめいが推理して、犯人と思う人間の名を紙に書いてみたらどうだろう？」

植物学者の提案に、一同はうなずいた。親父さんが、紙と鉛筆を人数分用意して配った。ランプの光の輪の下で、八人は、しばし、黙然《もくねん》と考えにふけった。

「わたし、わからないよ、お父さん」

まず紙と鉛筆を投げ出したのは、おばさんだった。が、一人二人と、紙に文字を書き始める者も出て来た。

「わたしも書けない。皆は推理ゲームのつもりで考えればいいかもしれないけど、わたしは登場人物を全部直接知ってるのよ。だからかえって書きにくいわ」

バンビも、棄権の意思表示に紙を放り出した。

「それじゃ、菊並さんには、皆の答えを読み上げる役をやってもらったらどう？」

ヘップバーンが提案した。

「書けたわ」

「僕も」

バンビの前には、紙片が次々に積まれた。

「じゃあ発表するわね。最初はと――『犯人、清野』。これは誰の答えですか？」

ポストマンが、恥かしそうに手を上げた。

「碧山先生が死ぬときにセイって言ったっていうだろ。それは清野って言おうと思ったんだと思うんだよ。先生は、弟子の中では楠本のほうに目をかけていたっていうことだろ？　それが日頃からおもしろくなくってさあ」

「わかりました。次は、『碧山先生の奥さん』。これを書いた人は？」

「わたしです」

三杉荘の親父だった。

「さっきの話じゃあ、奥さんは慾のない人で、財産なんかいらねえってことだけど、先生が死んで一番とくをするのは、やっぱ奥さんじゃないのかな。それに、離婚してえのに承知してくれねえ。自由になりたい一心で殺すってことも、動機にはなると思うな。ただ、奥さんはアリバイがあるってことだから、その点はどう考えたらいいのか——」

「推理小説だったら、そのアリバイが実はうそだったってことを証明して見せるわけなんだけど。では次。犯人は楠本。これは誰の意見ですか？」

影男が、おずおずと手を上げた。

「セイ——っていうのは、『せいの高い男』って意味だと思う。死にかけてて、名前を思い出せなかったんじゃないのかな」

「でも、楠本さんは先生を尊敬していたのよ。『白霞紫雲香炉』ができ上がった時だって、大変な感激ぶりだったわ」

「だから、そんなにも気に入った香炉が欲しくてさ。それが殺人の動機じゃないのかな。でも、あわてていたので、値打ちのない青のほうのを間違えて持って行っちまった」

皆は、どっと笑った。

「えーと、それから、次のにはちゃんと署名がしてあるわね。『高城寺拓。犯人は伊勢郁夫』」

「つまりね、僕はどうしても、その晩に限って伊勢が泊ったっていうことにこだわっちまうんだなあ。菊並さんが見たっていう障子の影は、眼鏡をかけて、ひげをつけていたっていうけど、眼鏡やつけひげで変装することは誰だってできるんだからね。セイっていうダイイング・メッセージは、伊勢郁夫って言おうとしたんじゃないかと思う。イセイクオ、イセイクオ、言葉がもつれて語尾がはっきりしなくなっていたら、セイって聞こえるんじゃないかな」

「そうかなあ。あ、次も署名入りだわ。『宇田美那子――横崎誠三が犯人』」

「セイというのは誠三のセイよ。この男は、プレイボーイで遊び好きなんでしょ。お金は幾らあっても欲しいタイプだわよね。研原碧山氏が死んだら、その財産やすごい価値をもつ作品は全部姉さんである研原夫人のものになる。従って自分もおこぼれにありつける。研原夫人がうわさのとおりお金にてんたんな人なのだったら、ごまかして、大部分を自分が使ってしまうこともできるかもしれない。ところが、姉さんは離婚しようとしている。離婚の前に碧山氏に死んでもらわなければ困るわけよ。結局動機はお金ね」

「でも、誠三さんにはアリバイがあるのよ。東京を離れていないという」

「それは——」

ヘップバーンは詰った。

「アリバイは、どっかにトリックがあるのよ。双子の兄弟がいるとかさ」

皆、また笑った。バンビは、フランス人の女の子がするように、ちょいと肩をすくめて、最後に残った一枚を取り上げた。

「あら、白紙だわ。先生でしょ、この白紙は」

非難の目で植物学者をにらんだ。

「ごめん。書こうと思っているうちに、皆さんの意見発表が始っちまって、それがあんまりおもしろいので、自分が書くのを忘れてしまった。しかし、皆さんの意見には、それぞれ、納得しがたい穴があるね」

「穴？　じゃあ、先生はどう推理するんです？　僕の推理の穴についても聞かせて欲しいですね」

僕はいささかむっとして言った。

「よし。じゃあ、僕の気がついた点を話そう。誰が犯人か、ということじゃなくて、いま名前を挙げられた五人が、犯人ではないという根拠をね」

植物学者は、すわりなおした。

「まずこの事件で一番奇妙なのは、青い香炉の一件だ。すぐそばに百五十万からする紫の香炉があるのに、価値のすくない青のほうを持って行った。もちろん、その人物が、青い色の香炉のほうが好きで気に入ったのなら、そっちを欲しいと思ったとしても不思議ではない。芸術的な作品は、その人その人の心にぴんとくるものこそ価値があるのであって、値段が高いから価値があるとは必ずしも言えない。しかし、もしここで犯人が青いほうの香炉が好きで欲しかったのなら、なにも碧山先生を殺さなくても、譲ってくれるように頼めばいいいんじゃないかな。もっとも芸術家というものは、自分の作品の中であまり気に入らないのは、残しておきたくなくて壊してしまう人もあるくらいだから、譲ってもらえたかどうかはわからないけれど。——僕はやはり、犯人は高価な紫の香炉と間違えて青い香炉を持って行ったのだと思う」

「間違えてって、停電で暗かったから？」

「停電のせいだと言えないこともないな。要するに青い香炉が、その時、紫色に見えたんだ」

「なぜ？」

「アトリエの外には、救急車がとまっていた。そういう場合には、救急車は、とまっていても赤いランプを点滅させている。アトリエはガラス張りで、レースのカーテンが下っているだけだった。赤い光で青い物を見たら何色に見える？」

「あっ、——紫」

「そうだろう？　赤紫色の香炉は、多分真っ赤に見えたんだろう。そして青いほうが紫に見えた」

「でも先生。救急車が来るのには五分くらいもかかったのよ。それまで犯人が家の中にいたの？」

「僕が、まず清野と楠本の二人を容疑から除外するのは、その点を考えるからだ」

「というと？」

「この二人は、碧山氏の家の間取りやアトリエの位置、香炉の置いてある場所などを熟知していたと思われる。もし二人のどちらかが犯人なのだったら、碧山氏が倒れたのを見すますと、すぐ目的の香炉を持って逃げたに違いない。ところが犯人はそうはしなかった。おそらく、碧山氏が倒れると犯人は、すぐ横の玄関から靴を取り、菊並さんに見つからないように家の中をうろうろし、アトリエにはいり込み、どれが目的の香炉かと捜しているうちに救急車が来た。犯人は、青い香炉を目的の物と思って、それを持って裏から逃げたのだ」

「清野と楠本についてはわかりました。ではあとの三人については？」

「夫人と夫人の弟についてはアリバイがあるという。もちろん、そのアリバイを疑い始めたらきりがないが、与えられたデータの範囲内で推理するという条件のもとでは、そのアリバイを承認しなければならない。それに、この二人が仮に殺し屋を差向けたのだと考えても、どうも納得のいかない点がある。夫人だったら、いくら別居中とはいえ、夫が急死したという知らせを受けたらすぐにとんで来るのが自然だから、そんなにまで急いで紫の香炉を盗み出させる必要がない。また義弟の誠三が犯人なのだったら、被害者が殺し屋の顔を見て『セイ』と言ったのはおかしい。それをよこしたのが誠三だと、わかるはずがないものね」

「じゃあ、伊勢郁夫はどうです？　彼が犯人じゃないということが証明できますか？」

僕はなおも食いさがった。

「伊勢郁夫も犯人ではないよ。考えてごらん。彼は殺人があったと聞いて、ショックを受けて、何をした？」

「台所へ行って、水を飲んだ――」

「何から？」

「えーと。ガラスの水さし」

「ほらね。その水さしは、犯人が毒を入れたのと見分けがつかないほど似ていた。自分が猛毒を投入したのとそっくり同じ水さしから水を飲む気になれるものだろうか？　何かの理由で、菊並さんが、毒のはいった水さしを台所に下げたのかもしれないじゃないか」

「あ、そうか。――負けた」

僕はいさぎよくかぶとを脱いだ。が、それだけで引っ込む気にはなれなかった。

「僕たちが犯人だと考えた五人が、それぞれ全部シロだというのなら、先生は誰を犯人だと推理するんですか？　自分一人、推理を話さないのはずるいですよ」

「推理や想像じゃない。僕は誰が犯人であるか知っているんだ」

「ええっ?」

とび上がったのは僕ばかりではなかった。植物学者は、まじまじと自分のてのひらを見つめながら、つぶやくように言った。

「僕は犯人が誰だか知っている。だが、その人間が、なぜ碧山氏を殺したのかが、どうしてもわからない。だから真相を発表するわけにはいかないんだ」

5

「誰か来て。——来て。早く!」

けたたましい叫び声で目が覚めた。ヘップバーンの声らしい。シャツとパンツだけで寝ていた僕は、大急ぎでズボンをはいて飛び出した。ゆうべは、あのあと部屋に引き取ってぐっすり眠ってしまったのだ。

外はまぶしいばかりの五月晴だった。

「あの人が逃げたの。橋のほうへ行ったわ。追っかけて」

ヘップバーンが、髪をふり乱して叫んでいた。

「あの人って?」

「小木曽よ。あの人をつかまえて」

僕は山道を駈けおりた。植物学者も、ポストマンも、親父も、あとになり先になりして走り続けた。

「あそこに——吊橋に」

ワイヤーの一本切れた吊橋が、斜めに傾いて揺れている。影男が、その吊橋を渡ろうとしていた。

「危い！ やめろ！」

「引っ返せ！」

しかし、彼は耳を貸さなかった。ぐらぐらする吊橋の手すりにしがみつきながら、何とか向う岸に行き着こうと必死だ。

「あっ！」

一同の口から悲鳴が走った。向う側のもう一本のワイヤーが、人間の重みにぷっつりと切れた。ひっかかっていた樹木と一緒に、影男の体は谷底に落ちて行った。

「どうしてあんな無茶を」

親父がうめいた。

「逮捕、裁判、刑——そういうことを考えると、一か八かの賭をしてみる気になったんだ」

植物学者が湿った声で言った。

「なに？ いま何ておっしゃったの？」

ヘップバーンが、取りすがらんばかりに聞いた。

「あの男は、殺人犯だったのです」

「先生は、ご存知でしたの？　わたしの夫を殺したのは、やっぱりあの人でしたのね？」

「あなたの夫？」

「そうです。宇田敦彦です。去年の九月二十六日に殺されたのです」

「九月二十六日。それではあの男ではない。あの男が殺したのは、研原碧山氏です」

また言い合わせたように、全員の口から叫びが洩れた。ヘップバーンが、当惑げに、

「わたしには、何のことかわかりません。あの人でないのだったら、夫を殺したのは誰なんでしょう？　わたしは、あの人に違いないとにらんでいました。あの人のあとをつけて、ここまで来たんです。きのう、わたしが三杉荘にはいって行ったら、あの人は怯えて幽霊のようになりました。だから、一層確信をもったのです。それなのに――」

「ご主人は殺されたと言いましたね？」

「ええ。夫は、まじめなサラリーマンでした。去年の五月、夫は商用でアメリカへ行きました。商用でしたが、丁度ある観光ツアーが一人分あいていたので、それに便乗したのです。そのツアーの中に、夫の友人だったあの人――小木曽が参加していたのです。あの人は観光旅行を装って、麻薬をこっちへ運んで来たらしいのです。夫は、旅行中ふとしたことからそれを知って、悩んでいました。友人を警察につき出すことはできない。本人に忠告して何とかさせようと思ったようでした。ところが、幾らもたたない九月の

二十六日のこと、夫は勤めから帰って来ませんでした。定時に会社を出ているのに。――家の近くの川に、首を締められた上、突き落されて死んでいたのです。つい最近夫の日記が引出しの奥からみつかり、わたしは小木曽という人を疑うようになりました。だってあの人には、夫を殺すだけの動機があるんです。それ以来、わたしは、あの人をつけまわすようになりました」

「わかった！　それでわかった！」

植物学者は、手をぽんと打ち合わせた。

「ご主人を殺したのは、横崎誠三です。交換殺人ですよ」

「交換殺人？」

「横崎も、五月に観光ツアーでアメリカへ行ったといいます。その旅行で、ご主人や小木曽と知り合ったのです。横崎と小木曽は、互いに殺したい人間をもっていた。横崎は欲のために義兄を。小木曽は、口をふさぐためにあなたのご主人を。――しかし、動機をもつ者がやったのでは、その線から発覚し易い。二人はそれぞれの被害者を交換して殺害することにした。ボクシングなどをやっていたという横崎には、ご主人の首を締めて川に突き落すのはたやすいことだったのでしょう。九月二十六日の夜、ご主人を殺害して、そのあと羽田空港へアメリカの知人を迎えに行き、研原碧山殺しのアリバイをつくったのです。小木曽は、同じ二十六日にS町の碧山氏を殺し、東京のほうの事件のアリバイをつくる計画になっていました。交換殺人は、同時に行わなかったら、どちらか一方が厭になって実行しないで終るかもしれませんからね。ところがこの地方では台風の影響で列車が不通になり、彼は予定の二十六日に殺人を行うことができなくなってしまいました。彼は、アリバイつくりを諦め、眼鏡やつけひげで変装して碧山氏を訪問し、毒殺に成功したのです。想像ですが、おそらく電話で碧山氏の夫人の情事について情報を提供するというようなことをほのめかしたのでしょう。宝石やアクセサリーのセールスマンは、女性のところに出入りしますからね。碧山氏は死にぎわに、『セールスマン』と言おうとしたのです」

「東京に帰ったら、いっさいの話を警察にしますわ。横崎誠三を逮捕してもらいます。先生のお名前を出して、よろしいでしょうか?」

植物学者は、うなずいた。僕は横から質問せずにいられなかった。

「しかし、彼は、例の香炉をどうするつもりだったんでしょう?」

「盗んで東京に持って来るようにと、横崎に厳命されていたんじゃないのかな。それが、ゆうべ話したようないきさつで、青いほうのを持って行ってしまった」

「横崎は、どうしてそんなにあわてて香炉を手に入れる必要があったんですか?」

「来日したアメリカ人に、売りつけようとしたんじゃないですか。国内で売ると足がつきやすいし、それに外人のほうが多分日本人よりも高く買うだろうと考えて。——小木曽は、セールス用の大きなかばんを持って行って、香炉をそれに入れて逃げたのかもしれない」

「先生は、小木曽が研原碧山殺しの犯人だと、いつわかったんです？」

「皆が犯人と思う名前を書いて当てっこした時さ。小木曽は、犯人が香炉を間違えた話をもちだした。だが、その前に、菊並さんが、二個の香炉の話をした時には、彼はまだ二階にいて、その話は聞いていなかったはずなんだ。それなのに香炉の取違えの一件をよく知っていた」

僕たちは、足もとに咲いている野生のスミレを摘んで束にし、谷底に投げた。橋がなおるまで、ほかにできることは何もなかった。

＊　＊　＊　＊

数日後、吊橋および電灯電話線は修復された。こちら側に何人かの人間が島流しになっていることが判明した以上、県としても工事を急がないわけにはいかなかったのだ。美しく晴れ上がった五月の朝、僕は荷物をまとめて三杉荘を出た。バンビは、一足先に東京に帰っていた。

吊橋が見えるところまで来ると、先に渡りかけている人物があった。

「先生。——仁木雄太郎先生」

植物学者は、振返って僕を認めると、にっこりと手を挙げた。登山帽をかぶり、リュクサックを背負っている。僕はすぐ追いついた。

「高城寺君。卒論の準備をするために来たんでしょう？　あんな事件が起こって、勉強どころじゃなかったな」

「実は、――卒論じゃないんです」

僕は、さげているボストンバッグから数冊の本を取り出して見せた。「法医学入門」、「毒物学」、「六法全書」、「推理小説の書き方」、「トリック類別集」、「時刻表」。――

「僕、推理小説を書きたいと思っているんです、あるところで募集しているから。でも、なかなか話がうまくまとまらないんです。今度の事件を小説にしていいですか?」

「うまくフィクションとして構成するんなら、いいんじゃないかな。賞でも取れたら、菊並君にも自慢できるしね」

僕は赤くなった。


このような次第で、僕はこの小説を書いたのである。

子をとろ　子とろ

1

「ママ。『子とろ女』って知ってる?」

幼稚園から帰っておやつを食べていた息子の哲彦が、不意に言った。

「知らないわ、なんのこと?」

哲彦の妹の鈴子が、ワッフルのクリームで口のまわりをべたべたにしているのを、濡れタオルで拭いてやりながら、わたしは半分うわのそらで答えた。

「『子とろ女』ってね、怖いんだぞう。夜、暗くなってから出るんだ。目がこーんなにふくれあがってて、真っ赤なんだ」

「なによそれ。お化け?」

「うん。それでね。子どもを見ると、『うちの子だあ』って言って、つかまえにくるんだよ。『違うよ』って言っても、『そうだあ』『そうだあ』って、追っかけてくるんだって」

「じゃあ『違う』って言わないで『うん』って言ったらどうなるの」

「そしたら喜んで、うちの子と思って連れてっちゃうんだよ。ぼく、怖いや」

「ばかばかしい。お化けなんて、ほんとにはいないの。怖がらなくて大丈夫なのよ」

そのとき、

「哲ちゃん、遊ぼう」

と、外で声がした。

「ほらほら、昇くんだわ。暑いから、帽子をかぶるの忘れないで」

昇くんは、おむかいの多治木《たじき》さんの坊やで、哲彦の仲よしだ。ポプラ幼稚園の五歳児クラス、うさぎ組のクラスメートでもある。

「水遊びするの？　朝から汲んでおいたからお水がだいぶぬるくなってるでしょ」

猫のひたいほどの庭だが、子どもを遊ばせるスペースとしてはありがたい。ビニールプールに水を一杯張っておくと、午後にはぬるま湯くらいの日向《ひなた》水になっている。昇くんと哲彦が水てっぽうのひっかけっこをしているそばで、鈴子までが、お昼寝をしようともせず、金魚を浮べてぽちゃぽちゃやっている。

「あら、アケミちゃんも来たの？　一緒に水遊びなさいね」

子どもグループはメンバーが一人ふえた。裏手の原島さんの子で、幼稚園はりす組だから四歳だ。アケミちゃんは一人っ子のせいかおとなしくて、二歳の鈴子ともよく遊んでくれるので、鈴子は大歓迎だ。

ご連中が機嫌よくやってる間にと、わたしはミシンに向った。これからは汗で何回でも着替えさせるので、子どもたちの遊び着はいくらあっても足りない。高級なものは縫えないが、夏のふだん着くらいなら木綿の端ぎれを買って来て手作りにするのだった。

わたしが再び「子とろ女」の話を耳にしたのは、二、三日後に用事で幼稚園に行ったときだった。

ポプラ幼稚園では、毎年夏休みにはいる直前に花火大会をやる。場所は幼稚園の庭だが、主催はPTAで、お父さんたちが電気花火や宇宙花火をして見せたり、線香花火を子どもたちに持たせて、長く燃えるコンクールをしたり、花火だけでは飽きるので皆で歌ってお遊戯をするやら、お母さんたちの余興《よきよう》がはいるやらで、結構にぎやかなのだ。園児たちは、ふだん昼間行く所である園に日が暮れてから集まるのが珍しくて大はしゃぎだし、入園前の幼い弟妹や小学生の兄さん姉さんまでが、参加するのを楽しみにしている行事だった。その花火大会の打合せで父母の有志が幼稚園に集まったわけだ。

ひととおりの相談が終って、まあお茶でも飲んで散会という時、緑ちゃんという子のお母さんが突然隣りの人に、

「ところで、お宅のお子さん、『子とろ女』の話をして怖がったりしませんか?」

と言い出した。

「しますわ」

「うちでも。『子とろ女』がいるとか言って、夜一人でトイレに行かなくなって、困る

の」

「うちの子もよ」

何人かが口々に言った。

「『子とろ女』って、なんですの？」

「なんかお化けみたいなものですって？」

と聞く人もいた。

「わたしもよく知らないんですけどねえ。夜、暗い道で出るんですって。白い着物を着ていて、目を真っ赤に泣き腫らして、顔は涙でぐちゃぐちゃに濡れてるんですってね。子どもを見ると、『うちの子だあ』って言って——」

「きゃあっ、いやよ」

緑ちゃんのママが白眼をむいて妙な声を出したので、原島さんが、隣りにすわっていたわたしにしがみついた。原島さんは、わたしのうちと背中合わせの家の、まだ二十代の奥さんで、アケミちゃんのママだ。いいとこのお嬢さんらしい無邪気なたちで、相当な怖がり屋だ。

誰かが、

「そうそう。『違う』って言うと、どこまでも追っかけてくるっていうんでしょ。なんでも子どもを誘拐されて殺された母親が、気が狂って『子とろ女』になったとか言いますねえ」

「あら、じゃあ、お化けじゃないの？　ほんとの生きている女の人なの？」

正直そうな若いママさんが、びっくりして聞いた。

「ほんとなわけないじゃない。どうせ誰かがおもしろがって言い出したのよ」

「ねえ、子とろ女を撃退するにはどうしたらいいか知ってる？」

「あら知らないわ。撃退法なんてあるの？」

「ハンカチかなんか、いらない布きれでね、てるてる坊主みたいなのを作るんですって。丸く頭を作って、首のとこを糸でしばってね。それをいつも身につけていて、子とろ女が出たらぶつけてやるといいんですってよ」

「へーえ？」

「その布人形を自分の子どもだと思って、喜んで持って帰っちゃうんですって」

「誰に聞いたの？　そんなこと」

「ラジオで言ってたとかいうわよ。子とろ女の話は、東京中か全国的か知らないけど、ずいぶん広い範囲にひろまってるんじゃないのかしら。テレビのワイドショーでも取りあげてたもの」

「どうせそんなうわさを広めたのは、テレビかラジオに決ってるわ。深夜放送のディスクジョッキーで、『こういう話があるそうです』なんて言うと、ぱあっと拡がっちゃうのよね」

「いやあ、昔も似たようなことがあったもんですよ。あれは昭和十二年か十三年頃だったかな。東京の街に夜な夜な、覆面をした赤マントの男が現われて、子どもや女学生をさらうとか言ってな。『警察の調べではそういう事実は全くありませんから、まどわされないように』と、ラジオで放送していましたよ」

働いているママさんに代って出席した、昇くんのおじいさんが言った。

「ともかく子どもが怯えて困りますわねえ。先生が、そんなことはありませんてはっきり言って、そんなうわさを立てることを禁止してくだされぱいいのに。ねえ浅田さん」

柳田さん——緑ちゃんのママ——がわたしに言った。

「そうねえ。だけど今の子どもたちはお化けなんか信じないで夢がなさすぎるから、一つくらい怖いものがあってもいいんじゃない？　まさか大人になって会社へ行くまで怖がっているわけでもあるまいし」

「あら、わたし、大人でも怖いわ。こんなお話聞いて、今夜は主人にトイレまでついて行ってもらわなきゃ」

原島さんが、ほんとに怖そうに声をひそめたので大笑いになった。

「あーあ、子とろ女がうちの坊主つれてってくれないかなあ。この頃、憎まれ口ばっかりきいて、かわいくないったらないの。親になんかなるもんじゃないって思うときがあるわ」

哲彦のクラスの敏哉くんのお母さんが大げさに嘆息した。

「同感。子どもも五つにもなると、どうしてこう口がへらないのかと思うわね」

「わたしたちが子どもの頃は、もうちょっと無邪気でかわいかったと思うのにね」

「どうだか。自分では天使みたいに思ってても案外はたからみたらチビ悪魔みたいなものだったんじゃないかしら」

「子どもが天使かお人形みたいだったら、そのほうがよっぽど問題よ。ま、うちの子は、さらって行っても子とろ女のほうが閉口して返しにくるわ」

　ミコちゃんというおてんば娘のママさんが言ったので、一同爆笑のうちに散会したのだった。

2

　花火大会の夜は、よく晴れて、夜空に天の川がしらじらと流れていた。幼稚園の庭には電球を入れたちょうちんが並べてともされ、子どもたちの作った思い思いの模様の紙旗が、万国旗の代りに夜風にはためいている。

　ロケット打上げ花火や大きな栗の木のお遊戯とプログラムは進んで、子どもたちの線香花火コンクールにかかろうとしたときだった。

「きゃあーっ」

　けたたましい悲鳴が起こった。園舎の角から一人の女の人がころがるように駈《か》けて来た。白いブラウスにピンクのスカートのその人が、アケミちゃんのお母さん——原島紀美子さんだと確認できるまでに数秒かかった。

「どうしたの、原島さん」

「顔が真っ青」

皆がさわぎ出した。

「出……出たの……」

「なにが?」

「子とろ……女……」

皆はぽかんと顔を見合わせていた。

「まさかあ」

と、ミコちゃんのママが言った。

「どこに出たっていうの? え? 原島さん」

わたしが、背中をさすりながら聞いた。

「あ、あの……裏口のとこ……トイレの……」

その言葉を耳にするかしないうちに、何人かがばらばら駆けだしていた。わたしもその一人だ。

幼稚園の大人用トイレは、裏口をはいってすぐの所にある。原島さんは、プログラムの合間にトイレに行ったのだろう。

だが、裏口にも、その周辺にも、人間はもとより、生きものの姿は見当らなかった。

「なんにもいないじゃない」

「だいたい、子とろ女なんて出るわけないわよねえ」

「原島さんは臆病だから、何か見えたような気がしたんだわ」

「ちょっと、あれなにかしら」

わたしが、植込みのほうを指さした。もみじの木の暗がりに、なにやら白いものが見えた。どの子かのパパさんが、そうっと近寄って、やみをすかした。一瞬緊張が流れた。

「布きれですよ。タオルの古いやつだ」

その男性が手にして見せたのは使い古してよれよれになった白いバスタオルだった。

「幼稚園のじゃないみたいね」

「今日は夕方まで風が強かったから、近所のうちから飛んで来たんだわ。物干にでも干してあったのよ」

わたしたちは、皆のところに戻って報告した。笑い声が起こった。

「違うわ。バスタオルなんかじゃないわ。ほんとに裏口のとこに立ってたのよ。白い長い着物で、黒い髪をばあっと垂らして、目が真っ赤で……あああ……」

原島さんは、また震えだして、その場にしゃがみ込んでしまった。

「でもねえ、原島さん。子とろ女なんて、現実にいるわけないわよ。気の迷いよ。帰って休んだら？　わたしおうちまで連れて行ってあげるわ」

アケミちゃんと同じ組のお母さんが、なだめるように言った。

「そうしてあげて。アケミちゃんは、まだいるでしょ？　あとでおばさんが一緒に帰ってあげるから大丈夫よ」

と、わたしが言った。アケミちゃんは、不安そうだったが、哲彦が、

「平っちゃらだよ、ぼくがついているからさあ。ぼくたちとみんなで帰れば平気だったら」

と言うと、やっとうなずいた。わずか一歳年上でも、子どもの目から見れば大きく見えるのだろう。アケミちゃんは、ふだんから哲彦を信頼しているのだった。

花火大会は、無事に終った。美しい花火や、たのしい余興に、大人も子どもも今さっきの騒ぎのことは忘れていた。

眠ってしまった鈴子をおんぶし、アケミちゃんの手をひいて家に向った。哲彦は、昇くんの一家に混って歩いている。

原島さんの家に着くと、ご主人が丁度帰ったところだった。アケミちゃんのパパは若い商社マンで、なかなか忙しいらしい。夜遅く帰宅することも珍しくないのだ。

「いやあ、すみませんでした。ワイフはどうも子どもみたいで——臆病の度がすぎて皆さんにご迷惑かけましたね」

恐縮するご主人のうしろから原島さんはまだ青ざめたままの顔をのぞかせていた。

「ごめんなさい、お世話かけて。でもほんとなのよ、気の迷いや見間違いじゃないわ。ほんとに子とろ女が立っていたのよ」

「よさないか、きみ。いいから向うへ行って寝てなさい。——申訳ありません。ワイフ、

どうも疲れているようで」

「ゆっくりお休みになればいいわ。朝になったらみんな笑い話になるでしょうよ」

アケミちゃんをパパに渡して、わたしは家に帰った。我が家でも夫が帰って来ていた。新聞社のヘリコプターのパイロットという職業は、やはり勤務が不規則になりがちなのだ。

「花火、きれいだったね。こんど、うちでもやろうよオ」

哲彦は、ご機嫌で、それでも平生より遅くまで起きていた疲れから、ふとんにはいるとすぐ寝入ってしまった。

そこまではよかったのだ。

子ども二人が寝ついた静かな夜のひとときを、夫とわたしはテレビを見てすごした。夫は枝豆をさかなにビールを飲みながら。わたしは、縫いあがった何枚かの遊び着のボタンつけをしながら。

刑事もののドラマが終って、十一時のニュースのときだった。隣りの寝間で、わあっと泣き声が起こった。哲彦だ。わたしはとんで行った。哲彦は、ふとんの上にむっくり起きあがってわめいている。

「どうしたの？　え？」

背中をたたくと、激しく泣きじゃくった。

「夢を見たのね。よしよし、大丈夫よ」

「子とろ女だよオ。子とろ女が――」

「子とろ女の夢を見たの？　いやあねえ」

「しろーい着物着てるんだよ。わあーって口をあけて――」

哲彦は、わなわな震えている。

「どうしたんだい」

夫も立って来た。

「ほら、パパもママもいるでしょ。怖いものなんか来ないわよ」

やっと寝かしつけて、ダイニングキッチンに戻った。

「あいつ、そんなに子とろ女に怯えているのか」

夫は、憮然《ぶぜん》として言った。ヘリコプターを駆って大空を飛びまわっている彼には、地上のくだらないお化け話など、これまでほとんど関心がなかったのだ。

「今まではそんなでもなかったんだけど、今夜へんなことがあったのよ。きっとそのせいだわ」

わたしは、花火大会でのできごとを話した。

「ねえ、原島さんは、なにを見たんだと思う？　それとも、なにも見なかったのかしら？」

「やっぱりその古タオルを見間違えたんじゃないのかな。神経症にかかっていたら全くなにもなくても幻影を見るということもあるだろうが、そういうのでもないんだろう」

「うん。そこまで行ってるわけじゃないと思うわ。とても気が弱くて怖がり屋だけど、神経が異常とは思えないもの。だけど、哲彦にも困ったものね。よそみたいに夜トイレに行かなくなったりしたらどうしよう。男の子のくせに勇気を出せってきつく叱ってやったらいいかしら」

「ほんとに怯えているのだったら叱ったってしようがないだろう。そんなの作り話で本当にはいないのだと言ってきかせて、あとはほっとけよ。怯えるのも経験のうちだ」

「わたしもそう思うの。それにしてもお化け話だったら、もうすこし陽気でからっとしたのがはやってくれないものかしら。子どもを殺された母親が悲しみに狂って——なんて、可哀そうすぎて残酷でいやだわ」

「確かに、あと味がよくない話だな」

　翌朝、哲彦は、ゆうべのことはけろっと忘れて出かけて行った。妹の鈴子と比べると赤ん坊の頃からやや神経質で感じ易い子だったが、幼稚園は好きで、行くのを厭《いや》がったことはない。仲よしの昇くんと一緒に行くのも楽しみの一つなのだろう。

だが、幼稚園ではやはり「アケミちゃんちのおばさんが、ゆうべ子とろ女を見た」というのが、幼い子どもたちの間でもちきりの話題であったらしい。

「ねえ、ママ。子とろ女って、やっぱりほんとにいるんだって」

　園から帰った哲彦は、かばんをおろすのももどかしく言いだしたのだった。

「ぼく怖いよ。ハンカチのお人形作ってよ」

「ハンカチのお人形？」

「うん。ハンカチでてるてる坊主作るんだよ。昇くんも敏哉くんも緑ちゃんも、みーんな持ってるよ。子とろ女が出たら、ぶつけるんだって」

「やれやれ、厄よけのおまじないか」

わたしは、古いハンカチに綿を一つまみ載せて、布のてるてる坊主をこしらえてやった。鈴子までがわけもわからずに欲しがるので、同じのを二個作った。哲彦はそれをポケットに入れると、安心して遊び始めた。

まあいいだろう。わたし自身は迷信みたいなものは嫌いだが、まだ五歳なのだ。人のうわさも何とやらで、じきに誰も子とろ女の話などしなくなるだろうし、哲彦自身、こんな布人形を持ち歩いたことを、懐しさと幾らかの恥かしさをもって思い起こす日も、いつか来るだろう。――と、わたしは気にもかけなかった。

他愛もない一過性のお化け話と思っていたのが、恐ろしい事件に発展しようとは、そのときのわたしには考えもつかなかったのだ。

3

幼稚園が夏休みにはいって間もないある日のことだった。

わたしは、片手で幼い鈴子の手をひき、もう片方の手にショッピングカーをひっぱって、スーパーマーケットへの近道を歩いていた。かっと照りつける太陽が幾らか傾くのを待ってお昼寝からさめた娘を連れ、夕ご飯の買い出しに出かけたのだった。哲彦は、昇くんの家で泥んこになって遊んでいる。

「あら、奥さん。本格的に暑くなりましたわねえ」

うしろから声をかけたのは、近所の松井さんの奥さんだった。近所の奥さんといっても、わたしよりはずっと年上で、大学生の息子さんがいる。

「ほんと。このへんで一雨欲しいとこですわね」

「ちょっと降ってくれないと、また水不足になるでしょうねえ、困るわ」

世間話をしながら並んで歩いた。

そのとき、

「ぎゃーっ」

というような、悲鳴が聞こえた。わたしと松井さんは、顔を見合わせて立ちすくんだ。横丁の角からころがるように姿を現わしたのは原島紀美子さんだった。原島さんは、わたしたちの姿を見るなり、とりすがるように、その場にへたり込んでしまった。手に持った買物かごが飛んで、トマトやナスが、アスファルトの上にころがり出した。

「どうしたのよ、原島さん」

「子……子とろ女がまた……」

聞くより早く、わたしは鈴子を抱きあげて走りだした。

角を曲った。わたしの目の前には、細い一本の道が、しろじろと夏の日光を照り返しているだけ。なんの姿もない。

ちょうどそこへ、むこうの角から、女の人が一人姿を見せた。紺色のタンクトップにボーダー柄の長い巻きスカートをつけ、夏帽子をかぶった三十歳前後の人だ。名前は知らないが、顔は見かけたことがあった。

「あのう、いま、その角をむこうへ誰か走って行きませんでした？」

わたしは声をかけた。

「え？　いいえ、誰も見ませんでしたよ」

女の人は、けげんそうにかむりを振った。

「いまね、ご近所の方が、この道で変な人に出会ったって逃げて来たの。でも、その変な人は、こっちへは来なかったから、あなたの来られた角のほうへ走って逃げたに違いないんだけど」

「でも、だあれも走ってなんか来ませんでしたよ。そう言えば、悲鳴みたいな声が聞こえたけど」

夏帽子の人は、手さげからハンカチを出して汗を拭った。暑い道を歩いて来たのだろう。顔がてらてらと光っている。

「なにか、ありましたのでしょうか？」

道ばたの家のブロックべいごしに、よぼよぼのおばあちゃんが顔をのぞかせた。わたしは、誰か見なかったか聞いてみた。

「わたしは奥の部屋で横になっていたのでねえ。悲鳴が聞こえたので、やっこら起きあがって出て来たんですよ。うちの者は、今日はみんなるすだしね」

　この家の向い側は、このごろでは珍しくなった大きなこんもりした竹やぶで、家はない。ともかく、こうなると原島さんが子とろ女を見たというのは、彼女の幻覚としか考えられなくなる。現実に怪しい者がいたのなら、むこうの角のほうに逃げたか、道ばたの家に逃げ込んだかのどっちかしかない。でもそうだとしたら、帽子の人かこのおばあちゃんかのどちらかに目撃されずにすむわけがない。竹やぶは、竹が密集して生えていて、逃げ込んでもそんなに早く走れないし、わたしの目にとまらないで逃げきれるものではないのだ。

　原島紀美子さんは道路にしゃがみ込んで手で顔をおおっていた。松井さんが、何か言って慰めながら、散乱した野菜を拾い集めていた。

「原島さん。ともかくおうちへ帰りましょうよ、さ」

　わたしがうながすと、そこまでついて来ていた帽子の人が、

「わたしがお連れするわ。どうせ同じ方向に行くのですから」

「そういえば、あなた、原島さんのお隣りの阿津見《あつみ》さんの——？」

「はい。兄夫婦が原島さんのすぐお隣りに住んでるので、よく遊びに来て、原島さんともおなじみですわ。阿津見法子《のりこ》といいます。よろしく」

「こちらこそ。浅田悦子ですの。じゃあ、原島さんのこと、お願いね」

阿津見法子さんはうなずいた。かいがいしく抱き起こすようにして原島さんを立ちあがらせ、自分の手さげと野菜のはいった買物かごを一緒に抱えて歩き出した。

わたしと松井さんも、やっと安心してスーパーに向って歩き始めた。

「ねえ浅田さん。あの方、すこしノイローゼなんじゃないかしら。いくらなんでも、この真っ昼間に子とろ女なんてねえ」

松井さんが、声をひそめて言った。

あくる日、わたしは、ちょっとした用事をこしらえて様子を見に行った。原島紀美子さんは、青ざめた顔で、ぼんやりダイニングキッチンのいすにすわっていた。一人っ子のアケミちゃんは、隣りの部屋でままごとをしている。

「わたし、どうしたらいいのかしら。……主人はね、お前どうかしてるぞって言うの。ねえ、わたし、変に見えて？」

涙声できかれても、わたしには答えようがなかった。彼女はつづけて、

「でも、わたし、ほんとに見たのよ。あれが気のせいや幻だとしたら、わたし、主人やアケミを見ても、本ものなんだか幻なんだかわからないことになるわ。……わたし……わたし……」

「落着いてちゃんと話して。あなたが見た子とろ女ってどんなだったの？」

「花火大会の夜に見たのとおんなじよ。白いふわあっとした着物を着て、黒い長い髪で、目のまわりが真っ赤で涙が流れてたたわ。……ああ……」

がたがた震えだした紀美子さんをなだめるのに、わたしは大汗だった。

「で、あなたは悲鳴をあげて逃げて来たわけ？」

「ええ。てるてる坊主をぶつけて逃げたの」

「てるてる坊主？」

紀美子さんは、恥かしそうにもじもじして、

「実はね、わたし、ハンカチでてるてる坊主を作ってポケットに入れていたの。ほら、子とろ女が出たらぶつけるといいっていうおまじないのあれよ。アケミが作ってってって言ったとき、自分のも一つ作ったの」

「あなたったら、まあ」

わたしはあきれ果てた。

「笑わないで。わたしだってそんなの迷信だと思うわ。でも何となく安心な気がして持っていたの」

それをぶつけて逃げたら、子とろ女は言い伝えどおりに退散したというのか。白昼の街なか、煙のように消え失せて？

「そんなことより原島さん。お宅、ご主人がヨーロッパに出張なさるんじゃなかった？」

「それなのよ、明日の晩からるすになるの。わたし、アケミと二人っきりで、心細くって。明日の晩は、お隣りの阿津見さんが泊りに来なさいって言ってくださってるの。ご

主人が学校の宿直で、奥さんと赤ちゃんだけだからって」

「いいじゃないの。明日の晩だけでも阿津見さんとこにお世話になったら？　そのあとはまたあとのことよ」

「でも、お隣りには赤ちゃんもいるのに、アケミと二人で泊りこむなんて悪いみたい」

「じゃあ、アケミちゃんはうちで預かるわよ。うちなら哲彦たちがいて、アケミちゃんも退屈しないわ。あなたは阿津見さんにお世話になれば？」

「ありがたいわ。お願いできる？」

阿津見さんのご主人は、高校の美術の先生だ。昨日道で会った法子さんの兄さんである。奥さんは、姉さん女房なのか四十に近い気のよさそうな人で、子どもができないので、どこからか生れたばかりの男の赤ちゃんをもらって養子にした。夫婦仲もよく、もらい子の赤ちゃんを目に入れても痛くないようにかわいがっている暖かな家庭だ。

この阿津見さんの家に紀美子さんが泊めてもらうことに決って、原島さんのご主人も安心したらしい。出発前に、うちと阿津見さんに、果物を持ってあいさつにみえた。あさってからは、紀美子さんの友人かなにかに来てもらうとかいう話だった。

4

「わあい、アケミちゃんのパジャマ、クマさんがついてるよ」

哲彦がはしゃぐ。

「べーたん、ついてる。べーたん」

鈴子は、いつも抱いて寝る縫いぐるみのクマのべーちゃんを、アケミちゃんの着ているパジャマに押しつけて、くらべてみている。

「いやあだ、くすぐったーい」

アケミちゃんも大はしゃぎだ。要するに子どもたちは三人ともうれしくって、眠るどころではないらしい。

「さあさ、おふとんにはいるのよ。ご本を読んであげるから」

やっと子どもたちを寝かしつけたときは、十時を過ぎていた。

「原島さんご夫婦は、兄弟もご両親もみんな遠方だったり、亡くなってしまっていたりで、こういうときは心細いらしいわね。ただでさえ怖がり屋なのに」

わたしたち夫婦も、しばらくくつろいでから寝床にはいった。

どのくらい眠ったろう。わたしは、揺り起こされて目をあけた。

「悦子、起きろ。なんだか変なんだ」

「うーん。なにが変なのよ」

「いまトイレに起きたら、あっちの家で悲鳴が聞こえたんだ」

「悲鳴?」

ねむけが吹っとんだ。わたしは、がばと起きあがった。

「女の悲鳴だった。あの、なな め後《うしろ》の家、なんてったっけ?」

「阿津見さんよ。そうだわ、今晩は原島さんが泊りに行ってるんだわ」

また子とろ女の幻影でも見たんだろう——と思った。トイレの窓からのぞくと、お茶の間らしい部屋からあかりがもれている。赤ちゃんの泣き声が聞こえる。

「ちょっと行って見てくるわ。原島さんが怯えて、阿津見さんの奥さんが困っているかもしれないから」

手早くブラウスとスカートに着替え、とび出した。午前二時半だった。

阿津見さんの家の玄関で声をかけたが返事がない。ドアにはかぎがかかっているし、中の電灯も消えていた。庭のほうへまわってみた。あかりのもれている部屋は、窓ガラスの内側にレースのカーテンがかかっている。カーテンのすきまから中をのぞいた。

「あっ」

と、悲鳴をあげたのは、わたしのほうだった。

六畳間のまんなかに、小花模様の淡《うす》青いネグリジェを着た女性がうつぶせに倒れている。頭が血で真っ赤だ。顔は見えないが阿津見夫人に間違いない。

それとはすかいの位置に、もう一人の女性が、これはあおむけになって倒れていた。原島紀美子さんだ。わたしはぞうっとした。原島さんが右手ににぎっているのは、重そうなブロンズの像だった。ロダンの「考える人」を形どったもので、ふだんからこの部屋の棚の上に飾ってあったのを見た覚えがある。ブロンズ像には血がべっとりついていた。

「どうした？　悦子」

うしろで声がした。夫だった。

「大変なのよ。何とかしてここ開けて」

夫と二人でやっと窓をこじあけ、中にはいった。阿津見夫人のほうは夫に任せて、わたしは紀美子さんに駈け寄った。

「しっかりして、原島さん！」

紀美子さんは体のどこにも傷などはないように見えた。抱き起こして、ほっぺたをたたいた。彼女は、ぼんやりと目を見開いた。

「気がついた？　わたしよ」

「ああ、浅田さん！」

紀美子さんは、ブロンズ像を放り出していきなりわたしにしがみついた。

「子とろ女が、子とろ女が襲いかかってきて――」

「子とろ女？　そんなものどこにもいないわよ」

「でもいたのよ。目のまわりが真っ赤で、ぐわーっと口をあけて――わたし、あとは、なんにも……」

言いかけて、彼女の目が大きくなった。倒れている人と流れている血を見た。

「ああ、どうしよう」

両手で顔をおおうなり、彼女はまたふらっと気を失いかけた。

「しっかりするのよ。何があったの？　何が起こったの？」

――なにをやったの？――とは、さすがに聞けなかった。

「わたしじゃない。わたしがやったんじゃない。……でも……、でもやっぱり、わたしかしら？　わたしなのね……」

うわごとのような言葉をつぎ合わせて判断するとこうだ。

次の間で寝ていた彼女は、誰かに呼ばれたような気がして目がさめた。六畳間のほうにあかりがついて誰かいる。起きて見ると、子とろ女が目の前に立ちふさがって、襲いかかって来た。恐ろしさのあまり何が何だかわからなくなり、気がつくとブロンズ像をにぎりしめて倒れていた。そばには阿津見夫人が血まみれで倒れている。大変なことをしてしまった。……と思ったきり、また気を失ってしまった、という。

しまったことをした。彼女のノイローゼがここまでひどくなっていたのなら、昨日むりにでも病院に連れて行くのだった。それでなくても、せめてわたしの家に泊らせていたら、こんなことにはならなかったろうに。わたしは、後悔の気持で死にたいようだった。

次の間では、夫が電話で話していた。

「すぐ救急車お願いします。……はい。頭をなぐられているほうは、だいぶひどいようです。息があることはありますが。……もう一人の人は精神的ショックで……」

阿津見夫人は、死んでいるわけではないのだ。しかし、素人目にも軽い怪我とはとても思えなかった。

わたしは、ともかく紀美子さんを隣りの部屋に連れて行って横にならせた。それから、火がついたように泣いている赤ちゃんを抱きあげた。おむつが濡れている。そのへんのベビーダンスなどをさがして替え終ったところに、救急車が到着した。

翌日、わたしは、赤ん坊の悠《ゆう》ちゃんを背中に三人の幼児の世話できりきりまいだった。

「ママはご病気で入院したの。ここでテッチンたちと遊んでいようね」

というわたしの言葉に、素直に、

「うん」

と、うなずいたものの、アケミちゃんは不安そうで元気がなかった。ただごとでない雰囲気を感じとっているのかもしれない。

ゆうべ、救急車に同乗して病院までついて行ったり、阿津見さんのご主人に連絡をとったりする役目を引き受けてくれた夫は、今日はふだんどおり勤め先の新聞社に出勤したが、社会部の人からの情報がはいると、こちらに電話で知らせてくれた。それによると、阿津見夫人は脳挫傷できわめて危険な状況にあり、原島紀美子さんのほうは、興奮して「わたしは何もしなかった」と叫ぶかと思うと、わっと泣き出して「大変なことをしてしまった、死ぬ、死ぬ」と口走り、鎮静剤を与えて休ませてあるが、自殺の恐れもあるので厳重な警戒が必要だという。暗たんとなるような話だった。

お昼頃、警察の人が、「事件について聞きたい」とやって来た。わたしは、ありのままのことを話した上で、

「でも、原島紀美子さんて、とてもやさしい、かわいい方なんですよ。意識的にあんな恐ろしいことができるような方じゃありませんわ」

と一生けんめい言い添えた。

午後、訪問客があった。三日前、道で行きあった阿津見家の妹さん——法子さんだった。悠ちゃんを当分自分の所で世話する、というのだ。

「ほんとにご迷惑をおかけしました。いい方がご近所にいてくださって助かりましたわ」

ていねいに言って、悠ちゃんを受け取り、かわいくてたまらないようにほおずりした。中野のほうのアパートに住んで、インテリアのお店に勤めているという。

「でも、お勤めじゃ大変でしょう? 赤ちゃんを預かるなんて」

「勤めは休みます。そのためにやめることになったとしても仕方ないわ。兄夫婦のためですもの。兄嫁もほんとにいい人だったのに、可哀そうに」

法子さんは、ふびんでたまらないらしく、悠ちゃんの柔らかいほおに、またそっとくちびるを押しあてた。

「兄の家へは、わたしたびたび遊びに行っていたので、原島さんの奥さんはよく知っていたのよ。あんなやさしい顔をしながら、鬼みたいな人だったのね。恐ろしい——」

恐ろしい人でも、悪い人でもないのよ。ただ臆病のあまりノイローゼになって――と弁護しかけて、わたしは口をつぐんだ。どういう理由があろうと、被害者の身内にとっては、赦《ゆる》せることではないだろう、と思ったのだった。

ともかく、赤ちゃんだけは叔母さんの手に渡して、わたしは幾らかほっとし、アケミちゃんを寂しがらせないように、庭で皆でかくれんぼなどして遊んだ。

夕方になって、三人のチビたちは、おとなしく絵など描いて遊び始めた。

「ちょっとママ、お買物に行ってくるわね。三人でおるすばんしててね」

今のうちにと、わたしは大急ぎでかごをさげて出かけた。今日は、ほんの晩ご飯のものだけだから、ショッピングカーを持ち出すほどのことはあるまい。

スーパーへの近道を歩いていると、つい三日前のことが、悪い夢かなにかのように心に浮んで来た。

あの角から、紀美子さんが、悲鳴をあげてとび出して来たのだ。角を曲ると、道は相変らず、しろじろとわたしの目の前にのびていた。左側は暗い竹やぶ。右側は、あのおばあちゃんの家。狭い裏通りだし、地理をよく知っている近所の人がときどき通り抜けに使うくらいで、ほとんど人通りのない道だ。

こんもりした竹やぶの前で、わたしは足をとめた。紀美子さんが子とろ女の幻影を見たのは、このへんだろうか。

ほの暗い竹の根もとに、なにやら白いものがあるのが目にとまった。近寄って拾いあげた。布きれで作ったてるてる坊主だった。

5

わたしは思わず苦笑いした。幼稚園の子どもならばともかく、一人前の母親が、こんなおまじないを持ち歩くなんて。しかも、これを投げつければ退散すると信じて、幻の子ろ女に向って投げつけたなんて――。

わたしは、てるてる坊主を、手にさげた買物かごに放り込んだ。いくらばかばかしいおまじないの人形だといっても、暗い竹やぶの中に雨ざらしに捨てておくのは、無残な気がしたのだ。そして、それきり、このハンカチ人形のことは忘れてしまった。

翌日は日曜日で、夫が家にいた。わたしは、三人の子どもの世話を夫の史彦に頼んで家を出た。阿津見夫人のことも、原島夫人のことも気になるので、病院にお見舞いに行こうと思ったのだ。夫は、子ども好きなので、うちの子もよその子も、同じように面倒をみてくれる。細かいことに気がつくほうではないが、女のわたしにはできない肩ぐるまや、ブルンブルン飛行機などの荒っぽい遊びをしてくれるので、アケミちゃんもこのおじさんは大好きなのだ。ブルンブルン飛行機というのは、子どもの体をつかんで、水平にぐるぐると振りまわすのだ。うちの子どもたちは骨が頑丈にできているので、両手をつかんで振りまわしても大丈夫だが、「よそのお子さんには、それだけはやらないでよ。肩の骨がはずれちゃったら困るから」と言ってある。なにしろ最近は、ちょっところんでも骨折するようなやわな子が多いのだ。

阿津見、原島両夫人の入院しているのは、わたしの家からバスで二十分ほどのところにあるQ大付属病院の分院で、四階建てのかなり大きな建物だった。玄関をはいりかけたところで、顔見知りのおばあちゃんに出会った。わたしの家の近所の人で、確か牛場《うしば》さんといったろうか。未亡人で、子どもたちとも別居しているので一人暮しだ。六十代の小さなおばあちゃんだが、若い者に負けないくらいぴんぴんしている。昔は助産婦――その頃の言葉でいうとお産婆さん――だったが、もう年だし、それにいまは、ほとんどの人が病院でお産をするので、赤ちゃんをとりあげる仕事はやっていない。が、核家族で赤ちゃんの扱い方のわからない若いお母さんのところに、お湯を使わせに行ったり、育児の指導に出むくので、結構仕事はあるようだ。

「あら奥さんもお見舞ですか？　わたしもよ。阿津見さんひどい目にあわれたのねえ」

花束を手にした牛場さんは、目ざとくわたしを見つけて声をかけてきた。そういえば、阿津見さんのところの赤ちゃんも、以前この牛場さんに毎日お湯を使わせてもらったのだった。阿津見夫人は子どもを産んだことがなく、生れたばかりの悠ちゃんを養子にしたので、お風呂の入れ方が全然わからなかったのだ。牛場さんは、だから、阿津見さんとはかなり親しいのだった。牛場さんは心配そうに、

「赤ちゃんは、どうされたんでしょう？　どこかに預けてあるのかしら？」

やはり、自分が面倒をみた赤ちゃんのことは、気にかかるらしい。わたしは、安心さ

せるようにうなずいて、

「ご主人の妹さんが引き取って行かれたわ。一生懸命世話なさると思うから大丈夫だわ」

「妹さん？　ああ法子さんが？　やっぱり」

なにがやっぱりなのか知らないが、牛場さんは、納得がいったようにうなずいた。

脳外科の病室は三階のA病棟だった。症状が症状なので、「阿津見美佐枝」と札の出ているのは一人用の個室だった。不精《ぶしょう》ひげののびかかったやつれた顔のご主人が、ベッドのそばに付き添っていた。面会謝絶なので、わたしと牛場さんは、入り口のところに立って、そっとのぞいた。ベッドに寝ている阿津見夫人の顔はよく見えなかったが、酸素吸入のチューブが壁にとりつけたバルブからつながっているのが見えた。ベッドのかたわらには点滴注射のびんが逆さにぶら下っていて、その先からも細い管が彼女の体のどこかにつながっている。

「わざわざ来ていただいてすみません。今朝からだいぶ容態がよくなって、多分このまままもち直して、意識を回復するのではないかということです」

夫の阿津見氏は、立って来てわたしたちにあいさつした。疲れた表情の中に明るいものが見てとれた。

「よかったわ。きっと大丈夫ですよ」

わたしたちも喜んで、阿津見氏を激励した。

これからちょっと買物して帰るという牛場さんと別れて、わたしは神経科の病棟へ行った。

原島紀美子さんとは、面会が許されなかった。興奮がひどいので鎮静剤で眠らせてあるから、という。それももちろんうそではないだろうが、もっと大きな理由は、彼女が今回の事件の、重要な容疑者であるからに違いない。〝容疑者〟と言ったが、それはまだ本格的な取調べが始められないための表現であって、事実上は〝犯人〟と確定しているようなものだった。わたしは仕方なく、持って来た日吉製菓のクッキーのかんを、看護婦さんに頼んで渡してもらうことにして、そこを立ち去った。このクッキーは、彼女の大好物なのだった。

病院の玄関を出たとき、またしても知った顔に出会った。阿津見法子さんだ。構内の自転車置き場に、自転車を入れているところだった。悠ちゃんを甲斐甲斐しくおんぶし、手に大きな紙袋をさげている。

「大変ね、法子さん。お姉さんのために必要なものを届けにいらっしゃったの？」

「はい。寝巻なんかも着替えが入り用だろうと思って。ネグリジェで、上から下まで前あきになってるのがあったんです。こういうのなら寝たままの人に着せやすいんじゃないかしら」

紙袋を開けて見せる。すき透った袋にはいっている淡青い花模様のネグリジェらしいものが見えた。

「そう、いいわねえ。模様もきれいだわ」

「姉は小花を散らした模様が好きなんです。事件の晩に着てたのとちょっと似てるから、いやかなあとも思ったけど、前あきのネグリジェは、これしかなかったから」

「いいじゃない。着やすいのが一番よ。そういえば、お姉さん、だいぶもち直してこられたんですってね。意識も戻りそうだとか」

「あら、そう言ってました？」

法子さんは、びっくりしたように目を見はった。

「いまご主人――お兄さんにお会いしたら、そうおっしゃっていてよ」

「そう。よかったわ。わたし、この子の世話で忙しくてこのところ来られなかったから」

急ぎ足で病院の中へはいって行く。わたしはふと思いついて、そのあとを追った。さっき、牛場さんが、話の中で「やっぱり」と言ったのが、なんとなく気になっていたのだ。法子さんに追いついて、そのことについて尋ねてみた。

「さあ、なんのことかしら？　全然わからないわ。牛場さんて、兄夫婦の家に時々来ていた助産婦さんでしょう？　どうしてそんなこと言ったのか、見当もつかないわ」

法子さんは、妙な顔をして首を傾げるばかりだった。

家に帰り着くと、哲彦とアケミちゃんは、縁側でおままごとに熱中していた。

「ぼく、お父さんだからね。会社に行くんだ。行ってまいりまーす」

「あ、おべんとう忘れちゃだめよ」

「あ、そうか。おべんとう食べないと、おなかすいちゃって、ヘリコプターの操縦まちがえちゃうよね」

哲彦の職業はヘリコプターのパイロットであるらしい。お弁当をもって庭におりると、「コトコトコト」と言いながら、ぐるぐる駈けまわっている。

さて、本物のパイロットの夫はと見ると、次の間で、鈴子と二人ころがって高いびきである。娘のお昼寝につきあっているうちに、眠ってしまったらしい。

日曜日くらい、すこしご馳走つくらないといけないかな——。

わたしは、釘にかかっている買物かごを手にとった。と、そのかごの中の、白いものが目にとまった。道で拾った、あのハンカチ製のてるてる坊主だった。瞬間、おや？と思った。うっすらと赤いものがついているのだ。その赤いものは、てるてる坊主の頭の部分を、さっと斜めにはいたように色どっているのだった。

——なんだろう？——

泥の汚れではない。布についていたしみのようでもない。頬紅か口紅か、そういった紅の赤さのように思えた。原島紀美子さんは、ルージュを拭いたハンカチで、このてるてる坊主を作ったのだろうか？

そうは思えなかった。彼女はふだんからきれい好きで、ハンカチなどは、真っ白に洗いあげてぴんとアイロンをかけなければ気がすまなかった。気休めのおまじないであっても、ルージュで汚れたままのハンカチを使うというのは、たしなみのいい彼女には似つかわしくない。

かといって、もし彼女の見たのが——見たと思ったものが実体のない幻覚であったのなら、紅などがつくはずはないのではないか？

不意に、いろんなことが気になりだした。さまざまな疑問が、一時にどっと押し寄せてきたのだ。

ちょっと出かけて来ます。かん詰めかなんかで、ご飯たべてね。お願い。

夫への走り書きをテーブルの上に置いて、わたしは家をとび出し、ガレージから、おんぼろのマークⅡを出した。

6

まず、やって来たのは、うちから二百メートルほどの牛場さんの家だった。「助産婦・牛場とく」と看板が出ている。買物にまわると言っていたから、まだ帰ってないのかもしれないな、と思いながら、

「こんにちは」

と声をかけた。返事がない。やっぱりまだ帰らないのだ、と思いながら、念のために、玄関の格子戸に手をかけてみた。意外にも、戸はするするとあいた。

「ごめんください」

家の中をのぞき込んだ。そのとたん、心臓がとびあがった。左斜めのところの畳の部屋に、人がうつぶせに倒れているのだ。

「牛場さん！」

夢中で駈けあがった。牛場さんは、くびをタオルで締められていた。素人のわたしの目にも、呼吸が止まっていることが明らかだった。さわってみると体はまだ温かい。さっき病院で出会ったときと同じツーピースを着てあたりには手さげやなにかが散乱している。家に帰り着いたばかりといった感じだった。

――どうしよう――

わたしは一瞬途方にくれた。が、すぐに気をとりなおして、玄関を上がった板の間の電話機のところへ行った。バッグからハンカチを出し送受器にかぶせそうっと持ちあげた。自分の指紋がつくのを恐れたのではない。万一手がかりになる指紋がついていた場合、それを消してはいけないと思ったのだ。

一一〇をまわして、牛場とくさんが、自分の家で殺されていることを告げた。わたし自身については、ご近所の者ですとだけ言って電話を切り、そこをとび出した。

うちのほうに向って、車を走らせた。でも家に帰るのではない。斜めうしろの阿津見さんの家だった。阿津見家は、いま誰もいなくて閉まっているはずなのに、さっき通りがかりに、人影がちらと見えたような気がしたのだ。

阿津見家に着いてみると、人影はやはり見間違いではなかった。ここ数日間、重態の奥さんにつききりだったご主人が、家に帰って来ていたのだ。

「あ、さきほどはどうも」

出て来た阿津見氏は、わたしを見ると、ていねいにお礼を言った。腕に、赤ん坊の悠ちゃんを抱いている。

「家内ももちなおしたし、今日から明日までは妹が看護を代ってくれると言ったので、家に帰って来たんです」

「法子さんが？　じゃあ、奥さまには法子さんが付き添っていらっしゃいますの？」

「はあ、『まだ先が長いことだから、兄さんがばててしまっては困る』と心配してくれましてね。今日のところは、わたしが子どもの面倒をみることにして交替したのです。子どもがいるから、家に帰ったところで、あまり休養にもなりませんが」

「ちょっと妙なことを伺いますけど――」

わたしは口ごもった。

「は？」

「法子さんは、事件があった直後にすぐ病院に駆けつけていらっしゃいましたの？」

「いや、電話で知らせたのは翌日になってからで、その日は勤めがあったので、来てくれたのは夜になってからでした」

「じゃあ、あの事件の夜に、奥さまが着ていらっしゃった花模様のネグリジェね、あれ、法子さん、見られたでしょうか？」

「ネグリジェ？　いや、あれは病院に着いてすぐ脱がせて、警察が証拠品として持って行ってしまいました。妹は見ていないはずです。それがなにか？」

不審そうな問いに答えているひまはなかった。わたしは、阿津見家をとび出し、車をスタートさせた。

病院の駐車場にマークⅡを入れると、わたしは廊下を階段に向って走った。エレベーターより階段のほうがはやい。病院の中を走ってはいけないことぐらいはわかっている。現に通りかかった看護婦さんが、怖い顔でにらんで何か言いかけた。が、とりあってい るひまはなかった。わたしは階段を二階まで駈け上がるとA病棟にとんで行った。

「阿津見美佐枝」の名札の出ているドアを、ものも言わずに引きあけた。法子さんが、うしろ向きで何かしていた。

「あっ、駄目っ！　看護婦さん、来て！」

わたしは、とびつきながら叫んだ。

法子さんは、壁にとりつけられたバルブから、酸素吸入器のチューブを外したところだった。真っ青な顔が、振り返ってわたしをにらみつけた。「子とろ女」とはこれか、と思うような、恐ろしい目だった。

＊　　＊　　＊　　＊

「いやあ、驚いたな。よく犯人を突きとめられたね」

夫の史彦は、まだ信じ難い表情で言った。

「ネグリジェのことで、おかしいと思ったのよ。法子さんは、事件のあった晩、兄嫁さんが着ていたネグリジェが、小花の模様だったことをちゃんと知っていたけど、現場に居あわせたのじゃなかったら、知っているわけないじゃない？　それに、この、ハンカチのてるてる坊主――」

「てるてる坊主がどうかしたのかい？」

「ここんとこに、紅がついているでしょう？　これは、紀美子さんが作ったときにはついていなかったと思うのよ。彼女が相手にぶつけたときついたんだわ。そうだとすると、その相手は、幻覚や気の迷いじゃなくて、実際に存在するものだったとしか考えられなくなる。紀美子さんがあの小道で見た子とろ女が、実在する人間なのだったら、彼女はわなにかけられたことになるでしょう？」

「そして、その子とろ女が、阿津見法子さんだと推理したわけは？」

「だってあの小道で、紀美子さんが誰かに出会ったとしたら、あの人以外にないもの。紀美子さんは、『子とろ女は、白い着物を着て、黒い髪で、目のまわりを真っ赤にして泣いていた』と言ったわ。それが法子さんの変装だとしたら、どうやってとっさに普段の姿に戻れたのか。まず髪はかんたんだわね。かつらを用意してかぶっていたのよ。目のまわりには頰紅を塗って真っ赤にし、小さな空きびんか何かに水を入れて持って来て涙に見せたんだわ」

「白い着物を着ていたんだろう？」

「それなのよ。人間が羽織るのだったらある程度の大きさの白いきれが必要じゃない？　あの人は、わたしと会ったとき、ボーダー柄の長い巻スカートをつけていたの。あのスカートは、裏に白いきれをつけてリバーシブルみたいに作ってあったのよ。そして、下半身はさらに白いきれを腰巻式に巻いていたわけ」

「何だかさっぱりのみこめないな。女性の着るもののことは」

「簡単なことじゃない？　法子さんは、紀美子さんが毎日、ほとんど同じ時刻にあの小道を通って買物に行くことを知っていて、竹やぶのかげで待ち伏せしたのよね。子とろ女の姿に変装してね。そして、紀美子さんがきゃあと叫んで逃げて行ったあと、かつらを手さげに突っ込み、羽織っていた白い布を取って、さっと模様のある表に返して腰に巻きつけたの。それから顔の紅はオリーブ油で手早く拭き取ったのよ。わたし、あの人に会ったとき、てらてらした顔をしてるなあと思ったの。暑い道を歩いて来たからだと思って怪しまなかったんだけど。――ね、そうすれば、ほんの何秒かで本来の姿に戻れるじゃない？」

「花火大会のときの子とろ女も、彼女だったんだね」

「そうよ。ずいぶん前から、怖がり屋で暗示にかかり易い原島紀美子さんに目をつけて、ちょうど流行していた子とろ女の話を利用したわけ」

阿津見法子さんも、可哀そうな人だと思う。彼女は、未婚のOLなのだが、ある男性と関係して身ごもってしまった。子どもが生れたら男の心をつなぎとめられるかと、それを心頼みにしていたため、中絶の時期を失し、赤ちゃんが生れたときには、男は行方をくらましてしまった。法子さんは「子どもには全然愛情なんか感じない。これからの人生に邪魔になるだけだから、できることならコインロッカーにでも入れたいくらいだ」と言った。子どものなかった兄さん夫婦は、この赤ちゃんを自分たちの子にして育て始めた。ところが、すくすく育ってゆくかわいい悠ちゃんを見た法子さんは突然母性愛に目ざめたのだろう、悠ちゃんを返して欲しいと言い出した。阿津見さん夫妻は、目の中に入れても痛くないほどに思っているので、妹の申し入れを断った。魔がさしたというのか法子さんは、兄嫁が死んでしまったら兄一人では育てきれないから赤ちゃんは自分に返されると考えて、今度の計画を立てたのだ。

まず、隣りの原島紀美子さんが、子とろ女に怯えて幻覚を見るという設定をつくり出した。彼女を阿津見家に泊めてあげるということも、それとなく提案したのは法子さんだった。助産婦の牛場さんは、阿津見家に出入りしているうちに、悠ちゃんの生みの母は、法子さんだということを小耳にはさんで知っていたらしい。それだけならどうということもないのに、法子さんは、牛場さんが自分の犯行を感づいたと気をまわして殺してしまった。

兄嫁の美佐枝さんが意識をとり戻しそうだという情報は、彼女にとってショッキングなものだった。彼女は、看護している兄に、自分が代るからと言って、無理やり家に帰した。そして「今夜は泊り込みで看護するので、ちょっとパンや飲みものを買いに行ってくる」と、看護婦さんに頼んでおいて、自転車で牛場さんの家まで走り、ちょうど帰って来た牛場さんを絞殺した。そして、病院にとって返し、兄嫁の呼吸をとめるチャンスをねらっていたが、看護婦さんやドクターが出入りするので、なかなか機会が訪れなかったのだ。

あれから三ヵ月たった。阿津見美佐枝さんは命をとりとめ、左半身にわずかに後遺症が残っているものの、めきめき回復してきた。法子さんのしたことを、いまは赦す気持になったが、悠ちゃんだけは絶対に手放したくない、あの子は自分たちの大事な息子だ、と言っている。

原島紀美子さんも、ようやく平静さをとり戻した。彼女のほうは、あのひどい事件が、自分がしたのではないとわかっただけで、ショックの大半は取り除かれたのだった。

「でもわたし反省したわ。わたしって、あんまり子どもじみて、大人になりきっていなかったのよね」

紀美子さんは、わたしの顔を見て、恥かしそうに笑った。

うさぎさんは病気

1

「ありがとうございました」

栗畑《くりはた》夫人が、すこしオーバーと思えるようなおじぎをして言った。それから、ピアノのそばに突っ立って、よそ見をしている娘の玲美《れみ》ちゃんを振り返って、

「ほらほら、先生にごあいさつは？　ごあいさつ忘れちゃ駄目でしょ」

玲美ちゃんは、ピンクのリボンを結んだ頭をぴょこっと下げて、

「先生。ありがとうございました」

と言った。

「ねえ先生。どうでございまして？　今日のできは。すこしは進んでおりまして？」

栗畑夫人のしつこい問いには、毎度のことながらうんざりする。

「そうね。おうちで一生けんめい練習してきたことがよくわかったわ。この次までに三連符をしっかりおけいこしておいてね」

わたしは、わざとお母さんを無視して、玲美ちゃんに向って言った。わたしがピアノを教えているのは、お母さんではなくて玲美ちゃんなのだ。幼い子どもであっても、いちいちお母さんを通訳みたいに通さないで、自分で話ぐらいできなくては困る。

「わかりましたわ。——三連符よ、忘れちゃ駄目よ、玲美」

わたしがせっかく玲美ちゃんに向って話しかけたのに、栗畑夫人は例によって答えを自分で引きとった。

「ほらほら、楽譜入れ、ちゃんと持って。ハンカチはポケットに入れるんでしょ」

ひっきりなしに世話をやいている。玲美ちゃんが、ひどく落着きがないかと思うと、次の瞬間にはぼけーっとして、自分では何一つできない子になってしまうのも仕方がないのかもしれない。

わたしの生徒たちの中には、お母さんが付き添ってくる子と、一人でくる子とがある。子どもの年齢もいろいろだし、交通の激しい道を遠くからやってくる場合もあるから、付添いつきというのは、べつに悪いことではない。ただ、けいこ中は、お母さんは部屋の隅のいすで黙って待っていてもらうきまりにしている。ところが、玲美ちゃんのお母さんは、そのあいだにも、なにかとそばに寄って来たがり、

「そら、弾き違えたじゃない」

とか、

「先生。こんなんでよろしいんですか？」

とか口を出すので、わたしはほとほと参ってしまう。規則を守ってくれときびしく言っても、ほんの二、三分静かなだけで、すぐにもとの木阿弥《もくあみ》だ。ぴしゃっとお断りにしてしまえばいいのだけれど、それができずにいるのは、玲美ちゃんが、とても喜んで通ってくるからだ。彼女のピアノはおずおずした弾き方で、ちっとも上達しないのだけれど、本人が楽しそうなのを見ると、ついほだされてしまう。ことに、お母さんが用事があって「あとでまた迎えにくる」と言って帰ってしまうときなどは、これが同じ子かと思うほどのびのびして、積極的に話しかけてきたりするのだ。

さて、栗畑さんの親子が部屋を出て行くと、わたしは、さっきからお母さんといすを並べてちょこんと待っていた矢込通子《やごめみちこ》ちゃんを手招きした。この白石《しらいし》音楽教室の中ではいちばん小さい生徒で、四歳になったばかりだ。

白石音楽教室は、わたしの家の近くにあるピアノ塾で、知人の白石克子《かつこ》さんが経営している。白石さんがあまり丈夫なほうではないところにもってきて、最近この辺にもう一つあったピアノを教えるところが引っ越してしまったこともあり、忙しくて困る状態になった。そこで、わたしが頼まれて、週に一回木曜日の午後のクラスを受け持つことになったのだ。

わたしも、このところうちの子どもたちがちょっと手が離れたので、仕事をしてみたいと思っていた。わたしの家にもピアノはあるけれど、如何《いかん》せん、小さな小さな建売り住宅で隣り近所がくっついているので、自宅で教えることなどは近所迷惑になってとても無理だ。白石さんからもちかけられた話は、渡りに船だった。

わたしの子どもたち――幼稚園児の哲彦と二歳になる鈴子は、木曜の午後だけ、筋向いの多治木さんに預かっていただく。そうしておいて、歩いて十分ほどの距離にある白石さんのところまでやってくる。わたし――二人の子もちのデブチンママ、浅田悦子は、こう見えても音楽大学の師範科出身なのである。

木曜日の午後のクラスは、幼児から小学校低学年までのおけいこ日だった。通子ちゃんは、栗畑玲美ちゃんの家のすぐそばの、ある会社の社宅に住んでいて、さっきも言ったとおり最年少の生徒なのだった。

「さ、今日はなんの歌かしら」

わたしは、矢込夫人が手さげから出した「たのしいピアノ」という楽譜集を受け取って開いた。初歩の子どもたちには、「子どものためのバイエル」を使って教えているのだが、年齢のとくに小さい子や、バイエルでは興味がもてない子には、この「たのしいピアノ」という本を適当に使っておけいこさせるのが、白石さんの方針である。一見絵本かと思うような、カラフルな挿絵のはいった楽譜集で、子どもたちが弾ける易しい譜のほかに、童謡やリズム遊びなども載っていて、いわば弾くことよりも、まず音楽になじませ、楽しむことによって入らせてゆくといった本であった。

「ほら、この絵、なんでしょう？　わかる？」

「うさぎ」

「そうね。今日はうさぎさんの歌を歌いましょう」

わたしは、まず自分でピアノの前に掛け、弾きながら歌いだした。

「うさぎさんが　はねる
うさぎさんが　おどる
うさぎさんが　はねる
たのしく　おどる」

リズムもメロディーも、ごく単純なものの繰返しである。通子ちゃんはわたしの歌に合わせて手拍子を打った。二拍子がだいぶ上手に打てるようになった。

「じゃ、次よ。この絵はなあに？」

「うさぎさん。どうしたの？」

通子ちゃんは、心配そうに、わたしの顔を見上げた。絵では、白うさぎがベッドに横になって、頭に氷のうを当てている。そばにみみずくのドクターが注射器を持って立っている。ここの部分の歌詞は、

「うさぎさんは　病気
うさぎさんは　寝てる
お医者さんが　来たよ
うさぎさんは　病気」

というわけで、メロディーは、一番と似ているがやや緩いテンポの短音階になってい

る。
そして三番になると、もとの明るいメロディーに戻って、はずむリズムで、
「うさぎさんは　なおった
こんなに　元気
うさぎさんは　はねる
元気に　おどる」
と、いうことになる。音楽で、喜び、悲しみ、不安、元気などの感情が表わされるのを幼いなりに会得させようというわけだ。わたしは、ものがなしいメロディーをゆっくり弾き始めた。
「うさぎさんは　病気
うさぎさんは　寝てる
お医者さんが　来たよ……」
そのとき、不意にわあっと泣き声が起こった。通子ちゃんが泣きだしたのだ。わたしはびっくりして歌をやめた。
「おばあちゃんが……おばあちゃんが……」
通子ちゃんは、涙の粒をぽろぽろこぼしながら泣きじゃくっている。
「おばあちゃんが、どうしたの？　え？」
彼女は体を震わせて激しく泣くばかりだ。立ち上がって寄ってきたお母さんが、

「おばあちゃんは、おうちにいるじゃない？　どうして泣くのよ」

と、当惑顔だ。わたしは、小さい通子ちゃんのそばにしゃがんで、その顔を、のぞき込んだ。

「ねえ、通子ちゃん。先生に話してちょうだい。おばあちゃんがどうなさったの？」

「おばあちゃんが……死んじゃう。……死んじゃうよう」

「死んじゃう？」

「うん。死んじゃうよう」

「通子ちゃんのおばあちゃまは、ご病気なんですか？」

わたしの問いに矢込夫人は、かむりを振った。

「いいえ、ぴんぴんしてますわ。主人の母で、七十三になるんですけど、とても元気で」

「じゃあ、どうしてかしら？　うさぎさんの歌がいけなかったのかしらね」

わたしは、「たのしいピアノ」のページをめくって、病気のなおったうさぎさんの絵を通子ちゃんに見せた。

「ほら、うさぎさんは、すっかりなおって元気になったのよ。ね、またはねて、ダンスしてるでしょ？」

通子ちゃんはうなずいた。まだしゃくりあげているが、すこし安心したようだった。

「じゃあ、うさぎさんが元気になった歌にしましょうね。いい？」

この教材は、長音階と短音階の違い、というか、それぞれの感じを味わわせるのが目的なのだから、まんなかの部分を抜かしては意味がないのだけど、仕方がない。子どもにむやみと迎合するのはよいことではないが、通子ちゃんの泣き方が、あまりにも激しかったので、このさい無理じいは考えものだと思ったのだ。

「さ、またお手々をとんとんやってね」

ピアノに向ったときだった。あわただしいノックの音とともに、白石さんが部屋にはいって来た。わたしより三つ四つ上だが、まだ独身で、すらりとした美人である。

「矢込さん。いま、ご近所の方からお電話があって、おばあちゃまが大変ですって」

早口で言いはじめた。その顔色がただごとでないのを見てとって、わたしはとっさに立ちあがり、通子ちゃんをひっさらうように抱きあげると、窓のそばにとんで行った。

「すずめだわ、ほら、通子ちゃん。あそこあそこ」

指さしてみせ、彼女の注意をそっちに引きつけながら、わたしの耳は、うしろの会話を聞きとっていた。

「母が？　川に落ちて？　どうしたんでしょう」

矢込さんの声は、ほとんど悲鳴といってよかった。

「ええ、実はお気の毒に、もうお亡くなりになっていたって――」

白石さんが言いかけた。わたしは人さし指をくちびるに当てて見せた。白石さんには、その意味がよくわからなかったらしい。が、あわてて言葉を飲み込んだ。

「おばあちゃん、どうしたの？」

通子ちゃんが、わたしとお母さんの顔を見くらべて聞いた。今にも泣きだしそうな、不安な表情だ。

「大丈夫よ、なんでもないのよ」

矢込夫人が、青ざめながら打ち消した。

「おばあちゃん、死んじゃったの？」

「違いますよ。心配しないでいいのよ」

矢込夫人はもう一度言った。が、彼女自身のほうが、もう泣きだしそうだった。

2

通子ちゃんのおばあちゃん、矢込ヨシさんは、自宅から四、五分のところにある小川に転落して溺死したのだった。お年寄りとはいいながら、どうしてあれっぽっちの流れで、と思うほどの小さな川なのだが、あいにく昨日から今朝まで集中的に降った雨のため、水かさはいつもよりだいぶ多くなっていた。川っぷちから水中に出た木の根っこに、黒っぽい和服姿の人間がひっかかっているのを、通りかかったガス会社の集金の人が見つけて大騒ぎになったのだ。雨で軟らかくなった川岸の道に、足を滑らせた痕が残っていた。そこは、片側は、枯れ草のぼさぼさ生えたがけ下になっており、もう片側が川になっている。舗装もしてない細い道で、人通りもあまりないところだった。だから、ヨシさんが転落するのを目撃した者はなく、手を差しのべて助けてくれる人もいなかったのである。わたしの住んでいる世田谷は、東京の中ではそれでも郊外で、まだ意外なところに、そんな場所がぽこっと残っているのだ。

「本当に、あの節はお世話になりまして」

と、矢込夫人があいさつにみえたのは、例のおけいこ日から一週間ほどたったときだった。あの日、おばあちゃんが亡くなったという報を受けてとんで行ったあと、わたしは、数時間白石さんの家で通子ちゃんを遊ばせてあげていたのだった。事態がはっきりするまでは、小さい子は足手まといだと思ったのだ。幸いピアノのおけいこは、あの日は通子ちゃんが最後の生徒だったので、しばらく相手をしてあげるくらいは可能だったのである。

「とんだことでしたわねえ。お力落しでしょう?」

「はい。とてもいい母でしたから。通子のことも可愛がってくれて」

矢込夫人からみるとしゅうとめさんなのだが、そういう言葉には、いつわりでない情がこもっていた。このお嫁さんとしゅうとめさんの仲のよいことは、わたしも白石さんから聞いていたのだった。

「通子ちゃんも、寂しいでしょうねえ」

「はい。おばあちゃんがいないので寂しがっています。でも、通子にはまだ、亡くなったということは知らせてありませんの」

「あら。それじゃお葬式にも？」

「お通夜やお葬式のあいだ親戚に預けてしまいましたの。ショックを受けると可哀そうですから。いまも『おばあちゃんは川に落ちておかぜを引いて病院にはいっている』と言ってありますの」

それはすこし行き過ぎではないか、とわたしは思った。あのときは、お母さんの矢込夫人自身が取り乱しかけていたし、あの直前に通子ちゃんが、ひどく泣いたこともあったので、とっさに彼女の耳には入れまいとしたのだが、一応の事情がわかったら、おばあちゃんが亡くなったことをよく話して聞かせて、幼いなりにお葬式にもちゃんと列席させるほうがよかったのではないか。

わたし自身、去年の暮れに夫の父が亡くなったときには、哲彦と鈴子を連れて行った。鈴子はほんの赤ん坊で、何もわからなかったが、哲彦には、お棺の中のおじいちゃんの死顔をよく見せて、さようならをさせた。集まった人たちがハンカチを目に当てているのを見て、哲彦もわあわあ泣いた。それでいいのだと思う。やさしかったおじいちゃんの記憶を強く焼きつけるとともに、人の死が、どんなに悲しいショッキングなことかということを、体験を通してわかって欲しいと、わたしは思うのだ。でも、矢込夫人の考えは違うようだった。

「あの子は、なにしろ感じやすい子ですから、当分は知らせないでおこうと、主人とも話していますの。あのときだって、おばあちゃんの死を予感したんですわ」

その点は、確かに不思議なことだった。通子ちゃんは、おばあちゃんのヨシさんが溺れたのとほとんど同じ時刻に、「おばあちゃんが死ぬ」と言って激しく泣きだしたのだ。

「小さなお子さんは、『死』ということがまだよくわからないと言いますけれど、通子ちゃんは、死ぬというのがどういうことか、わかるのでしょうか？」

「すこしはわかっているのだと思うのです。というのは、お隣りにラビちゃんというアンゴラうさぎがいたんですけれど、病気になって死んだのです。ラビちゃんが病気だったとき、通子は心配して毎日見に行ったんですけど、とうとう死んでしまったので、『ラビちゃん死んだ』と言って泣いていました」

それならば、あのとき泣いたわけも幾らかはわかる。でも、あの場合、『うさぎさんが死んでしまう』とか『ラビちゃんが死んでしまった』と言って泣くのならわかるが、『おばあちゃんが死ぬ』というのは、一体どういうところから出てきたのだろう？　矢込夫人が言うように、テレパシーで感じとったのだろうか？

「お宅のおばあちゃま、とてもお元気だったのでしょう？　あの日は、どこかへお出かけだったのですか？」

「いえ、その点がよくわからないのです。あの日は、通子のおけいこの日でわたしが出かけたので、うちで留守番をしているはずだったのです。それが何のために出かけたのか。家は大急ぎで戸締まりしたようになっていました」

「じゃあ、なにか急なご用ができたんじゃありません？　ちょっとお買物に出られるとか」

「でも、そんな急用なんて。――着物も、あの日着ていた普段着のままでしたし」

矢込夫人は、どうしてもふに落ちない様子だった。

わたしはわたしで、ふに落ちないことがあった。それはやはり、あのときの通子ちゃんの激しい泣き方であった。人が死ぬとき、親しい者や愛している者が、離れた場所にいながらその死に感応するという話はしばしば耳にする。それをいっさい馬鹿なことと否定してしまう気はない。しかし、あのときの通子ちゃんの様子は、そんなふうにも思えなかった。彼女は、突然テレパシーで感応したというのではなく、やはり、わたしが歌って聞かせた「うさぎさんは病気」の歌から「おばあちゃんの死」を連想したもののような印象だった。

納得のいかないことがあると、とことん調べずにはいられない、わたしの好奇心とおっちょこちょい性が、猛然とわたしの中で目を覚した。

片手に鈴子の手をひき、片手でショッピングカーを引っ張って、晩ご飯の買物に出かけた。が、いつもの道をスーパーのほうに向う代りに、わたしは、反対の小川の方角に足を向けた。ちょっと回り道をして、ヨシさんの水死した場所を、自分の目で見てみたいと思ったのだった。

風のない穏やかな天気だった。茶色く枯れた草に、初冬の日ざしが快くふりそそいでいる。川は水が少くなって、ゆっくりと流れている。これでは、大人だったら十分背が立ちそうだ。

人が滑り落ちた痕跡というのは、もうなくなっていたが、川の中に木の根っこが突き出した場所はみつかった。ここの水中にひっかかっていられたのかと思うと、ほとんど面識がない方であっても心が痛んだ。

「先生」

と、うしろで声がした。雅哉《まさや》くんだった。子ども用の自転車をとめてにこにこしている。小葉《こば》雅哉くんは二年生で、白石音楽教室の木曜日の生徒の一人である。

「先生。ここ、通子ちゃんのおばあちゃんが落っこちたとこだね」

「お気の毒なことしたわねえ。雅哉くんも、自転車ごと墜落したりしないでよ」

「だいじょうぶだよ。あの日、おばあちゃんは、とっても急いでたんだよ。だから滑っちゃったんだ」

「急いでたって、雅哉くん、おばあちゃんに会ったの？　ここで？」

「ここじゃないよ。もっとむこうのお地蔵さんのとこだよ。ぼくが『こんにちは』って言っても、振り返りもしないで駈《か》けていったよ」

「ほんとう？」

わたしは、かたずをのんだ。

3

「雅哉くん。詳しく話してよ。あの日、おばあちゃんはこの川の方向にむかって大急ぎに急いでいたというのね？」

わたしは、幼い娘が川っぷちのほうへ歩いて行かないよう、しっかりつかまえながら、雅哉くんに尋ねた。

「うん。そうだよ」

「それは何時ごろ？」

「わかんない。だけど午後だったよ。ぼくがピアノのけいこ終って、うちへ帰って、おやつ食べてそれからうーんと、――友達のうちに遊びに行く途中だったんだ」

小葉雅哉くんは、わたしが受け持っているクラスの中では年長で、頭もいい子である。この子の話は、かなり信用がおけるのだ。

矢込ヨシさんが川に転落した日の午後も雅哉くんは確かに音楽教室に姿を見せた。彼は木曜日には学校がひけると家に帰らないで、まっすぐピアノのけいこに来る。そうするほうが道順の都合がいいのだ。練習を終って家に帰り、おやつを食べてから出かけたとすると、ヨシさんと出会ったのは三時半ごろであろうか。遺体が発見されて白石音楽教室に電話がかかってきたのは、四時をすこし過ぎたころだったから、大体話は合う。

「で、おばあちゃんは、何も言わなかったの？　なぜそんなに急いでいるのか」

「言わないよ。ぼく『こんにちは』って言ったんだけど、全然こっちを見ないで走って行っちゃった。ぼくのこと、気がつかないみたいだったよ」

「手に、何か持ってた？　着ていた着物は？」

「そんなこと憶えてないや。洋服じゃなくて、着物で、帯しめてたけど。それから、黒いハンドバッグ持ってた」

「憶えてないなんて、それだけ憶えていれば上出来よ。偉いわ」

「へへ、そんなでもないよ」

雅哉くんは、てれたように笑った。

「上出来のついでに、もうひとつ思い出してよ。雅哉くん、そのとき、もっとほかの人には出会わなかった？　矢込さんのおばあちゃん以外に」

「うーん。どうだったかなあ」

雅哉くんは、真剣に考え込んだ。ほめられたので張り切ったらしい。

「きみは、それからすぐにお友達のうちに行ったの？」

「ううん。お地蔵さんのそばで、しばらく遊んでた」

「一人っきりで遊んでたの？」

「うん。――あ、思い出した。お地蔵さんの台のとこにカマキリがいたんだ。だから、それを見てたの」

雅哉くんは昆虫マニアだ。ピアノの練習もわりと熱心にやるほうなのだけど、練習中に窓からアブが一匹とび込んで来たりするともう駄目だ。彼の昆虫趣味は、殺して標本を作るよりも、生きて動いているのを観察するタイプらしい。毛虫を蛾になるまで育てたり、アリをガラスびんの中で飼ったりしている。

「なるほど。カマキリの観察をしてたわけね。そうしたら？　誰か通らなかった？」

「通ったよ、いろんな人が。――はじめにね、ぼくんちの近くの平岡さんのおばさんとお姉さんが、おめかしして通った。駅のほうへ行ったよ。その次が通子ちゃんのおばあちゃんで川のほうへ走って行ったの。えーとそれから――」

わたしは、木の枝の切れはしを拾って、土の上に図をかいてみた。

雅哉くんがカマキリをみつけたというお地蔵さんは、道路の分れ目に立っている。右への道は駅に向い、左は川のふちに向っている。駅への道を行った人は、一応事件とは関係ないわけだ。

「雅哉くん、よく思い出して。こっちの川のほうからやって来た人はいなかった？」

「いたよ。学校の綾川先生とね、知らない男の人と、それから玲美ちゃんのお兄さんと、東朝新聞のおじさんだよ。新聞のおじさんと玲美ちゃんちのお兄さんは自転車だった」

「すごいわ。雅哉くん。すごい記憶力よ。その二番めの、知らない男の人って、どんな人だった？」

「ふつうの人だよ。せびろ着てるの。四角いかばんさげてた」

「四角いかばん？」

「黒くてね、四角くって、かたいかばんだよ」

よく聞いてみると、アタッシュケースのようなものらしい。何かのセールスマンかもしれない。あとの三人については、一人一人あたって聞いてみることができそうだった。

「ありがと。もっと何か思い出したら教えてね」

うん、いいよ、と雅哉くんは得意そうにうなずいた。

矢込ヨシさんは、なぜそんなにまで急いで川のほうへ行ったのだろうか。

買物をするはずだったスーパーとはさらに反対の方角に、わたしの足は歩き出していた。

4

「ええ。確かに矢込さんのおばあちゃんとは道で行き会いましたよ。だけど亡くなった日だったかどうかははっきりしないねえ」

新聞販売店の親父さんは、薄くなりかけた頭をなでて言った。

「大体、川に落ちて亡くなったって話は、だいぶあとで聞いたのでね。あの日だったとしたら、わたしが出会った直後だね、溺れたのは」

「なんの用事であそこを通ったのだったか憶えている？」

「それはね、うちで配達している中の一軒から、朝刊が雨でびしょびしょに濡れてしまったという電話があったので、一部届けに行ったんですよ。これもサービスだからね」

「朝刊を、そんな時刻に？」

「ああ、そのお得意さんは作家で、夜型人間っていうのかねえ、昼過ぎてからやっと起きて電話して来たんだよ。前の日からその日の朝まで、かなりの降りだったので、濡れちまったんだね」

「じゃあ、間違いなくあの日だわ。その雨のために川の水が増えていたんですって」

親父さんの話ではヨシさんはやはり、ひどくあわてて、走るようにすれ違ったらしい。

時刻は三時二十分ごろと記憶するという話だった。

わたしは次に、栗畑玲美ちゃんの家に行った。玄関に出て来たお母さん、栗畑夫人は、わたしの姿を見るなり、

「まーあ先生。音楽教室でも学校と同じように家庭訪問をしてくださることになりましたの？　ありがたいことですわ。……玲美ちゃん……玲美……」

と呼びたてた。

「さ、先生よ。玲美、ごあいさつは？」

いつもの調子で、息もつがずに催促する。わたしがやって来た理由が家庭訪問ではないとわかると、がっかりしたふうだったが、

「お尋ねになりたいことってなんですの？」

と好奇心むき出しの表情になった。

「いえ、大したことじゃないんですけど、お宅には、お兄さんのような方がいらっしゃ

るでしょうか？」

　玲美ちゃんは一人っ子で、お兄さんもお姉さんもいないことがわかっている。しかし、雅哉くんは「玲美ちゃんのお兄さん」と言った。ということは、親戚の人でも下宿しているのでは——と思ったわたしの想像は、大体あたっていた。

「お兄さんというのは、野前《のまえ》さんのことでしょう？　関西の知人の息子さんで、うちの二階の部屋を貸してあげてますの。こっちの大学に行ってるものだから。……呼びましょうか？」

　栗畑夫人が階段の下から声をかけると、

「はあい」

　と間のびした返事があった。

「野前広人《ひろひと》です」

　下りて来たのは、大柄な、のっぺりした感じの若者だった。

「さあねえ、そういうおばあちゃんに会ったかどうか、憶えていないなあ」

　頭をかきかき言った。

「自転車であの道を通ったという記憶は？」

「それはありますよ。多分木曜日だったでしょう。僕は、木曜には聞きたい講義が午前中だけなので、昼過ぎには帰って来ますからね。自転車で、パチンコ屋まで行ったんですよ。おばあちゃんのような人には会わなかったなあ。途中で一緒になった人間といえば、セールスマン風のかばんをさげた男が一人いたっけ」

「ほんと？　話が合うわ！」

「話って、何の話です？」

わたしは、小葉雅哉くんの目撃談を説明した。野前くんの話によると、彼が自転車でゆっくり走って行く少し前を、問題のセールスマン風の男が歩いていたという。時刻は三時半ごろで、男は中肉中背の三十代くらいだったように思うが、注意して見ていたわけではないので、はっきりしたことは言えないということだった。

わたしは、次に小学校に向った。わたしの家では哲彦も鈴子もまだ幼くて学校に通う子はいない。でもあと一年たったらご厄介になる学校だから、関心があった。

放課後の校庭は、人影がなく、初冬の陽に鉄棒が静かに影を落していた。

綾川先生は、六年一組の担任だということだった。用務員さんが、わたしが面会したがっていることを伝えてくれると、ややあって廊下に姿を見せた。経験の深そうな、四十代の、落着いた女の先生だった。

「職員室よりもこちらがよろしいでしょう」

案内された教室は、二階のとっつきで、水彩画やペンテル画、お習字などが並んで貼られているのは、懐しい光景だった。鈴子が、もの珍しそうにそれを眺める。

「矢込さんておっしゃるんですか？　あのおばあちゃんとは、長雨のころコインランドリーでご一緒になったことがあって、お顔は知っていますけど、お名前は存じませんでした」

綾川先生は、あの川への道で、矢込ヨシさんと出会ったことを憶えていてくれた。

「そのおばあちゃんなんですけど、先生と出会った直後に、川に落ちて亡くなったんです」

「川に？　ほんとですの？」

先生は目を見張った。勤めと家庭生活の両方をこなすのに精一杯で、新聞記事はどうしても見落すことがある、ということだった。

「そうですか。そういえばあのとき、おばあちゃんは、とても急いでおられましたわ。声をかけたら、『孫が事故にあったという電話で……』と言われました」

「なんですって？」

わたしはとび上がった。ヨシさんが、なぜそんなに急いでいたかという疑問の解答が、突然とび出して来たのだ。

「『孫が事故にあって、稲葉病院にいるという電話があって……』と確かにおっしゃいましたよ」

ヨシさんの孫といえば通子ちゃんだ。だが通子ちゃんは、事故になどあってはいない。その時刻には、お母さんに連れられて白石音楽教室に来ていた。もしそういう電話を受けてヨシさんが家をとび出したとしたら、これは重大な意味をもつ情報である。

「その電話、どんな人からだったか、言われませんでしたか？　男の声とか女の声とか」

「そこまでは……すれ違いに、一言二言お話ししただけですから。でも、それがなにか」

わたしが、自分の抱いてる疑問について話すと、綾川先生は複雑な表情になって、

「ひょっとすると、あのことが関係しているのかしら？」

「あのことって？」

「この夏休みの終りころのことでした。電車で一駅のところにある星菱《せいりよう》銀行に用事があって行ったのです。すると銀行のあたりが騒がしいのです。たったいま、銀行に二人組の強盗がはいって、男が何百万円かわしづかみにして逃げたというのです」

「そういえば、そんなことありましたわね。テレビのニュースで見たわ」

「銀行の入り口の近くに、顔みしりのおばあちゃん――矢込さんが、呆然と立っておられました。わたしが話しかけると、『いま逃げて行った人は、確かに見たことがあるような気がする』と言われたのです」

「それだわ。きっとそれだわ。銀行強盗をやった男が、矢込ヨシさんに顔を見られたことに気づいて、電話で呼び出して川に突き落したに違いないわ」

「それだったら大変なことだわ。わたし、警察へ行って話すべきですわね」

「是非そうしていただかなければ、と思いますわ。ただ、その前に矢込さんのご家族にお話しして、相談というか、話し合っていただくといいと思います。わたし、これから

矢込さんとこに行きますわ」

わたしは、学校をとび出した。

5

「うちの母が、殺された？　足を滑らせたのでなくて、突き落されたのだっておっしゃるんですか？」

矢込夫人は、信じられないように叫んだ。

「おばあちゃんが……どうしたの？」

通子ちゃんが、奥から駈け出して来た。

「いいえ、なんでもないのよ。おばあちゃんは入院してるのよ。大丈夫よ」

「おばあちゃん、死んだんじゃないの？　おばあちゃんが死んだらミチコ——ミチコね」

「大丈夫よ。おばあちゃんは死んだりしません。さ、あっちへ行って遊んでいらっしゃい」

通子ちゃんは、不承不承奥へはいって行った。わたしは、声を低めて、これまでに調べたことを物語った。

「そういえば、わたしにも思い当ることがあります。留守番をしていた母が、どうしてあわてて戸締まりもそこそこにとび出したのか、それがどうしてもふに落ちませんでしたの。それも、身なりはその日着ていた普段着のままなのに、よそ行きの牛革のハンドバッグを持って——」

「そのバッグはみつかりましたの？」

「遺体の腕にかけたままになっていました。三万円ほどのお金と健康保険証がはいって。——そのこともわたし、納得いかなかったんですけど」

「例の電話が、ほんとにかかったのだとしたら、なにもかも話が合いますわね。『通子ちゃんが交通事故にあって稲葉病院に収容された』という電話がはいった。いまは事故が多いから、おばあちゃんとしては一も二もなく信用されたのでしょう。もしそういうことになったら、お母さんは通子ちゃんに付きっきりで、通りがかりの人とか、病院の人とかが、頼まれて電話するというのは不自然じゃありませんものね。そこで、手近にあったお金をかき集め、保険証と一緒にバッグに入れて、とび出して行かれたのだわ」

「この家から稲葉病院に行くには、あの川のふちを通って行くのが一番近道ですわね」

「それなのよ。電話した犯人が、わざわざ稲葉病院という言葉を入れたのは、それを計算してのことに違いないわ。緊急の場合には誰だって一番近い道を選びますものね」

「そして犯人は途中で待ち伏せして母を——」

矢込夫人は、言葉をのみ込んだ。気のいい彼女の顔は、いまにも泣きだしそうだ。

「そんなひどいことってあるでしょうか。わたしたち、どうしたらいいのかしら」

「もうじきご主人がお帰りになるでしょう？　ご主人とご相談になって綾川先生にお願

いして一緒に警察にいらっしゃったら？　綾川先生は喜んで協力してくださいますわ」

わたしとしては、ひとさまのことにこれ以上おせっかいをやくことは憚《はばか》られた。ほんとを言えば、わたしが自分で警察までついて行って、自分の推理をご披露したくてうずうずしていたのだけれど。

ともかく今日はよく駈けずり回った。日脚の短い初冬の太陽は、もうほとんど沈みかけていた。わたしは背中に鈴子をおぶい、片手でショッピングカーを引っ張って、スーパーめがけて走りだした。ぐずぐずしていると夫が勤めから帰ってくる。

その夜、夕食もすみ、夫の史彦が、子どもたちを相手におすもうの真似ごとをして大騒ぎを演じているときだった。玄関のチャイムが鳴った。

小葉雅哉くんのお母さんだった。

「先生。雅哉がまだ帰って来ないんですけれど、まさかお宅にお邪魔してはいませんでしょうね」

心配そうに尋ねた。

「こんな時刻に、まだ？」

時計は八時をまわっている。

「おやつを食べて、自転車で出かけて、それっきりなんです。主人と二人で探しまわっているんですけど」

「わたしもお手伝いしますわ」

夫のところへ行って、ことの次第を報告する。「よそのことなんか放っとけ」とか「夜に自分の子をほったらかして」などと言うような夫ではない。

「おい。長びくようだったら、おれ交替して探してやるぞ」

史彦の声を背に、家をとび出した。

仲のいい友達の家は、すでにぜんぶ聞き歩いたという。あとは、昆虫研究グループの仲間のところや、よく遊びに行くおばさんの家などだと聞いて、わたしは、その何軒かを受け持つことにした。

日中は暖かくても、日が暮れると急に寒さが身にしみてくる。わたしはカーディガンの前をかき合わせるようにして夜道を急いだ。

「なにかあったんですか?」

うしろから声をかけたのは、昼間栗畑さんのところで会った野前青年だった。またパチンコの帰りとみえて、片手に、かん詰めなどのはいった紙袋をさげている。わたしは、雅哉くんのことを話した。

「一緒に行きましょうか。夜道だから、僕みたいな者でもいないよりはましでしょう」

「そう?　ありがとう」

かん詰めの袋をぶらさげたまま、とことこついてくる。わたしは懐中電灯で足もとを照らしながら歩いた。有刺鉄線を張った空地の横を通る。道ばたの草の間に、なにか白っぽい物があるのが目にはいった。

「あら、ズック靴だわ！」

白とブルーの二色になった、男の子用のズックの片方だった。

「雅哉くんの靴ですね」

のぞき込んだ野前青年の声も緊張していた。

「ちょっと、この辺をもうすこしよく見ましょうよ」

わたしは、空地の中に懐中電灯の光を向けて、なでるように左右に動かした。

「自転車だ！」

草の中に、投げ出されたように横たわっているのは、子どもの自転車だった。雅哉くんらしい姿は、全く見当らない。

「なにかあったんだわ、ここで」

「ちょっと。この紙きれはなんですか？」

有刺鉄線の間から手を突っ込んで、野前くんがつまみあげた。カラー印刷の、きれいなビラのようなものだった。

「分譲マンションのカタログだわ。セールスマンがよく持ってくる」

それにしても、小葉雅哉くんは、どこへ行ってしまったのだろう？　今日の午後、わたしが出会って、いろいろと話を聞いた。あのことと彼の行方不明とは関係があるのだろうか？　そうだとしたら、このわたしにも責任が——手の中の小さなズック靴を見つめながら、わたしは胸がつまった。

6

「ほんと。……これは雅哉のだわ！」

雅哉くんのお母さん――小葉夫人は、ズック靴と自転車を見るなり声をあげた。

「では、あの子は誘拐されて……」

お父さんが、息をのんだ。

空地で、靴と自転車を発見したわたしは、小葉さんの家へとんで行って、二人を引っ張って来たのだ。それらの品を持ち帰るよりも、現場そのままを見てもらうほうがいいと考えたのである。

「あの、これはどうしますか？」

そばで、野前青年が紙きれをひらひらさせる。現場で拾った分譲マンションのカタログだった。

「あ、それ？　だいじに扱って。できるだけ指紋をつけないようにね。関係のないものかもしれないけど、一応警察が調べると思うわ」

わたしが言うと、小葉夫人が、

「警察ですって？　警察になんか絶対知らせないわ。あの子は誘拐されたのよ。じきに、犯人がお金を要求してくるわ。何も言ってこないうちから警察に話したりしたら、あの子殺されてしまうわ！」

「小葉さん。警察には知らせなければいけないわ。それも一刻を争って」

「いやよ。あの子のためなら、わたし、いくらでも身代金を払うわ」

「落着いて、わたしの話を聞いて欲しいの。あのねえ、今度のことが身代金めあての犯罪なのだったら、要求があるまで様子をみるのもいいと思うわ。でも、雅哉くんの誘拐は、お金めあてではないのよ。いくら待っても、犯人は身代金を要求してはこないと思うわ」

「それは、なぜです？」

雅哉くんのお父さんが、かすれ声で尋ねた。

わたし、今日調べあげたことを、かいつまんで説明した。

「雅哉くんを誘拐した犯人は、矢込ヨシさんを川につき落したのと同じ人間だと思うの。その人間は、銀行強盗の現場を見られたのでヨシさんを殺したわけね。そして、さらにそれを雅哉くんに見られたのではないかと不安になって連れ去ったのだと思うのよ。お金欲しさからではないわ」

「じゃあ、あの子の口をふさぐために？　それだったら、もう手遅れかも……」

言葉の最後は悲鳴に近かった。

「悪い想像をしてはいけないわ。それより早く警察に行かなければ」

小葉夫婦は、タクシーの拾える大通りに向って走った。

「わたしは、この近所を聞いて歩くことにするわ。きょうの午後から夕方にかけて、この辺で怪しい人間か車を見た人がないか――」

「ぼくも協力しますよ」

と、野前くんも言ってくれた。

そんなことをしたところで、大した役にはたたないかもしれない。が、なにかしら、せずにはいられない気持だった。

野前くんは、空地の先の分譲住宅が建ち並ぶほうへ、わたしは反対に駅のほうへと、二手に分れた。

しかし、ものごとは、思うようには運ばない。行き合う人に尋ねたり、見通しのよさそうな角地の家に立ち寄って聞いてみたりしたが、これぞと思う答えは得られなかった。

わたしはいつか、商店街まで来ていた。時刻は十時近かったが、まだあけている店が多く、商店街はわりと明るかった。その中に一軒、シャッターを閉ざしている暗い店があった。「本日定休」の貼り紙が出ている。サカエ・ゲームセンターという、名前は大ぎょうだが、要するにパチンコ屋である。

わたしの足が、その場に釘づけになった。おりているシャッターをにらみながら、わたしはしばらく考えにふけった。

ふたたび歩き始めたときには、わたしの頭の中で、からまった毛糸がほぐれるように、なぞがほぐれ始めていた。

例の空地の近くまで戻ってきたとき、野前くんに出会った。相変らず、手にかん詰めのはいった紙袋をさげている。

「いやあ、駄目ですね。収穫ゼロです」

野前くんは、わたしの顔を見るなり言った。

「わたしのほうも同様よ。ところで、野前さん。その手にさげている袋はなあに？」

「これですか？　パチンコの賞品です。パチンコ屋に行った帰りだったんですよ」

「どこのパチンコ屋？」

「どこって、あの駅前商店街の――」

「うそおっしゃい」

わたしはぴしゃっと言った。

「駅前商店街のサカエ・ゲームセンターは、きょうは定休よ。もっとも、この近くには、まだほかに二軒パチンコ屋があるけど、どちらも線路のむこうで方角違いだわ」

「なにを言いたいのです？」

「ほかの二軒のパチンコ屋からだったら、帰り道にここを通りかかるはずはないということ。サカエ・ゲームセンターからなら、帰りがけにここを通ってわたしと出会っても不思議はないけど、あいにくその店は、きょうはお休み。――ということになると、あなたの言ってることはうそとしか考えられなくなるわ」

野前くんはぐっとつまった。恐ろしい目でわたしをにらみつけた。

「その点に気がついたら、まだまだおかしなことがあとからあとから出てきたわ。あなたは、空地でズック靴をみつけたとき『雅哉くんの靴だ』と言ったわね。雅哉くんと会ったこともないはずのあなたが、どうしてあの靴を雅哉くんのだと知っていたの？　それから、いくら懐中電灯があったとはいえ、この暗い草むらの中からカタログの紙をみつけ出すことがよくできたわね」

「それは――それは、どこかのセールスマンが雅哉くんを誘拐したときに落して――」

「そうみせかけるために、あなた自身が落しておいたんじゃないの。あなたは、誰かもう一人の仲間と星菱銀行に強盗にはいった。その現場を矢込ヨシさんに目撃されたことに気づいて、ヨシさんをにせの電話で呼び出し、川に突き落して殺した。ところが、そのとき近くで遊んでいた小葉雅哉くんという子が、意外に詳しくあの日のことを憶えていることを聞いて怖くなり、雅哉くんを誘拐した。ヨシさんを川に落した日、たまたまセールスマンらしい男が通りかかったのを思い出して、わざとカタログなんか落して、疑いをそらそうとしたんでしょう。それから、誰が誘拐の現場を発見するだろうかと気になったので、賞品らしく見えるものをぶらさげて、パチンコの帰りだとか言ってこのあたりをうろついていたんだわ。わたしの想像はぴったりでしょ？　ねえ、雅哉くんはどこにいるの？　言いなさい」

その瞬間だった。頭に激しい衝撃を感じた。目の前がぱっと明るくなり、続いてまっ暗になった。やみの中に吸い込まれるように、わたしはなにもわからなくなった。

頭のしんがずきんずきん痛んだ。目をあけると、電灯の光が矢のように目の中に突き刺さってくる。豪華なシャンデリアのともった洋間だった。身動きしようとしたが、自由がきかない。ロープが、手くびと足くびにくい込んでいた。やっと起きあがると、すぐかたわらにころがされている小さな体が目にはいった。雅哉くんだった。昼間見たときのままの服装で、これも後手《うしろで》にしばられている。それよりも気になるのは、雅哉くんが、目を閉じてぐったりしていることだった。わたしは、はい寄って、くちびるを彼のひたいに当てた。ありがたい！　雅哉くんの皮膚は温かかった。

「雅哉くん。しっかりして。雅哉くん」

肩で揺り動かすと、雅哉くんは、ぼんやり目をひらいた。

「浅田先生！」

とびついてこようとして、じゅうたんの上にころがった。

「雅哉くん、いったいどうしたの？　誰に連れてこられたの？」

「知らない人だよ。お兄さんみたいな人。眼鏡かけてた」

すると、野前広人くんではない。もう一人の仲間だろう。

雅哉くんは、そのときの恐ろしさを思い出したように、がたがた震えはじめた。

彼が自転車で走っていると、クリーム色の車がうしろからきて、すっととまった。その車からおりた若い男に、いきなり刃物を突きつけられ、車にひきずり込まれたのだという。逃げようともがくと、顔にぬれた布をかぶせられた。病院みたいなにおいがした、というのは雅哉くんの言葉だ。それきり彼は意識を失った。おそらく、クロロホルムでもがされたのに違いない。

「もう大丈夫よ。先生がきたんだから」

わたしは励ました。雅哉くんは、あまり信用のおけないような目でわたしを見た。

「先生がきたって言ったって、しばられてるじゃないか。ぼくたちどうなるの？　殺されちゃうの？」

「そのとおりだ。気の毒だがね」

声といっしょにドアがあいた。メタルフレームの眼鏡をかけた青年だった。そのうしろに野前くんがいた。

「さ、手数をかけさせないで、おとなしくしてくれよ」

眼鏡の青年は、手ぬぐいを両手でつかんで雅哉くんのほうに近寄った。

「いやだ！　いやだ！」

雅哉くんがころがって壁ぎわに逃げる。わたしは、青年の足を力一杯けった。

「痛え。このあま」

にぎりこぶしで顔をなぐられた。もう一度、目から火が出た。

「わたしを先に殺しなさい。わたしの目の黒い間は、雅哉くんに手をつけさせないから」

そのとき、激しく戸をたたく音がした。

「何だ、あれ？」

二人はうろたえて顔を見合わせた。

「やばい」

眼鏡が、ガラス窓をあけて外にとびおりた。野前くんが続いた。庭を誰かが叫びながら駈け寄ってくる。窓の外では、足音と怒号が入り乱れた。

「おいっ、悦子、大丈夫か」

開けっ放しの窓をのり越えて、とび込んで来た者があった。

「大丈夫よ。雅哉くんを先にほどいてあげて」

わたしの夫の史彦だった。

ロープをほどいてもらって、家の外に出ると、二人の男が、警官の群れにとりかこまれ、手錠をかけられて立っていた。

「あなたたち。わたしが何の用意もなしに、あんたたちの手の中にとび込んでいくと思うの？　ちゃんとゲームセンターの前のボックスからうちの旦那さまに電話して、あとをつけてもらったのよ。銀行強盗やヨシさん殺しだけだったら、警察に知らせていっさいを任せればすむけれど、雅哉くんのことがあるからね。手遅れにならないうちに雅哉くんの居場所をつきとめなければならなかったんだわ」

犯人たちの顔がにくにくしげにゆがんだ。

「やっぱり、先生が来てくれて助かったんだね。浅田先生って見かけより偉いんだねえ」

雅哉くんが、わたしの手をつかんで言った。

7

「まあ先生。今度は大変でしたわねえ。でも、ご無事でほんとに……」

チャイムにこたえて玄関先に出てきた矢込靖子夫人は、胸をなでおろすように言った。

「おかげさまで。小葉雅哉くんが無事だったので、ほっとしましたわ」

「犯人は、野前という大学生と、その友達だったんですって？」

「ええ。友達は雅哉くんとわたしが連れ込まれた家の息子で、両親が仕事の関係で一年ほどカナダに行っているので、大きな家に一人っきりで暮していたんですって。だから勝手なことができたのね」

「お金持ちだったんでしょう？　その家」

「親はお金持ちでも、自分たちで自由に遊ぶお金が欲しかったんでしょうよ。だけど、本来は胆っ玉の小さな連中だったんですわね。悪事を目撃されたと思って、お宅のおばあちゃまを川に突き落し、その現場を見られたのではないかと恐れて、雅哉くんを誘拐し、さらにはわたしも殺そうとしたり。これでは連鎖反応で、どこまでいってもきりがないじゃありませんか」

「そんなにびくびくするくらいなら、最初から悪いことなんかしなければいいのに。

……あ、先生。わたくし、主人とも相談しまして、おばあちゃんが死んだことを、もうそろそろ通子に話そうと思いますの。いつまでも隠しておけるものでもありませんし、あの子も、大人の話を耳にはさんで、うすうす感づいているんじゃないかと思いますから」

「それがいいですわ」

わたしもうなずいた。矢込夫人は奥に向って、

「通子。ちょっといらっしゃい」

「なあに、ママ」

ぱたぱたと小さな足音がして、お人形を抱いた通子ちゃんが現われた。

「あのねえ、通子。ママ、お話があるのよ。おばあちゃんのことなんだけど」

通子ちゃんの目が大きくなった。くちびるをきゅっと引き締めて、お母さんの顔を見つめた表情は、幼いながらも、ある種の心がまえというか真剣さが溢れていた。

「おばあちゃんはね、病院にいられたけど、とうとう亡くなったの」

「おばあちゃん。死んじゃったの？」

通子ちゃんの大きな目から、涙がぽろぽろこぼれ落ちた。が、わたしたちが予想したような激しい泣き声は起こらなかった。

「悲しいことだけどね、おばあちゃんにはもう会えないの。その代り、今度の日曜日、お墓まいりに行きましょう。おばあちゃんが好きだった菊のお花を持ってね」

「おばあちゃん、死んじゃったの？　ほんとに、死んじゃったのね」

通子ちゃんは、念を押すように言った。それから、お人形をそこへ放りだすなり、くるっとうしろを向いて奥へ駈け込んで行った。

「どうしたの、通子。通子ったら」

お母さんがあわてて腰を浮しかけた。が、通子ちゃんは、すぐに駈け戻ってきた。

「ママ。これ」

差し出したのは、白い封筒だった。

「まあ、これは、おばあちゃんの字だわ」

矢込夫人は、封筒を手にとると、あわただしく中身を引き出した。

「おばあちゃんの書いた手紙ですわ！」

彼女とわたしは、肩を寄せあって、その手紙に視線を走らせた。

「万一のことを考えて、この手紙をしたためます。

この夏、八月二十六日のことです。用があって隣り町まで行き、星菱銀行の前を通りかかったところ、銀行の中から若い男が二人とび出して逃げてゆきました。銀行強盗だと、人々がさわいでいました。男たちは手ぬぐいで顔をかくしていましたが、逃げてゆくとき、その中の一人の手ぬぐいが、はらりとはずれ、ほんの一瞬間ですが顔が見えました。わたしはどうも、その顔に見おぼえがあるような気がして仕方がありませんでした。

つい最近、わたしは、道で学生ふうの若い人に会いました。見たとたん、はっと思いました。あのときの男みたいなのです。ご近所の栗畑さんの家に下宿している学生さんに違いありません。わたしがはっとしたのと同時に、その人もぷいと横を向きました。気のせいかもしれませんが、顔色が変っているように見えました。

あの人が銀行強盗なのだろうか。それともわたしの目の間違いだろうか。いくら考えてもわかりません。あの男が犯人で、わたしを目撃者だと考えたら、なにかひどいことをするのではないだろうかとも思いますが、こんなことをひとに話しても、笑われるだけかもしれません。そこで手紙に書いておくことにしました。

もしか万々が一、わたしが不審な死に方をした場合には、この手紙を警察に持って行って見せてください。お願いします。

ヨシ

慎一　どの

靖子　どの

この手紙は、通子にあずけておくことに決めました。何とぞよろしく」

…………

「通子、この手紙いつから持っていたの？」

「前からよ。おばあちゃんがね、ミチコに渡したの」

「何て言って？」

「おばあちゃんは、もしかしたら、死ぬかもしれない。おばあちゃんが死んだら、お手紙をママにあげてねって」

「まあ。……通子」

矢込夫人は、呆然としている。

「これでわかりましたわ。矢込さん。通子ちゃんは、おばあちゃんにそう頼まれて、幼な心におばあちゃんが死ぬかもしれないと心配していたのですわ。で『うさぎさんは病気』の歌を聞いて、不安になったのに違いありません。それからあと、通子ちゃんがしきりに『おばあちゃん死んだの？』と聞いたのは、もしそうなのだったら、預かったお手紙をママに渡さなければ、と考えていたのでしょう。……そうでしょ、通子ちゃん」

「うん」

通子ちゃんは、こくんとうなずいた。

「それならば、もっと早くこの子に話して聞かせるべきでしたわ。通子はまだ赤ん坊だとばかり思っていたので」

「子どもは、小さい小さいと思っているうちに、親の気がつかないところでどんどん成長しているんですわ。わたしも、二人のチビを見ていて、ときどきびっくりしますもの」

わたしは、通子ちゃんの頭をなでて言った。

翌日の木曜日――

「うさぎさんは　病気
うさぎさんは　寝てる
お医者さんが　来たよ
うさぎさんは　病気」

わたしの弾くものがなしいメロディーに合わせて、通子ちゃんは、ゆっくりと手拍子を打つ。まじめな顔だが、もう泣きだすようなことはない。

「じょうずにできたわ。さ、三番は、通子ちゃんが自分で弾くのよ」

わたしは彼女の小さな体を抱きあげて、ピアノのいすに腰かけさせた。

「うさぎさんは　なおった
こんなに　元気
うさぎさんは　はねる
元気に　おどる」

指づかいはたどたどしいが、メロディーをどうにか弾けるようになった。

「先生。おばあちゃんは、なおらなかったの。だから、日曜日にお墓に行くの」

「そう。通子ちゃんが元気に大きくなるのをおばあちゃんは、お墓の中からにこにこして見ていらっしゃるのよ。さ、もう一ぺん弾きましょうね」

「うん」

通子ちゃんのつやつやした髪に、窓ごしの冬の太陽があたたかだった。

乳色の朝

1

「では、戴いて行きます。ありがとうございました」

　テーブルの上の原稿と幾枚かの写真をとりあげて、吉村は、用意して来た社名入りの封筒に収めた。

「じゃ、どうも。写真はさっき言ったように、印刷のきれいに出るのを適当に選んでくれ給え」

「わかりました」

　ベージュのカーテンを左右に絞った広い窓からは、初冬の陽が一杯に差込んでいる。調度などかなりぜいたくな物のそろっている応接間である。

　テーブルに向きあっている温厚な感じの老人は、文化人類学者でL大教授の岩上雅純《まさずみ》である。東都新報学芸部記者の吉村は、依頼してあった原稿を受取りに、東京世田谷の岩上家を訪れたのだった。

東都新報の家庭欄にここのところ連載されている岩上教授のエッセイは、世界中の人々の珍しい衣服——いわゆる民族衣裳を紹介し、それらがそれぞれの土地の気候風土に適した発達をとげてきた経緯を平易に述べたもので、女性の読者にわりあい好評であった。

新聞社では、連載ものの原稿は、ほとんど、オートバイに乗った使いの者がとりに行く。小説やコラム、テレビ評や演劇評といったものである。が、この岩上教授の場合は、数回分の原稿とともに教授の手もとにある民族衣裳の写真を借りたり、あるいは新聞社側が用意した何枚かの写真を持って行って、教授に選んでもらったりするので、担当である吉村が週に二回、世田谷区成城の邸をたずねて打合せをするきまりになっていた。

その点、出版社や雑誌社の編集者の仕事にむしろ似ていた。

今回のは、中近東の国々のぶんで、白い布をすっぽりとかぶったり、黒い頭巾から眼だけ出している人物の写真が何枚か添えられていた。回教国の中には、写真を撮られることを忌み嫌う国も多いから、あるいは衣裳だけをどこかで手に入れて来て、日本人のモデルが着て写したのかもしれない。

「お孫さんは、お昼寝ですか?」

いすを後に引いて立ち上がりながら、吉村が聞いた。いつも家の中のどこかで小鳥のさえずりのように聞こえている幼い声が、今日は耳にはいって来ない。広い邸うちは、静まり返っている。

「いや、ばあさんが散歩に連れて行ったのだろう。毎日今頃連れて行くから」

孫娘のことになると、岩上の口もとがひとりでにほころんでくる。

岩上教授の家は、教授の妻のかね、息子の彰純《あきずみ》とその妻伸子《のぶこ》、それにやっと歩き始めた孫のすみねの五人家族である。教授自身は、仕事さえしていれば満足といった穏かな人柄で専門外のことについても知識がひろく肩のこらない文章を書くので新聞雑誌にはしばしば名前を見かけるが、テレビ出演のような派手なことは、あまり好きでないらしい。それにひきかえ夫人のかねは、よくしゃべる勝気な女性で、家の中を一人でとりしきっている感があった。吉村は、息子の彰純という人物には会ったことはない。学者肌の男ではなく、スポーツ用品の会社に勤めていると聞いたから、父親よりも母親似なのかもしれない。嫁の伸子は、いつも紅茶などを運んで来るので、顔はよく知っているが、言葉を交したことはほとんどない。二十六、七歳のおとなしそうな女性であった。この家族のほかに、お手伝いの四十年輩の女性がいて、家族は宮子さんと呼んでいる。

「失礼します」

吉村が応接間を出ようとした時、茶の間のあたりで電話が鳴った。

「誰もいないのかな」

岩上教授は立ち上がって出て行った。吉村は玄関で靴をはきかけた。

「お帰りでしたの。すみません」

庭掃除でもしていたらしい宮子が、枯葉のついた軍手を脱ぎながら現われ、柱にかかっている長い靴べらを取ってくれた。嫁の仲子も、どこからか見送りに出て来た。

その時だった。奥で突然あらあらしい叫び声が起こった。

「お前はだれだ。すみねをどうしたと？　……おい、はっきり言え！」

仲子と吉村は、ぎょっとして顔を見合わせた。と、玄関の戸が激しく引きあけられて、駈《か》け込んで来たのは教授の夫人のかねだった。空のベビーカーを片手に引きずっている。

「すみねが……すみねがいなくなったのよお」

平生の強気に似ず、おろおろと言った。

「いなくなったなどと、のん気な。——すみねは誘拐されたんだ」

茶の間のほうから出て来た教授が、打ちのめされたように言う。

「誘拐？　……うそでしょう？　お父様」

仲子はとても信じられないとみえ、そう聞き返した口調には切迫した感じがなく、むしろ間のびして聞こえた。かねのほうは、声も上ずって、

「そんな……そんなことって……ほんのちょっと植木を見ていただけなのに……」

「どこで植木なんか見ていたんだ」

「朝井さんのお庭で。いつも散歩の時見せていただくので……」

「すみねはその時どこにいたんだ？　え？　その庭の中にか？」

「あの……ご門のところにベビーカーのまま置いておいたら……」

「あの子だけを道路に置いておいたのか。不注意な！」

このようにたけり狂った教授を見るのは、吉村には初めてだった。かねが、くってかかって、

「そんなこと言ったって、いなくなってしまったものはしようがないでしょう。だから、すぐ交番に——」

「行ったのか？」

「まだです。ともかくみんなに知らせてから交番に言いに行こうと思って」

「いかん！」

岩上教授は激しく頭を振った。

「電話をかけて来た女は、警察に知らせたらすみねを殺すと言った。警察にはどんなことがあっても気《け》どられないように。それから新聞社にも——」

言いかけて、言葉をのんだ。家族一同の視線が期せずして吉村の上に集まった。

「きみ、吉村君」

どもりながら口をきったのは教授だった。

「聞いてのとおりの事情だ。君には君の立場があると思うが——」

孫娘のために、いっさいを聞かなかったことにして欲しいという頼みだった。吉村は黙って考えていたが、

「先生。わたしも新聞記者である以上、聞かなかったというわけにはいきません。が、これほど重大なことなのですから、勝手に記事にするというようなことは絶対にしませ

ん。お約束します。その代りといってはなんですが、一つお願いがあります」

「む？」

「この件が無事に解決するまで、わたしをお近くに置いて、何かとお手伝いさせていただきたいのです」

「というと？」

「わたしは過去に何回か誘拐事件の報道にタッチしていますし、社で出している週刊誌のほうを手伝って、幾つかの事件について詳しく調べたこともあります。何かお役にたてる面があるかもしれないと思います。そして、記事にできる時が来たら、他社よりも良い記事が書けることにもなります」

吉村駿作は、以前は社会部に籍を置いていた。事件を追って激しく動きまわる仕事は、彼の性格にはぴったりだったが、彼の肉体にとっては過重な面があったらしい。健康を害して何年間もの療養生活を送ったあと、職場に復帰したが、動きのすくない学芸部に配置されたのは止むを得ない成行であった。生来好奇心の強いほうなので、学者や作家に会って話を聞いたりする仕事も決して嫌いではなかったが、事件にぶつかるとやはり血がさわぐのは如何《いかん》ともなし難かった。

「ねえ、吉村さんのおっしゃるようにして戴きましょうよ。わたしたちだけでは、どうしていいかわからないですもの」

かねが言った。

「わかった。新聞記事になる場合にも、きみなら、興味本位の扱いはしないでくれるだろうからな」

「もちろんです。で、早速ですが、誘拐という事実は間違いないのですか？　さっきの電話の人物は、なんと言ったのです？」

「待ってくれ、正確に思い出すから。――最初は、岩上さんのお宅ですか、と言った。そうだと答えると、お孫さんをこちらでお預りしています、騒ぎたてたり警察に知らせたりさえしなければ無事に返すが、そうでないと――というようなことを言った」

「さっき『電話の女』とおっしゃいましたが、女性だったのですね、かけて来たのは」

「だと思う。マスクでもかけているような、はっきりしない声で、年齢などはよくわからないが、女性であることは間違いない」

「で、身代金かなにか、要求したのですか」

「いや、詳しいことは改めて電話する、と言った。ともかく、警察に知らせるなということは、しつこく言っておった。だがな、吉村君」

犯人が立聞きしているわけもないだろうに、教授は声をひそめた。

「この件を内密で警察に知らせるというのはどうだろう？　何といっても警察は、こういうことでは専門家なのだから――」

「いけませんわ、お父様。そんなことなさらないで――」

悲鳴をあげて取りすがったのは伸子だ。姑のかねも顔色を変えて、

「あなた、すみねがどうなってもいいんですか。あの子が可愛くないのですか」

教授は困惑して、助けを求める視線を吉村に向けた。が、吉村としては、この場合、へたに自分の意見を述べることはできなかった。

誘拐事件に関する一般的な意見としては、吉村は、極秘裡に警察に通報するのが最もよい対応の仕方だと思っている。岩上教授の言うとおり、警察はプロなのだし、捜査の技術や機動力をもっている。しかし、現実に個々の誘拐事件に直面した場合には、やはりその家族に決定権があるのは当然だし、この事件の成行きを、すぐそばで見守りたい彼としては、岩上家の感情を刺戟することは好ましくなかった。

「まあ、その問題はすこし慎重に考えたほうがいいのではないですか」

彼は、あいまいになだめにかかった。

「それよりも、すみねちゃんのお父さんに、このことを知らせなければならないのじゃないですか?」

「そうでしたわ」

かねがうなずいた。そのようなことすら、今の今まで、誰一人考え及ばなかったのだ。

夕刻。——岩上家の中は、緊張で、空気が重く張りつめている感じだった。うっかり身動きするとその空気が一気に張り裂けるとでも思っているかのように、人々は、あまり話もせず、影のようにひっそりとしていた。お手伝いの宮子までが、キッチンに引きこもって音もたてずにいた。事件について他言を固く禁じられていたことは言うまでもない。

二回目の電話がかかって来たのは、夜の七時頃だった。今回はすみねの父の彰純が、受話器をとった。家族たちと吉村は、電話機の周囲に集まって、かたずをのんで見守った。

「二千万？　そんな金が簡単にできると思うのか？」

緊張に青ざめた顔で受け答えしていた彰純が、悲鳴に似た叫びをあげた。

「たった一日？　もうすこし余裕をくれ。頼む」

しかし、電話は、周囲に集まった者たちの耳にも聞こえるほどの、かちりという無情な音を残して切れてしまった。

「あすの夜までに二千万つくれと言っている」

受話器を置きながら、彰純は、うめくように言った。

「すみねの命には替えられん。この家を抵当に置いても金はつくる」

教授が言うと、かねが、

「家は駄目ですよ。そんなに急に売れるものではないし、これをかたにお金を借りるといっても足もとを見られて損するだけです」

「じゃあ、お母様は、あの子がこれっきり帰って来なくてもいいっておっしゃるんですか？」

伸子が、かなきり声をあげた。平生は、舅《しゅうと》や姑《しゅうとめ》に口答え一つしそうもない、おとなしい一方の女性なのだが、やはり母親であった。

「ひどいわ、お母様は。——こんなことになったのだって、お母様がわるいんじゃありませんか。外の道路にあの子一人置いて、よその庭にはいっておしゃべりしてたなんて。どうして抱いてはいってくださらなかったんです。わたしだったら、かたときも子供を離さないのに——」

この午後ずっと抑えていた感情が爆発したのだろう。狂ったように叫び続けた。

「よさないか、伸子」

彰純が弱々しく叱った。吉村が、

「ご近所に聞こえると、怪しまれますよ」

とたしなめると、彼女はやっと叫ぶのをやめ、顔をおおってすすり泣いた。

教授が、なだめるように、

「ともかく、みんなでできる限り金策に努めよう。わたしは心当りに頼んで借り集めてみる。絵を手放すという手もあるし」

岩上家は、先代——教授の父——が美術が好きで、明治大正期の日本画家の絵をかなり買い集めていたらしい。教授自身はそのほうには趣味がなく、欲しい人に譲ったりしたので、いまはまとまったコレクションというのではないが、それでもかなり値打ちのある軸などが所蔵されているのを、吉村も一度見せてもらったことがあった。

「あす、会社で退職金の前借り、頼んでみるよ」

彰純も言った。三十歳を出たか出ないかという年齢で、色黒だがハンサムな顔だちをしている。スポーツ用品の会社にいるというから、自分もスポーツ好きなための日焼けかもしれない。面長なところは母親似である。会社へは、父の教授が電話して、すぐ帰宅するように言った。誘拐という事実を電話で告げるのは憚《はばか》られたので、すみねが急に高い熱を出したということにした。そう聞いただけで早々に帰って来たところを見ると、かなりの子煩悩であるらしい。

「しかし、その金額がどうしてもできなかったらどうする？」

「ねえ、よくテレビドラマでやるでしょう？　新聞紙でお札を作って、都合のできたお金だけ上に並べたら？」

伸子の言葉に、今度はかねがくってかかる番だった。

「そんなことをして、犯人を怒らせたら、取返しのつかないことになるじゃありませんか。伸子さんこそ何を考えているんです」

「そうでした。――わたしも、明日、友達のところに行って、すこしでも借りられるか、やってみます。幾らもできないと思うけど」

伸子が、しょんぼりと言った。

今夜は、これ以上の進展はなさそうなので、吉村は辞去することにした。岩上教授の原稿も、受け取ってそのままにしておくわけにはいかなかった。

2

翌日、出社した吉村は、昨日の原稿に一枚選んだ写真を添えて整理部にまわしたあと、二階にある社会部の部屋に行った。社会部の次長をしている小倉《おぐら》は、彼がほんの駈けだしの頃いろいろと教えてくれた先輩で、人間的にも信頼できる男であった。

「極秘で話したいことがあるんですが」

と言うと、小倉は、

「じゃ、あそこ行くか」

と、部屋の一隅を仕切った小部屋のドアを目で指した。外部から来た人間と面談したり、資料が大量にある時、ひろげて検討したりするのに使われる場所だった。

話が進むにつれて、聞いている小倉の、度の強い近眼鏡の中の目が、光を帯びてきた。

「わかった。岩上家にずっと接触して様子を見ていてくれ。必要ならいつでも応援をつけるから」

「いますぐには必要ないけれど、また何かと頼むことがあると思います」

社を出ると吉村は、成城の岩上邸に向った。教授の家に行き着く前に、昨日話に聞いておいた朝井という家の前に回って見た。すみねが連れ去られた現場である。そこは岩上家から駅に向う通りを左にはいった五、六軒目で、人通りのすくない道だった。朝井家は、かなり広い庭をもっているらしく、大谷石のへいが道路に面して二十メートルくらい続いている。庭の内部にはおそらく自慢の植木や花が栽培されているのであろうが、へいは、下部のところどころに小さな風通しの穴がつくられているだけなので、その中の様子は外からはほとんどうかがえなかった。

かねは植木を見せてもらいに、この家の庭にはいったと言ったが、実は植木はだしで、この家の住人——おそらくは、ある程度年輩の主婦——と世間話をするのが散歩の途中の楽しみであったのかもしれない。

いずれにしろ、かねが孫のすみねをベビーカーに乗せたまま道路に置いていたのは不注意であった。が、いま実際に現場に来てみて、その理由がある程度のみ込める気がした。朝井家は、この成城近辺によくある、斜面になった土地に建てられた家なので、敷地が道路よりかなり高くなっており、門からはいるのに五段くらいの石段があるのだ。ベビーカーを持ち上げるのは困難だし、満一歳を過ぎた孫を抱いて上がるのは、かねにはおっくうで、そのためつい、門の脇にベビーカーをとめておいたのであろう。この道は、車の通りがほとんどなく、もし通ったとしても、普通の乗用車なら二台すれ違える道幅はある。ベビーカーを家の脇に寄せておけば、常識的な運転である限り、ひっかけられる心配はまずないといえた。

現場の状況を一応頭に入れ終ると、吉村は歩き出した。五、六軒先に見えているT字形になった角を右へ曲ると道は岩上家の方向に向うのである。

その時であった。その角を、右から左へ歩いて行く女の姿があった。うす紫がかったピンクのコートを着て、スカーフをかぶっている。うつむいて歩いているので、吉村には気づかないまま、家のかげに消えた。が、それが岩上伸子であることを見誤る吉村ではなかった。

一瞬考えていた彼は、すぐ足早に歩きだした。角まで来ると、そっと左方をうかがった。伸子は前こごみになったまま、まっすぐに歩いて行く。その後姿には、なにか、一心に歩いている、といった感じがあった。

気づかれないように距離をおいて、吉村は、彼女のあとに続いた。なんのために彼女をつける気になったのかはわからない。彼女がきのう言っていたことから考えて、友人の家に借金の申込みに行くのであろう。だが、とっさにそのあとを追ったのは、やはりこれも記者のカンというべきであろうか。

成城学園で下りの小田急に乗った。昼間の電車は混んでいない。相手を見失う心配はないが、逆にこちらの姿を見られる危険がある。吉村は慎重に間をおいて同じ車輛に乗り込んだ。

伸子は、向ケ丘《むこうがおか》遊園で下車し、駅前からバスに乗った。三つ目の停留所で降りて十五分ほど歩く。野菜畑と新しい建売風の住宅とが入り混っている新興住宅地の中を抜けて、雑木林のはずれにある家にはいって行った。大きな二階家であった。門の脇に車の出入口があり、ベージュのカローラがはいっていた。石造りの門にはめ込み式になっていた表札が外され、その穴に、かまぼこ板のような板がはめ込まれて、「霜木」と太いサインペンの文字が書かれていた。最近越して来たのだろうか、家の横手に、引っ越し用の木枠の壊したのが積み重ねられていた。

玄関の戸があいて、もう一度伸子が姿を現わしたのは、二十分くらいたった時だった。吉村は、一軒おいた隣りの門柱のかげに体をかくして様子を窺った。同年輩の女性が見送りに出て来た。グレイのスラックスにネイビーブルーのセーターをシックに着こなしている。あごのとがった卵形の顔に、ボーイッシュにカットした髪がよく似合っていた。

二人は、楽しそうに笑いながら、小声で話し合っていた。が、やがて伸子が相手の手を両手でにぎって何か言った。感謝している様子だった。相手の女性の指輪の石が冬の日にきらりと青く光った。

伸子は、いま一度頭をさげ、急ぎ足でもと来たほうに歩き出した。やりすごしておいて、吉村も歩き出した。

岩上家のすぐ近くまで戻って来た時、吉村は、つかつかと足を速めて、伸子の肩をぽんとたたいた。伸子はぎくっとして振り返ったが、彼だとわかると笑顔を見せた。

「来てくださいましたのね。吉村さんが来てくださると、わたし、心丈夫で」

「どちらかへお出かけだったんですか?」

「ええ。高校時代の友達のところへ。——ゆうべのうちに電話をかけて頼んだら、貯金を五十万円もおろして貸してくれました」

「ほんとの事情を話されたのですか?」

「いいえ。でも、一生に一度の重大なことなのだと言ったら、大体察したようです。続き番号でない、ばらばらのお札を、と言いましたから」

「しかし、いいお友だちですね」

「ええ。とてもいい人なんです。学校時代からの親友で。——でも、こんなこと頼むのは、ほんとは申訳ないことなんです。彼女自身、お金がとても大事な時なんです」

「というと？」

「彼女、霜木芳江さんていうんですけど、最近まで板橋のほうに住んでいて、今度向ヶ丘遊園に引っ越したんです。ずっと、高級婦人服の仕立ての店に勤めてたんですけど、今度、自分で仕事をするかたわら、人に洋裁を教えることにして向ヶ丘に家を借りたんです。彼女わりと方角とか気にするたちだけど、向ヶ丘は方位がいいんですって。それに古いけど広い家で、板敷きの大きい部屋もあるから。——だけど、いくら古いといっても家一軒借りるのは大変だったと思うし、ミシンなんかもそろえなければならないでしょう？」

「つまり、その開業資金を貸してくれたというわけですか？」

　伸子はうなずいた。

「女が一人きりで新しいことを始めるのって大変なことなのに。でも、わたし、ほかに借りに行ける相手なんてないんです。実家はもう両親が死んでしまって、姉だけなんです」

「お姉さんは力になってくださらないんですか？」

「姉といっても腹違いだから。父の先妻の娘なんです。姉の主人もけちな人だし、子供は有名校の付属小学校と幼稚園に行っていてお金がかかるし。――わたし、滅多に姉のところには行ったことないんです」

口やかましい姑と同居して、口答えもしないで我慢している裏には、そういう事情があったのかと、吉村は納得した。

岩上家では、金策に歩いていた教授も彰純も帰宅したところだった。伸子が霜木芳江から借りて来た五十万を合わせると、一千七百万をすこし越える金額を調達できていた。貯金と、大切に所蔵されていた十点近くの絵を処分した金に、かねが常々へそくっていた株券や金ののべ板を換金した分も加えてあったが、彰純の退職金の前借りは成功しなかったということだった。

「せめてもう一日あれば、何とでもできるのに――」

彰純が嘆息すると、お手伝いの白根宮子が、

「わたくしも貯金がいくらかでもあると、ご用立てできるんですけれど」

「その気持だけで十分だよ、宮子さん」

教授が言った。宮子は、夫に死別したあと、娘が心臓病で入院しているので、住込みで働いているのだった。

「金額がすこし欠けても、了解してもらえないだろうか。駄目だというなら、もう一日

待ってもらわなければどうにもならない」

彰純が、かすれた声で言った。

そのとたんに電話が鳴った。一同は体を固くした。

かねにうながされて、彰純は、熱い鉄にでも触るような手つきで受話器をとった。

「早く。彰純」

「一千七百三十万だ。それ以上は、今すぐと言われても無理だ。何とかこれだけで我慢してくれ。頼む」

彰純は必死に説得している。

「そうか。納得してくれるか？　ありがとう」

相手は案外あっさりと妥協したようだった。

「それで、金の受渡し場所は？　なに？　保谷《ほうや》？　ちょっとお父さん、メモして」

吉村が、手早くメモ帳とボールペンを教授に差出した。

「保谷のどこだって？　東伏見の駅から北へ……がけ下の地蔵さんのある所……。わかった。……時刻は？　午後八時。合図に懐中電灯を三回点滅、そちらが二回点滅だな。……よし、間違いなくわたしが行く。……子供はその場で返してくれるのだな？　……なにい？」

彰純はいきりたちかけたが、感情を抑えて、

「よしわかった。言うとおりにする。もちろん警察になどは話してない。間違いなく行

く。……あ、もしもし」

電話は切れた。

息子の言葉をそばでメモしていた教授が、その紙片を彰純に渡した。すると、またベルが鳴った。彰純が取った。

「うちに来ている男？　昨夜来て、また今日来た？　ああ……ちょっと待ってくれ。怪しい人ではない」

彰純は振り返って、父と吉村を半々に見ながら、

「吉村さんのことを、何者だと聞いてるんだ」

「待て。わたしが話そう」

教授が代って電話に出た。

「もしもし。すみねの祖父だが」

と前置きして、吉村が、心配するような人物でないことを懸命に説明した。

「そうだとも。……だから、いま言ったろう。わたしの書いた原稿を取りに来た編集者の人だ。こんなことになって、わたしも原稿どころではないので、また今日来てもらったんだ。事件について知っていても、絶対に口外しないと約束している。……ああ、そうだ。……なんだって？」

教授は仰天した様子だった。吉村のほうを振り返って、

「吉村君。きみに金を持ってくる役をしろと言っている。ちょっと代ってくれないか」

意外なのは、吉村も同じだった。が、彼はためらわず電話の前に立った。布切れでも当てているらしく、ぼやっとした女の声だった。

「あんたが、吉村って人？　いま、そっちの先生に聞いたら、信用できる男だって言うからさ。そんならいっそ、あんたがお金持って来てよ。子供のパパさんに来てもらうつもりだったけど、肉親だと興奮して何をするかわかんないからね。第三者のほうが冷静でいいんじゃないかな。時間と場所は、いま言ったから」

「おれが、昨日と今日この家に来たことが、どうしてわかったんだ？」

「決ってんじゃない。外で仲間が見張ってんのよ。外のいい場所から。いま電話がはいって知らせて来たのさ。そんなことよりも来るの？　来ないの？」

「家の人に相談するから待ってくれ」

「相談する必要がどこにあるのよ。これは命令なのよ。子供はここにいる、あたしの命令に従わなかったら、どんなことになってても責任もてないよ」

「わかった。おれが行く。必ず行く」

電話は切れた。

いまの言葉を一同に伝えると、家族の間には、複雑な感情の波が走った。

「そんなこと。──当然わたしが行くつもりでいたのに」

と、彰純。

「吉村さんに、そこまでご迷惑かけるなんて」

と、伸子。

「でも、吉村さんのほうがちゃんとやってくださるよ。おまえじゃ何だか頼りなくて」

かねが手きびしいことを言う。結局、

「なんのかのと言ったって、しようがないだろう。先方の言うことは至上命令なんだから」

という教授の言葉が結論となった。

吉村は、教授が走り書きしたメモを整理し、頭の中にたたき込んだ。

「犯人は、金と引換えにその場でお子さんを返すとは言わなかったんですね？」

「『一たん金を持ち帰って確認してから子供を送り届ける。その方法は今は言えないが、金さえ間違いなくあれば責任もって返すから』と言いました」

「すると、わたしがすることは、相手に金を渡すことだけ——というわけですか？」

「そのとおりです。どんなことがあっても相手を怒らせたり、あとをつけるようなことはしないように」

「もう一度念のため確認しますが、これだけの大金をあっさり手渡してしまっていいのですね？」

吉村としては、あとでもめごとに巻きこまれるのは好ましくなかった。いまは全員子供の命のことのみ案じているが、無事に子供が帰って来た暁には、取られた金が惜しくなるのは人情である。

相手を刺戟するような行動はいっさいとらないこと。懐中電灯の点滅の合図で相手を確認し、金を渡すことだけをしてもらえばよい。——という線で話は決った。

現場へおもむくには、岩上家のグレイのブルーバードを使うことにした。彰純が通勤に使っている車である。吉村は、念のために、その車を借りて、十五分ほど近くを乗りまわした。車の癖に慣れ、異常の有無を確かめておくためだ。万に一つの手違いや僅かな事故が、命とりになりかねない、いまの事態なのだった。

現金は、家の納戸の奥から持ち出された古めかしい小型トランクに詰められていた。

時間の余裕を十分にみて、吉村は、午後六時に岩上家を出発した。

3

冬至を過ぎて一カ月、すこしずつ日脚ののびている季節とは言いながら、まだ夜は長い。都心の繁華街ではまだ宵の口といった時刻だが、都下の、しかも駅から遠いこのあたりでは、家々もすっかり戸を閉めて、夜もふけた感じだった。ことに、指定されたがけ下の場所は街灯もなく、僅かに星あかりがあるだけの闇であった。道も急に狭くなり、車を進めることが難しくなった。

吉村は、がけの側に寄せて車をとめ、ドアを開けておりた。この冬は暖かいほうだが、それでも、夜の冷気はコートを通して骨にしみた。左手にトランクをさげ、右手にスイッチをオンにした懐中電灯をにぎって、枯草の靴にからまる道を歩いて行った。

懐中電灯の丸い光の中に、七十センチくらいの石地蔵が浮びあがった。土ほこりに汚れたよだれかけをかけている。

吉村はそこで立ちどまり、腕時計に目をやった。七時半であった。丁度渋滞する時間帯であり、途中もゆっくりと慎重に運転したので、普通の倍近い時間がかかっている。しかし、約束の時刻にはまだ三十分あった。彼は一旦車に戻り、時の流れるのを待った。

車の後の方向から音が近づいて来た。オーバーのえりを立てた男性で、歩きつきから中年のサラリーマンの感じだった。男は、せきを一つして、車のかたわらを通り過ぎた。事件に関係ある人間ではなさそうだ、と吉村は思った。

それ以後は、通行人は一人もなかった。

八時五分前に、彼はふたたび車をおりた。さっきと同じように、左手にトランクをさげ、右手の懐中電灯はともさないままにぎって、石地蔵に向って歩いて行った。

石地蔵のそばに立って、夜光の腕時計の青白い針を眺めた。

八時かっきりになった時、彼は、懐中電灯を頭の高さに上げて、三回点滅した。それから一分ほど待って、点滅を繰返した。

すぐ右手の草むらの中で、光ったものがあった。光はすぐ消え、もう一回ともって消えた。トランクをさげているてのひらに、じっとりと汗がにじみ出るのを吉村は感じた。

草むらの中から立ち上がった人間は、ゆっくりとこちらに近づいて来た。

「岩上さんの使いの人ね」

くぐもった声で言った。女であった。吉村はうなずいた。

「約束のものは？」

彼は、トランクを右手に持ち替えて、差出した。その時、瞬間的に懐中電灯の光を相手の顔に向けた。

相手はトランクを引ったくるなり、くるりと向きを変え、闇の中に消えた。あっけない一瞬であった。

「子供はどうしている？　間違いなく返してくれるんだろうな？」

叫んだ声が空しく闇に吸われた。

吉村は、車に戻り、スタートさせた。

岩上家への帰路、彼は頭の中に、例の女の特徴を再現しようと努めた。まず服装だが、黒っぽいズボンに、へちま襟のやぼったい半コートをぼてっと着ていた。色はエンジだったと思う。しかし、肝腎の顔はとなると、人に説明できるほどの特徴は全くつかめていなかった。手が滑ったふうに、とっさに光を突きつけてみたものの、女の顔は、濃いサングラスと大きなマスクで、そのほとんどが覆われていたのだ。頭には毛糸の帽子をすっぽりかぶり、その下から、赤茶色の長い髪の毛が肩に垂れかかっていた。そして手――不意に彼の胸の中で、何かがこきんと音をたてた。トランクを引ったくった右手の、くすり指に、指輪がはまっていた。青い石が、懐中電灯の光できらっと光った。ブルー・スピネルであろうか。

吉村の頭に、一つの仮説ができあがりつつあった。それは飽くまでも仮説に過ぎない。が、この仮説がもし正しいならば、幼いすみねの命が危険に瀕してはいないことだけは言えるはずだった。

自分の想像が当っていてくれることを念じながら、吉村は、岩上家の門前に車をとめた。

家の中から、家族たちがとび出して来た。

「どうでした？　え？」

口々に尋ねるのを、吉村は手を振ってきびしく制した。隣り近所に好奇心を起こさせるのはやはりまずい。

「時間かっきりに女が現われて、トランクを受け取って行きました」

玄関にはいって、錠をおろしてから、吉村は低い声で報告した。

「現われたんですって？　女が？」

伸子がすっとんきょうな声で叫んだ。

「現われましたよ。どうして？」

――彼女は一体何を言っているんだ？　――と、彼は不審だった。伸子はおろおろと、

「で、子供は？　子供は連れて来なかったんですか？」

「一人でした。子供さんは間違いなく返してくれるのか、と聞いたのですが、返事はありませんでした」

「でも金を取ったんだ。何かの方法で返してよこすさ」

教授が、自分に言いきかすように言った。

長い夜であった。

一家は、茶の間に集まって、電話が鳴るのを今か今かと待った。が、ベルが鳴らないまま時間は過ぎて行った。誰もが疲れ切っていた。が、寝に行こうとする者はいなかった。

「もう十二時だ。どうしたんだ犯人は」

彰純がいらいらと言った。

「金がちゃんとあるか確認したら、すぐ子供を返す方法を電話で知らせると言ったじゃないか」

「帰ってくるわ。もうすぐ帰ってくるわ」

伸子が、両手を胸の前でにぎり合わせて、祈るようにつぶやいた。

「伸子さん。お夜食でも用意したらどうなの。動きまわっているほうが気がまぎれるわよ」

かねが、つっけんどんに言った。

「あ、わたくしがお持ちします。お雑炊か何かこしらえて——」

部屋の隅に控えていた宮子が、あわてて立ち上がった。が、ふっと思いついたように、

「あのう——もしか明日になってもすみねちゃんがお帰りにならなかったら、わたくし、

星占いの人のところに行って見てもらって来ましょうか？　よく当るのです。巣鴨の――」

「馬鹿なこと言うな。この頃の女どもは、誰もかれもどうして占いなんかに凝るんだ。そんなことで解決するんなら、警察もなにも要るもんか」

彰純が口汚くののしった。誰も気がたっているのである。

「は、はい、すみません」

宮子は、キッチンに逃げて行った。

吉村は、手帳を出して、事件のこれまでの経過を細かく書きとめていたが、これをしおに、自分も立ち上がった。

「わたしは、すこし外を歩いて考えて来ます」

家族の間の角突き合いを他人がそばで見ているのは、ばつのわるいものである。それをさりげなく外すための行為と、はた目には見えたろうし、またそう見えることを計算に入れてのことでもあった。

深夜の街を、コートのえりを立てて、駅に向って歩いた。駅まで行くと、たいてい客待ちのタクシーがいる。だが、そこまで行き着かないうちに、空車が通りかかった。吉村は手をあげてとめた。

「向ヶ丘遊園まで」

成城の街を抜け、六郷用水沿いの道路から、さらに多摩川に向って南下する。多摩川の水道橋を渡ると、じきに、向ヶ丘遊園の駅の西側に出る。

野菜畑の手前で右にはいる細い道がある。車は無理すればはいれないことはないが、あまりうれしい顔はされそうもない道幅である。

「ここでいい」

吉村は料金を払っておりた。後を振り向かずに、細い道をどんどん歩き出した。背後で、タクシーの発進する音がした。ちょっとの間様子を見てから、彼はくるりと向きを変え、もとの広い道に出て、歩いて行った。目的の家の前にタクシーを乗りつけることはしたくなかったし、かといって、怪しまれるような場所でいきなり降りるのも好ましくないことであった。

昼間来た霜木の家は、あかあかと電灯がともっていた。雨戸はなく、縁側のガラス戸の内側に引いたカーテンから光が洩れているのだ。門の脇のガレージには、昼間のとおりカローラがはいっていた。

門の扉を押しあけて玄関のブザーを押した。

しばらく待ってみたがこたえがない。ドアのノブを回してみた。ドアは何のこともなく開いた。

「ごめんください」

声をかけても応答がなかった。彼は心を決め、靴を脱いで上がった。

とっつきは、がらんとした広い板敷きの部屋であった。おそらく、ここにミシンなどを入れて洋裁の教室にするつもりなのだろう。

その次の間は、ふすまが半開きになっていた。

「失礼します」

人がいるのかいないのかわからないが、一応声をかけた。

その時だった。異様なにおいが鼻をついた。

「これは——」

ガスだった。においの元が、ふすまの開いている和室らしいと気づいて、そこにとび込んだ。しゅうーという音と共に、息詰るばかりのにおいが、頭をくらくらさせた。ガスストーブのホースがはずされ、ガス栓が全開になっていた。

栓を止め、窓を開け放った。縁側のガラス戸も開けた。

部屋に駈け込んだ瞬間に、隣りの台所の冷蔵庫か何かが作動して、火花が飛んでいたら、——と、考えると、背筋が寒くなった。

ガスのにおいが薄れるのを待って、もう一度例の和室をのぞいた。と、彼はその場に棒立ちになった。

ガスを止めるのに夢中で気づかなかったが、八畳ほどのその部屋の中央、座卓の横に、人間が倒れていた。昨日この家の玄関で伸子と談笑していた女——霜木芳江であることは、一目でわかった。ボーイッシュにカットした頭髪が血まみれだった。かたわらに、大型のアイロンがころがっていて、それにも血がべっとりとついていた。これで、後から頭部をなぐられたらしい。

そばに寄って、顔をのぞき込んだ。苦悶にゆがんだ顔だった。両眼を薄く見ひらいている。手くびに触れてみると、完全にこと切れているのがわかった。

吉村は、しばらく呆然としていた。表のドアが開いていたので、はいっては来てみたものの、このような事態を予想していたわけではなかった。

周囲を見回すと、部屋の隅に、エンジ色の安っぽい半コートが脱ぎ捨ててあるのが目にとまった。赤茶色をした長い髪のかつらが、その上にふわりと載っていた。死んだ女の右手のくすり指には、青いスピネルの指輪がはまっている。背丈や体つきも考えあわせて、やはりトランクを受け取って行ったのはこの女性であると思えた。

吉村の目が、反対側の一隅に釘付けになった。そこの畳の上にころがっている物——それは、縫いぐるみの小さなクマと、テレビ漫画の主人公がついている桃色のプラスチックのコップだった。どちらも、一人暮しといわれる女性の部屋には不似合いな品であった。

部屋の中を一わたり観察した彼の視線が、ふたたび倒れている女に戻った。その右手の指に。——

吉村は、はっとした。今まで気がつかなかったが、右手の人さし指が血に染まっていた。傷があるわけではない。指は、畳の上に、赤い文字を書き残していた。自分の血を指先につけて書いたものであろう。

フタゴ――。

文字はそう読めた。横から見ても、逆さに見ても、フタゴ――であった。

フタゴ。犯人は双子だったのだろうか？　二人連れでこの家に押し入り、霜木芳江を殺害したのであろうか。

吉村は立ちあがり、家の中を全部点検してから外に出た。自分の指紋がついてるはずのドアノブやその他の箇所を、拭おうとは思わなかった。自分がここに来たこと、女の死体を発見したことを、いずれは警察に話さなければならない。隠す気持は全くない。だが、通報をする前に、もうすこし調べたいことがあった。

二十分ほどいて、空車をつかまえた。シートにもたれながら、彼は、頭の中をうず巻くさまざまな疑問点について考え続けていた。

その一、――芳江を殺害した犯人は、彼女と知合いであったのだろうか？　なかったのだろうか？　あの部屋には、来客のあったらしい形跡はなかった。ざぶとんは一枚しか出ていなかったし、座卓の上には、ポットとインスタントコーヒーの瓶に並んで、コーヒーカップが一個しか出ていなかった。

金の受け渡しの時に使った半コートやかつらも、部屋に脱ぎ捨てたままになっていた。霜木芳江は、大金を受け取って車で帰り、身につけていたものを投げ捨て、ほっとしてコーヒーを飲んでいたところを襲われたのであろう。

家の中には、子供の姿も、トランクの影もなかった。殺人者が子供を連れ、大金を持ち去ったことはまず間違いない。では、その殺人者は、どのようにしてこの家にはいったのであろうか。

誘拐事件には、霜木芳江のほかに共犯者がいたと考えるのは想像に難くない。犯行を成就するまでは共犯者であって、金が手にはいったとたんに、それを一人占めするために相手を殺す、というのは間々《まま》あることである。が、もしそうなら、共犯者は、一緒にコーヒーを飲むなり、祝杯を挙げるなりするのではないか。そのほうが、相手を油断させ易いのではないか。

もし、殺人者が、霜木芳江の意に反してしのびこんで来たのだとしたら、彼、または彼女は、どうやって家にはいって来たのだろう。二千万近い現金を持ち帰った芳江が、玄関にかぎをかけなかったとは考え難い。戸締まりしてある家に、どうやって侵入できたのであろうか。

疑問のその二は、殺人者が、被害者をアイロンでなぐった上にガスを吸わせるという二重の手間をかけているのはなぜか、という点だった。畳の上に文字を書き残したことを見ても、芳江は、アイロンでなぐられて即死したのではない。一時は倒れたものの、息を吹き返して、フタゴという文字を書いた。しかし、顔のそばに吹き出ているガスを吸って体の自由を失い、やがて絶命したものであろう。

犯人は、アイロンで彼女を即死させるだけの力をもたなかったのだろうか。止《とど》めを刺さずにガスを使ったのはなぜだろうか。犯人は双子であって、現場には二人の人間がいて、それぞれべつの凶行手段を用いたのであろうか。

疑問は次々に湧いて来て、とめどもなかった。

4

タクシーは、成城に近づいていた。

今度も彼は、岩上家の前に乗りつけることはせず、五分ほどの所で車をおりた。足音を忍ばせて歩いて行くと、岩上家の裏手に出た。キッチンに灯りがついている。

裏木戸からはいった。

伸子が、ガスレンジにケトルを載せようとしているのが、ガラス窓越しに見えた。

吉村は、こつこつとガラスを指でたたいた。伸子は、はっと身をすくめたが、吉村の顔を見ると窓を開けた。

「勝手口を……そっと開けて、入れてください」

彼はささやいた。

いま時の家としては、部屋数の多い、広い邸である。台所に忍び込んでも、すぐ気づかれる恐れはないのが幸いだった。

「ちょっとあなた一人だけに聞きたいことがあるんです」

彼は伸子の耳もとに口を寄せて言った。

「なんですの？」

「昨日から、僕には、あなたの行動や言葉の中に、ふに落ちないことが多過ぎるのです。第一に、今夜僕が、金を届けて帰って来た時、あなたは、『相手が本当に来ていたのか?』と不審な顔をした。また、金をトランクに詰める時、あれほどお子さんのことを心配しているふうなのに『新聞紙を切ってニセ札にすればよい』などと平気で言った。その前には、向ヶ丘遊園のお友達を訪ねて、いかにも楽しそうにしゃべっていた。五十万円を借りられてうれしかったのかもしれないが、それにしても、子供を誘拐された母親としては、あまりに屈託ない朗かな態度だった」

「あとをつけていらしたのね。ひどいわ」

声が震えていた。

「誤解しないでください。僕はあなたを責めているのではない。ただ、真実を話して欲しいのです。でないと、取返しのつかない事態を招くかもしれない」

「すみません」

伸子は、やにわに手で顔を覆って泣き出した。

「静かに。——今度の誘拐事件は、あなたが仕組んだことなのですね」

声を殺して泣きながら、伸子はうなずいた。

廊下に、人の足音がした。吉村は、大きな食器戸棚のかげに身を隠した。

「伸子さん、お茶はまだ?」

はいって来たのは、かねであった。ケトルを載せたガスレンジに、点火もしていない

のを見て、

「お湯もわかしてないじゃないの。泣きたいのはあなた一人じゃありませんよ」

「はい。今お持ちします」

かねは、ぶつぶつ言いながら出ていった。とげとげしい老婦人ではあるが、孫の身を案じる気持はいつわりではないのだろう。両眼が真っ赤で、目の下にはどすぐろいくまができていた。

かねの姿が消えると、吉村は、隠れていた場所から滑り出た。

「なぜあんなことを計画したのか、話してください」

「わたし、すみねが可愛いのです。あの子はわたしの産んだ子です。だのに、お母様は、自分のもののように取り上げてしまって、わたしに育てさせてくださらないのです」

そのいきさつは、吉村にもある程度想像はつく。

「で？」

彼はうながした。

「お母さまは、あの子を一人占めにしたいばかりでなく、わたしになつかせたくないのです。わたしが触ることも喜ばないで、『宮子さん、ミルクをやってください』『宮子さん、おむつを取り替えてください』というふうに、お手伝いさんには言いつけてさせても、わたしにはさせないようにしているのです。お父様はやさしいいい方ですが、わたしの気持などに気がついてはくださいません。そして、主人は、『おふくろが喜んでいるんだから、いいじゃないか』と、うるさそうにするだけで、とりあってくれません、あの子が生れた最初から、わたしはのけ者だったんです。名前だって、雅純・彰純のすみと、かねのねを取って『すみね』とつけるって、お母様と主人とで決めてしまっていたんです」

「なるほど。で、あなたはどうするつもりだったんです?」

「わたし、主人と別れて、あの子を連れて家を出ようと何度も思いました。わたしの実家は両親ももういなくて頼りにはなりません。でも、わたし、保母の資格をもっています。結婚するまで保育園に勤めていたこともあるので、働きながらあの子を育てることも不可能じゃないと思います。でも離婚ということになったら、岩上の家では、あの子を簡単に渡してはくれないでしょう。裁判にもち出されたら、たった一人で働きながら闘うわたしが、どんな弁護士でもつけられるあの人達にかなうでしょうか? わたし、この悩みを、親友の霜木芳江さんに打明けたんです。そうしたら彼女が、今度の計画を考え出してくれたんです。彼女は丁度、洋裁教室を開くために、広い家を借りて引っ越すことになったんです。誘拐されたことにして、そこにすみねを預かってあげる。郊外の一軒家で広いし、まだ生徒もとっていないし、二、三日赤ちゃんを預かっても大丈夫だから、って言ってくれたんです。『連れてゆくのは、おばあちゃんの落度になるようにしよう。そうすれば、こんな不注意な姑さんに任せてはおけないからということで、こっちが有利になる。そして、もしこの事件を通じて、皆がすみねのことを心配することから心が通いあって、うまくゆくようになったら、それでよいし』というわけで、細かいところまで打合せをしたんです。お金は、お父様か主人かが届けに行くことになるだろうけど、彼女は受取りの現場には行かないで、すみねをうちの裏口に連れて来て置いて行く。犯人が後悔して、犯行を中止した、という形にすることになっていたんです。だからわたし、吉村さんが現場で長い時間待ったあげく、待ちくたびれて、お金を持ったまま帰っていらっしゃる、その一方、あの子は返されてくるものと思って、ずっと、裏のほうを注意していたのです。でも、何か手違いがあったらしくて、わたし、心配で心配で——。昨日お金を借りに行った時は、あの子、元気で機嫌よくしていたので、安心していたんですけど」

「わかりました。あなたの話で、事情はよくわかりました。が、伸子さん。気を確かにもって、僕の話を聞いてください。しっかり覚悟して聞くんですよ」

「あの子が……すみねがどうかしたんですか？」

　伸子がわなわな震えだした。

「いやそうじゃない。だが重大な事態になっていることは事実です。いいですか。霜木芳江さんは死にました。殺されたんです」

「殺された？　彼女が？」

「あなたには残酷なことですが、彼女はあなたを裏切っていたのです。誘拐芝居とみせかけて、金を奪うのが彼女の計画だったのです。彼女は、すみねちゃんを自分の家に連れて行き、何回かの電話をかけ、そして僕の手から金のはいったトランクを引ったくって行った。だが、彼女にはおそらく共犯者がいた。その共犯者が彼女を殺して金を取って行ったのです」

「で、すみね……すみねは？」

「いまのところ行方がわかりません。霜木さんの家には、クマのおもちゃと桃色のコップが落ちているだけでした。共犯者が連れて行ったとしか考えられません」

「ああ、どうしたらいいの」

伸子は、半狂乱だった。誰かに聞かれることも念頭になく、大声で叫んだ。

「どうしたらいいの？ 吉村さん。警察に話したら助けてくれるでしょうか？ あの子を取り戻してくれるかしら？」

「今となっては、それしかない」

そう言った時、どやどやと足音がして、教授夫妻と彰純が駆け込んで来た。

「伸子、どうかしたか。……あ、吉村さん、いつ帰っていたんです？」

家族は、キッチンテーブルに泣き伏している伸子と、コートを着たままで突っ立っている吉村を交互に見た。目の前の情景をどう解釈したらよいのか、判断がつかない様子だった。

「わたし、話します。何もかも」

伸子は、泣きじゃくりながら、それでも自分から進んで、誘拐が彼女と友人とで計画した芝居であったことを話した。吉村が、そのあとを補足して、霜木芳江が殺され、すみねが行方不明であることを説明した。

「すると……こんなことになったのは、お前が！」

彰純が、伸子の胸ぐらをつかんだ。かねがそばから、彼女の頰を平手打ちした。

「まあ、待ってください」

吉村が割ってはいった。

「ご立腹は無理もないですが、いまは、そんなことを言いたてている場合じゃない。すみねさんを取り戻すには、どうするのが最善か、冷静になって考えなければ」

「わたしが悪かったの。すみねはもう殺されてるわ。わたしを殺して」

伸子は、がくがくと床の上にすわり込んだ。

吉村は痛ましそうにそれを見やったが、

「どなたか、お宅で懇意にしておられる病院はありませんか。奥さんは、病院に預けて休ませたほうがいいのではないでしょうか」

「吉村君の言うとおりだ」

今まで黙然と突っ立っていた教授が言った。

「伸子の気持をそこまで追い込んだのは、わたし達にも責任がある。わたしの友人で、荻窪で個人病院をやっているのがいるから、内科だが、そこへ連れて行こう」

教授は、伸子を家におくことで彰純とかねの怒りと憎しみの集中攻撃にさらし、精神的にますます追いつめられた気分にさせるのを懸念しているのであろう。吉村には、その心づかいが感じとれた。曲りなりにも彼女の立場を考えてくれる者は、この家の中には義父の雅純一人なのであった。

結局、仲子は、教授と吉村が、車で荻窪に連れて行くことになった。本来なら夫である彰純が付き添って行くべきであろうが、彼のいまの感情としては、妻をいたわる気になどなれないらしく、怒りを面《おもて》にみなぎらせて、見送ろうともしなかった。

うっかりすると泣き叫びそうになる彼女をなだめなだめ連れ出して、車にのせた。右隣りも左隣りも敷地が百坪くらいもありそうな大きな邸で、隣家の物音など気にならないのか、もしくは聞こえぬふりをしているのか、しんと寝静まっていた。

深夜の道を車はほとんどノンストップで走った。

病院と地続きの家に住む院長は、あらましの話を聞くと快く仲子を引受け、事件については他言しないと約束してくれた。自殺の恐れもあるかもしれないが、十二分に注意するから安心して任せるようにと言い、奥まった個室に休ませて、鎮静剤を与えた。

家に向う道では、二人ともほとんど無言だった。岩上教授は、リアシートに仰向けに頭をもたせて、疲れきった顔で目を閉じていた。

留守の間に、子供の所在がわかるか、少くとも犯人からの電話くらいはいっているのではと、心頼みにしていたのだが、帰りついてみると、事態は何の進展もみていなかった。

「こうなっては止むを得ない。警察にすべてを話すよりあるまい」

教授が、茶の間のざぶとんに、ぐったりと腰をおろしながら言った。

「そうすべきだと思います」

吉村が言うと、いらいらと煙草をふかし続けていた彰純が、吐き捨てるように、

「あんた、それでいいのか？　吉村さん」

「どういう意味です？」

「警察に通報されてもかまわないのか、というんだ。大体今度の事件はおかしいじゃないか。最初はといえば、あんたがたまたまうちに来ていた時に起こった。金の受取りにも、犯人の女は家族でもないあんたを指名して来た。そのあげく、その女が殺されて、発見者はあんただ。あんたが女と共犯ですべてを仕組み、金を取っておいて、女もうちの子も殺したと考えるのが、一番話が合うじゃないか」

「彰純。お前は、吉村君を犯人だというのか？　失礼なことを」

教授が叫んだ。

「いや、先生、待ってください。彰純さんがわたしを疑われたとしても、無理はないと思います。わたし自身、警察からそのような見方をされる可能性については、すでに考えています」

自分が昨日原稿を取りに来た、丁度その時に事件が起こったのはおそらく偶然であろう。また今日の午後、自分が伸子の姿を見かけてあとをつける気になったのは、間違い

なく偶然である。が、例の女霜木芳江が、金の受渡しに自分を指定したのはなぜなのか。その点はふに落ちない。彼女は「仲間がいい所で見張っている」と言ったが、この邸は、望遠鏡でのぞき見できるような見晴しのいい高台にあるわけでもないし、付近にマンションのような建物があるのでもない。住宅地の中の普通の平家《ひらや》である。この家に出入りする人間を監視するとしたら、向う三軒両隣りくらいの、門の内側にでも立っているか、二階からのぞき見するしかない。いずれにしろ共犯者は、すぐ隣人ということになる。そのように推理の範囲が簡単にせばめられるような手がかりを犯人が口にするのは不自然ではないか。では仲子自身が、芳江に、そのように指定するよう頼んだのか？　それも考えられない。昼間、仲子が芳江の家を訪ねた時には、吉村が来るかどうか確実にはわからなかったのだし、家に帰って来てからは、仲子は一度も外出しないから、外から電話で指示するわけにはいかない。この邸の中では皆の神経が電話に集中しているから、気づかれないでそんな連絡をすることなど不可能である。

「彰純さんがわたしに疑いをかけられるのは無理ないし、警察からも疑われるかもしれませんが、この際そういうことは言っていられません。警察の力を借りて、すみねさんの行方を捜すことが急務です」

「わかった。失礼なことを言ってどうも。――気がたっているものだから」

完全に疑いを解いたかどうかはわからないが、吉村の冷静な対応に、彰純も一応興奮を鎮めたようだった。宮子が、熱い番茶を大ぶりの土瓶に入れて来て、皆に注いでまわった。

「一つ皆さんにお聞きしたいことがあります。霜木さんという人については、皆さんご存知ですか？」

「伸子のところに遊びに来て、二、三度会ったことがあります」

かねが言った。彰純も、一、二度は会った記憶があると言い、教授は一度も会っていないということだった。嫁のところに来る客などには、一々出てあいさつすることもないだろうから、べつに不思議ではない。

「では、その霜木さんが、死ぬときに畳に『フタゴ』と書いているのですが、お知合いかなにかに双子の人はおられませんか？」

「双子ねえ、いないなあ」

「わしの友人の孫に双子ができたが、それはまだ幼稚園だし……」

三人とも思い当る節はないという。だが、吉村は、もう三人の答えには関心をもっていなかった。彼の注意は、ほかのことに集中していた。

彼が、いまの質問を発した瞬間、土瓶を持って立って行こうとしていた宮子の手が、はっと震えたのだ。一瞬のことだったし、家族三人はそちらの方を向いていなかったので、気づいた者はいなかった。が、吉村は確信していた。

——白根宮子は、何かを知っている。——

——すくなくとも、何かに感づいた。——

その何かを、探り出さねばならないのだった。

5

岩上家には、私服の警官が数名、緊張した面持で詰めていた。一見中小企業の経営者といった感じの落着いた中年男は、警視庁でも、誘拐事件に関しては経験が深いと言われる和泉《いずみ》警部補であった。所轄の砧《きぬた》署からも、より抜きの腕きき刑事が何人か来ていた。電話機には録音装置が取り付けられ、警察も家族もいまかいまかと待っているのに、子供を連れ去った人物からは、いつまでたっても何の連絡もなかった。

吉村は、岩上家の家族とはべつに、同家の応接間で厳しい事情聴取を受けた。おそらく警察内部には、彰純と同じ理論で、彼に疑いをかけているむきがあるに違いないが、彼としては何事も隠す必要はないので、何回繰返して話しても事実がくい違う気づかいはなかった。とはいえ、この二日間の緊張と不眠で、心身ともに疲れきっているのは事実だった。

「吉村君。奥の部屋に寝床を敷かせたから、しばらく横になっていたまえ。君にはご苦労のかけ通しだからな」

教授が気づかってくれた。そういう教授夫妻も、目まいがする、耳鳴りがする、と言って、かわるがわる横になりに行く有様だった。

「これをおあがりになると、疲れが取れて精がつきますよ。わたくしは毎日飲んでいるのでこんなに健康です」

　宮子が、茶色いせんじ薬のようなものをすすめて回っている。朝鮮人参茶だという。吉村は礼だけ言って敬遠することにした。

　家族全員がばてている中で、彰純は、さすがに娘のことが気がかりで電話のそばを離れることができないとみえて、茶の間にすわったきり動かなかった。

　吉村は、言われる通り、奥の間に行って、そこに敷かれているふとんの上に、服のまま横になった。体のしんまで疲労しているとみえて、長時間乗物に揺られたあとのように、神経が揺れている感じがした。

が、眠る気には到底なれない。彼は、うつ伏せになりポケットから手帳を出して、中断した記録の続きをまた克明に書き始めた。

　ふと頭を上げると、窓ガラス越しに、庭が見えた。岩上家の北側の裏庭である。そこの木戸を白根宮子が出て行くところだった。買物かごをさげているのを見ると、夕食の買出しに行くのだろう。いかなる非常事態であっても、人間は食事をしないわけにはいかない。

　吉村はぱっと起き上がり、手帳をポケットにしまった。宮子には、一度ゆっくり話を聞きたかった。玄関に回ったのでは、誰かに見とがめられる恐れがある。足音を忍ばせて勝手口に行き、そこにあったサンダルを借りて外に出た。

　通りに出ると、宮子が足早に歩いて行く後姿が見えた。あとをつけて行くには丁度よい間隔だ。人通りの少い場所に行ったら、声をかけてしばらく話をしようと考えながら歩く。だが、適当な機会がみつからないうちに、宮子は、小田急線の踏切に出、線路を北側に渡った。

以前は静かな住宅街に畑や雑木林の続いていたこのあたりも、今はマンションがあちこちに建てられている。その中の一つ、四階建ての白塗りのマンションの前に来ると、宮子は立ちどまって、その窓の一つを見上げた。二階の、ライラック色のカーテンのある窓だった。

筋向いの道路脇に電話ボックスがある。宮子はそのボックスにはいった。備えつけの番号簿をひっくり返していたが、やがてダイヤルを回した。何かしゃべりながら、ちらちらとさっきのマンションの窓を見上げている。やがて電話を切ると、にやりと笑ってボックスを出、もと来たほうに歩き出した。

その時、例の窓のカーテンが揺れて、人間が姿を見せた。二十代半ばの、吉村の一度も見たことのない女性だった。丸顔で目が大きく、エキゾチックな顔立ちをしている。銅緑色のバルキーセーターの胸に大きなペンダントを下げている。金属製であろうか。銅色をした円板に、何か図形のような模様があった。立ち去って行く宮子の後姿を四、五秒見送っていたが、すっとカーテンを閉めてしまった。

吉村は、宮子の後をつけるのをやめて、「コーポ・アイリス」と書いた金属板が出ている、マンションの入口をはいって行った。右手の壁に郵便受けがあり、左側に管理人室の窓口があった。

「あのねえ、ここの二階のあっちから二番目の部屋だけど――」

吉村は、ガラスをこつこつとたたいて、管理人に話しかけた。

「ああ、二〇二号だね。それがどうかしたかい？」

額の両角がはげ上がった親父が顔を出した。

「あそこの女の人、なんていうの？」

「どうしてそんなこと聞くんだい？」

「おれの郷里の遠縁の人じゃないかと思うんだ。東京に出て来てるって聞いたし、そっくりだもの。鈴木優子っていうんだけど」

「じゃ違うな。人違いだ。二〇二号は、田沢マリさんだ」

「他人の空似か。そういえば郷里のほうの人は、もうちょっと年が上かもしれない」

騒がせたね。――と、そこを立ち去った。

コーポ・アイリスの二〇二号、田沢マリ。――この女性は、実は今回の事件には何の関係もない人間なのかもしれない。白根宮子だって、個人的な用事もあるだろうし、友人知人もあるだろう。

しかし、さっきの宮子の態度は、単なる友人や知人を訪れたものとは思えない。マンションの前まで来ていながら、外から電話するのもおかしいし、通話を終えた時の薄笑いも意味ありげだった。一方、カーテンのかげから、じっと宮子の後姿を見送っていた女のほうも、怪しいと言えば怪しい。

不意に吉村の頭に浮んだ考えがあった。思いつきと言ったほうがいいかもしれない。とっぴと言えば少々とっぴだが、確かめてみるに越したことはない。

岩上家に曲る角の煙草屋に、赤電話があった。そこまで戻って来ると、彼は、東都新報社のナンバーを回して、小倉を呼び出した。

「よお、あんたか。誘拐事件が警視庁からクラブの連中に発表になったので、大騒動だ。しかし、記事にするのは協定で当分お預けだよ。うちの記者が、一人、当の岩上家にはいり込んでいると知ったら、各社じだんだ踏むだろうぜ」

舌なめずりして喜んでいる小倉の顔が見えるようだ。吉村は、ある一つのことを、何とかして調べておいてくれるように頼んだ。

電話を切って、一歩二歩行きかけた時、ひょっこり姿を見せたのは、彰純だった。

「いやあ、吉村さんもですか。会社に電話をかけたいのだが、うちの電話は、あれじゃ使いにくくてね。煙草を買ってくると言って出て来ました」

「わたしもです。社に全然連絡していないので。——今、一報入れといたところです」

「報道管制はしいてもらえるんでしょうねえ」

彰純は不安そうだ。

「もちろんです。各社が協定を結んで、書いていいとなるまでは書きませんよ」

吉村は、彰純と別れて岩上家に戻った。

時間は緩慢に過ぎて行った。教授夫妻も、電話を終えて帰って来た彰純も、お手伝いの宮子までが、待つことに疲れ果てていた。犯人の手がかりは依然つかめない。殺された霜木芳江の家の周辺の聞込みでも、目撃者らしい目撃者はまだ現われてないようだった。彼女は、アイロンでなぐられたのが致命傷ではなく、吉村が想像したように、直接の死因はガス中毒だった。なお、彼女が日頃交際していた範囲に双生児がいるかどうかは、今のところ全くわかっていないということだった。

街がすっかり宵闇に包まれた頃、吉村は、今度ははっきりと「社へ電話を入れなければならないから」と刑事達に断って家を出た。

また例の煙草屋の赤電話でダイヤルを回した。

「ああ、吉村。さっき頼まれた件、わかったぞ。コーポ・アイリスの田沢マリの生年月日だが、昭和三十×年六月十六日だ。車をもっているかという質問に関してはイエスだ。メタリックシルバーのポルシェで、マンションの裏手の駐車場に置いている。免許は二年前にとった。それから一つビッグ・ニュースがある。池袋駅のホームで、迷子が泣いていた、という届出があった。やっと歩けるくらいの女の子だ。何でも年とった女性が『いまホームでこの子が泣いていた』と言って、駅員の所に連れて来て、自分はあっという間に人混みに姿を消したという」

「岩上すみねか？」

吉村も興奮してどなった。

「写真や着衣についての届出と照合中らしい。間違いなさそうだとなったら、岩上家に警察から電話が行くはずだ」

「連れて来たのは、年輩の女性だと言ったね？」

「ああ、頭からショールをかぶっていたし、とっさのことで駅員も顔をよく見なかったようだが、地味な服装で、体つきや身のこなしから年寄りに間違いないらしい」

「無事解決だといいが」

吉村は、岩上家まで走った。

茶の間にはいって行った時、電話のベルが鳴った。一同はっと緊張した。

「彰純は？」

教授が、かすれ声で言った。かねが、

「いまトイレに行きました」

「切れてしまうと困る。先生、取ってください」

和泉警部補が、録音機のスイッチを入れて合図した。教授が受話器を取った。

「なに？　見つかった？　うちの子に間違いない？　ありがとうございましたっ！」

岩上教授は受話器を耳に当てたまま声をあげて泣き出した。わあっ、と部屋一杯に歓声が上がった。

「なに？　何かいい知らせですか？」

彰純がとび込んで来た。

「おう。すみねが無事だった」

「本当ですか？」

「本当だとも。池袋の駅で、迷子が泣いていると言って、どこかの女性が連れて来てくれたそうだ。怪我もなにもしていない」

「ありがたいっ」

彰純が両手で顔を覆った。

「刑事さん、ありがとうございました。その、連れて来てくれた年輩の女性にもお礼を言わなければ」

「荻窪にもすぐ電話しよう。伸子にもこのニュースを聞かせてやらなければ」

教授がそう言った時だった。

あわただしくふすまが引き開けられて、一番年の若い刑事がとび込んで来た。

「大変です。ここの家のお手伝いの人が、自分の部屋で苦しんでいます」

和泉警部補の反応は、さすがに一番速かった。ぱっと席をけって立った。吉村があとに続いた。家族達もおろおろとついて来た。

台所の隣りの、四畳半と三畳の続き部屋だった。白根宮子は、胸をかきむしりながら、部屋中をころげ回っていた。叫びともうめきともつかない声とともに吐物が溢れ出した。アンズに似たにおいが漂った。

警部補が駈け寄ってのぞき込んだ。が、宮子は、もう一度激しく身もだえし、そのまま動かなくなった。

「駄目だ」

警部補が首を横に振った。

「青酸だ。青酸カリか、ソーダか」

畳の上に、湯のみとガラス瓶がころがっていた。ガラス瓶には、濃い茶色の液体が半分程はいっている。

「この人がいつも飲んでいる朝鮮人参茶です」

かねが、がたがた震えながら言った。

「この漢方薬に毒がはいっていたのだな、この人は、自殺するような理由でも――」

「そんなはずはありません。病気の娘さんを抱えて一生懸命働いていたのですから」

「すると、殺人――」

その時、人々の後から吉村が言った。

「和泉警部補。お話ししたいことがあります。僕の推理を一応聞いてください」

6

吉村は、岩上家の応接間で、和泉警部補とテーブルをはさんですわっていた。

家の中は、捜査一課の刑事達や鑑識班でごった返していた。すみねが無事保護されたという知らせに一安心の家族も、続いて起こった事件のため子供に会いにとんで行くこともできず、足止めをくらっていた。

　そうした中で吉村は、特に誘拐事件担当の和泉警部補に、岩上家の家族を混えないで話をしたいと申入れたのであった。

「霜木芳江さんを殺した犯人と、白根宮子さんを殺した犯人――この二人は別々の人物です。しかし、共犯関係にあることは間違いありません」

　彼は話し出した。

「霜木さんを殺したのは、この近くのマンション、コーポ・アイリスに住む、田沢マリという女性です。この殺人は最初から計画されたものです。ところが、お手伝いの宮子さんが、この件の犯人をかぎつけた。そのために彼女は殺されなければならなかったのです」

「霜木芳江は何のために殺されたのだ？」

「ここの若奥さんの伸子さんが、自分の子供の誘拐劇を仕組んだことは、ご存知ですね。この計画は伸子さんが考えついたというよりも、霜木芳江がプランを立てて伸子さんに奨めたものかもしれません。どっちにしろ二人だけの秘密であるはずのこの芝居に、もう一人かげの演出家がいたのです。岩上彰純氏です」

「どうしてそんなことが言える？」

「これは僕の想像ですが、芳江は彰純氏と愛人関係にあったのだと思います。彼女は何回か岩上家に遊びに来たそうですから、そういう機会に知り合って、伸子さんに知られずに交際していたのでしょう。で、芳江は彼に誘拐計画のことを話した。彼はこの計画をさらに自分自身の利益のために利用することを考えついたのです」

「自分自身の利益？」

「そうです。第一に両親から多額の金を奪い取る。第二に、妻の伸子さんを、とんでもないことを企んだとして離婚にもち込む。第三に、邪魔になった古い愛人を始末し、新しい愛人と新しい人生を始める。――」

「いらなくなった愛人が霜木芳江で、新しい愛人が田沢マリだな」

「そうです。芳江には『金をそっくり自分の家に持ち帰るように。あとで伸子さんが誘拐劇について家族や警察に告白しても、そのようなことは全く知らないと突っぱねるように』と指示しておいたのでしょう。常識で考えれば、警察の追及を逃げきれるとはとても思えませんが、彼女は『多額の金が自分にも分けてもらえる。伸子さんが離縁され、いずれは自分が岩上彰純の妻に納まれる』という夢物語に夢中になっていたのに違いありません。すみねちゃんの身代金を払うために、両親が必死になって金策したのに、彰純氏はあまり本気で会社や同僚から金を借りようとはしていません。それが第一おかしな点でした。一方芳江は伸子さんに貸した五十万はその日のうちに手もとに戻ってくるのだから、安心して用立てたわけです」

「霜木芳江が大金を家に持ち帰るのを待って、田沢マリが彼女を殺したというのだな」

「おそらく田沢マリは、向ヶ丘遊園の家の中にひそんで待っていたのだと思います。僕は、どうして犯人があの家にはいれたのかが不思議でしたが、芳江と彰純氏が愛人同士であったと考えると説明がつきます。引っ越した家の合鍵を、彼女が彼に渡しており、それが田沢マリの手に渡されていたのです。しかしマリは若い女性です。アイロンで相手をなぐりましたが、致命傷になるほどの打撃を与えることはできませんでした。彼女は自分の腕力に自信がもてず、またもう一度なぐることが恐ろしくて、ガスを使ったのでしょう。芳江は一たん息を吹き返して畳に文字を書いたものの、ガスから逃れることができなくて命を落したのです」

「あの文字は何のことだね？　双子というのは」

「芳江は、田沢マリの存在については全く知らなかった。顔を見ても名前を書き残すことはできなかったでしょう。あるいは、顔も見ることはできなかったかもしれない。後から後頭部をなぐられていますからね。しかし、彼女は倒れる時、犯人が首に下げていたペンダントを見たのです。田沢マリは六月十六日生れで双子座です。近頃若い連中の間ではやっている星占いの十二宮には、それぞれ決った図形というか記号があります。縦長の矩形《くけい》の二辺が弓なりに反りかえっているようなのが双子座の記号で、それがペンダントに刻んであったのです。芳江は占いを気にするほうだったというから、なぐり倒される一瞬目に映ったペンダントが、双子座を表わすことに気づいたのです」

「で、子供は田沢マリが連れて行ったと思うのか？　金も一緒に」

「連れて行ったのは彼女でしょう。でもあのマンションで、若い独身女性が、人目につかずに赤ん坊の面倒を見られるとは思えませんから、子供は誰かほかの人間が、別の場所で預かっていたと思います。池袋駅で保護された迷子は、年をとった女性が連れて来たというから、マリの身内——おそらく母親ではありませんか。もちろんこの女性も共犯でしょう」

「で、白根宮子の件はどうなんだ?」

「彼女もまた、星占いなどに凝っていた女性でした。『双子』という言葉を聞いただけで、すぐ双子座を連想したものに違いありません」

吉村は、宮子が「双子」という言葉に反応を示したこと、自分が彼女の後をつけた時のことを話した。

「彼女は、以前どこかで、家の若主人と若い女がむつまじそうにしているのを見たことがあるものと思われます。その女が、双子座のペンダントを下げていたのを思い出して、犯人がわかって、ゆすりを思いついたのです」

「ゆすりだと断言できるのかね?」

「マンションの前から電話をかけていた時の表情は、うまい悪事を企んでいる顔でした。病気の娘を抱えていたというから、この件でいい金づるをつかんだと思ったのでしょう」

「白根宮子を殺したのは彰純か?」

「間違いありません。彼女を殺した犯人は、この家の中の者です。これだけ警察の人がいるのに、外部から侵入するのは容易ではありません。それに、彼女がいつも飲んでいる朝鮮人参茶に毒を入れたことを考えても、家の中の事情に明るい者であることは確かです。しかしながら、彼女が生かしておいては危険な存在であることを知っていたのは田沢マリだけでしたが、マリと連絡がとれたのは彰純氏だけです。教授とその夫人は、今日の午後、家の外に出たり、外部と電話したりしましたか？」

「していない。彰純だけが、煙草を買って来ると言って出かけた。もっとも、きみは二回も外に出ているが。——金の受渡しの時、きみに行かせたのも彰純の考えか？」

「おそらくそうでしょう。あわよくば、わたしに罪を着せて捜査を混乱させ得ると思ったんじゃないかな」

「しかし、霜木芳江に電話でそう言わせるように指示したというのもおかしいんじゃないか。金策と称して外を歩いている時は、いくらでも彼女と電話で打合せができたろうが、その時点では、きみがこの家に来るかどうかは確定してはいなかったんだろう？」

「でも大体来ることは決っていました。彼は、金を要求して来た女——すなわち霜木芳江と電話で話している時、『吉村のことを聞きたがっているから、お父さん代って』というようなことを言いました。それが合図で、わたしに行かせるということを彼女に伝えたのだと思います。あの段階では、まだ電話に録音など取り付けてなかったから、相手がこう言っていると言われれば、それを信じるよりなかったのです」

「きみの説明はほぼ納得できるが、しかしこれはあくまでもきみの想像で組立てた推理じゃないのかね？　彰純が犯人であると言い切れる証拠があるか？」

「あります。すみねさんが無事に保護されたという電話を教授が受けた時、教授は、『どこかの女性が連れて来てくれたそうだ』と言っただけだったのに、彼はそれを聞いて、『年輩の女』だったか『年のいった女』だったか、そういう意味のことを言いました。これは、すべての計画の裏を知っていたことの証明では――」

吉村の言葉を終りまで聞かずに、和泉警部補はすっくと立ちあがった。

「彰純をここへ呼んでくれ、吉村君」

「あなたが呼んでください。それと和泉さん、一つお願いがあります」

「うむ？」

「彼を、両親の目の前で手錠をかけてしょっぴくことだけは、して欲しくないのです」

「わかった。できる限り、きみの希望にそうように心がけよう」

吉村は、応接間を出、玄関の隅に目立たぬように立った。

しばらくすると、彰純が呼ばれて、応接間にはいっていった。吉村は和泉警部補と一対一だったが、今度は殺人のほうの捜査担当官が何名か加わっていた。

十五分くらいたった時だったろうか。応接間のドアが、激しく音をたててひらいた。

「誰か、救急車だ！」

顔を出して叫んだのは、和泉警部補だった。ドアの内側のじゅうたんの上に、彰純が倒れて、白根宮子と同じように苦悶していた。

救急車が到着した時には、彰純は絶命していた。
息子の遺体に取りすがる両親を見ながら、吉村は、
——逮捕、裁判、処刑といった経過をたどるより、このほうが望ましいかもしれない。——
と、頭の一隅で考えていた。

岩上家の一連の事件の真相は、ほとんどが吉村の想像のとおりだった。田沢マリは、殺人と強盗、誘拐罪で逮捕され、その伯母である女性も、誘拐の幇助《ほうじょ》で捕えられた。田沢マリは幼い時両親を失い、埼玉県に住むこの伯母に育てられていた。伯母は一切を承知で姪の計画を手伝い、霜木芳江の家から車で連れて来られたすみねと、金のはいったトランクを預かっていたのであった。

岩上彰純は、妻のところに遊びに来た霜木芳江と愛人関係になり、何年もつきあっていたが、最近、近くのマンションに住む田沢マリと知り合い、芳江がうとましくなり始めていた。生来遊び好きな性格の上に、二人の女性の機嫌をとるのには先だつものが必要で、会社の金に穴をあけてしまい、それを埋めるのに苦慮していた。その矢先、伸子の偽装誘拐の計画を、芳江がおもしろがって話したのであった。

田沢マリは、OL生活がつまらないのでやめて、彰純に生活費をみつがせていたが、自分でブティックを開きたいという夢をもっており、サラリーマン生活がいやになっていた彰純も、スポーツ用品の店を自分でひらく計画をたてていたという。

彼が白根宮子と自らの命を絶つのに使った毒薬は青酸ナトリウムで、霜木芳江を殺すために彼が手に入れたものだったが、田沢マリは、一面識もない芳江に、油断をさせて毒入りの飲み物を飲ませるのは難しいと言ったので、彼がそのまま身につけて持っていたのだった。

数カ月たった晩春のことだった。地方への取材で羽田空港に向うために珍しく早起きして家を出た吉村は、渋谷駅前で、すみねの手をひいた伸子とばったり出会った。空気のしめっぽい生暖かい朝で、街には乳色のもやが立ちこめていた。

あら——という目で立ち止まった彼女は、歩み寄って行った吉村に、

「あの節は、ほんとにお世話になりました」

と頭をさげた。

「健康そうになりましたね。岩上先生もお変りないですか？」

あの事件以来、彼は、岩上雅純教授には一回も会っていなかった。今後会う用事ができても、担当をほかの記者に変ってもらうつもりだった。

「お変りないと思います。あの、わたし、岩上の家を出ましたの」

「ほう？」

「すみねを連れて、旧姓に戻りました。尾沼といいます。短大の頃の先生が紹介してくださって、この近くの保育園に勤めています。この子も、一歳児の組でみてもらえます

し」

「それはよかった」

　吉村は心から言った。

「あの時のことはまるで悪夢のようですわ。わたしもどうしようもない馬鹿な女だったと思うけど、新しくやり直すつもりで一生懸命やります。あのね、吉村さん」

　伸子は、内緒話でもするようにほほ笑んだ。

「お父様——岩上先生が、ときどきすみねを見にいらっしゃるの。保育園の庭で遊んでいるのを金網の外に立って眺めていらっしゃるわ。めっきり年をとられて」

「先生は、僕を恨んでおられるかな」

「事件のことは、やはり思い出したくないでしょうね。でも、あの時一せいに書きたてられた新聞記事の中で、東都新報はいたわりのある書き方だったたっておっしゃったと、人伝てに聞きましたわ」

　伸子は、それだけ言うと、あわただしく腕時計をのぞいた。

「じゃ、元気でね」

　あの事件では、何人もの人が死に、さらに多くの人間が、いやし難い傷を負った。せめてこの母子だけは、事件をきっかけにのびのびした人生をみつけて欲しいと思った。

　吉村は、しばらくそこに立って、もやの中を遠ざかって行く母と子を眺めていた。

第二部

小さい矢

1

「つまんなあい、つまんなあい。どこへも行けないなんて――もう、きらいっ」

若菜《わかな》がわめいた。若菜は、あたしの妹で二年生だ。若菜がわめくのも無理はない。春休みではきょうが最後の日曜日だっていうのに――パパとママと一家四人で動物園に行って、そのうえ晩ご飯はレストランでお食事をする約束になっていたのに、ぜんぶ駄目になってしまったのだ。パパとママの結婚のおなこうどさんだった親戚のおじいちゃんが急に死んで、パパたちはお葬式の手つだいに行かなければならなくなったのだ。死ぬんだったら、あした死んでくれればよかったのにと思うけど、あたしたちの都合を聞いてから死ぬわけじゃないから仕方がない。楽しい一日になるはずだったこの上天気の日曜日、あたしと若菜は二人っきり置いてきぼりにされてしまった。

「あーあ、つまんない。パパとママのうそつき。――姉ちゃんはつまんなくないの？」

「うるさい。若菜の菜っぱ」

あたしはどなった。あたしだって、つまんなくないわけはないじゃないか。それなのにそう聞かれると、よけい腹がたってくる。西村霞、小学五年生だ。いや、終業式が終わって春休みなのだから、もう六年生かしら。

あたしの名前は霞《かすみ》という。百人一首の「外山《とやま》の霞たたずもあらなん」という歌からとったのだぞうだ。若菜もやっぱり百人一首で「君がため春の野に出《い》でて若菜つむ……」という歌の若菜だ。

あたしたちの名前をつけたのは、パパとママのおなこうどさんだった問題のおじいちゃんで、いつだったかあたしたち一家がご年始に行ったとき、

「あんたたちは、わしの名づけ子だから、特別にかわいいよ」

と、目を細くしていた。そんなにかわいいあたしたちのためなら、なんとかもう一日だけがんばって生きていて、動物園行きが実現するようにしてくれればよかったんだけど。——

いや、もうぐちを言っても仕方がない。

「若菜。どっかへ遊びに行こう」

あたしが言うと、若菜はたちまちにこにこ顔になって、

「うん。車のおばちゃんとこがいい」

「車のおばちゃん？」

あたしとしては、うっぷん晴らしにバスに乗ってファミリーパークにでもピクニック

に行くことを考えていたので、若菜の言葉が意外だった。だって、車のおばちゃんというのは、あたしたちが住んでいる同じ団地の、それもすぐ目の前の八号棟の二階の天城《あまぎ》さんのおばさんのことなのだ。窓からのぞけば、ダイニング・キッチンで車イスに腰かけてお料理をしているおばさんの姿が見える。そんな近い所なんて——と言いかけて、でもあたしは考えなおした。

若菜の言うとおり、車のおばちゃんのとこに遊びに行こう。天城さんのおばさんは、あたしたちが行くと、いつも歓迎してくれる。果物の罐詰《かんづめ》をご馳走《ちそう》してくれたり、お人形の服をいっしょに縫ってくれたり、モチーフ編みのやり方を教えてくれたりする。

ママも、ほかの家だと、

「あんまりお邪魔しちゃだめよ、ご迷惑よ」

とか言うけれど、天城さんのところへ行くのはなんにも言わない。それどころか、天城さんのおじさんまでが、外で私たちに会うと、

「できるだけうちに遊びに来てね。おばさんは、君たちが来てくれるのが、いちばん楽しみなようだから」

と言う。あたしたちとしては、大威張りで遊びに行けるわけだ。

「ようし。車のおばちゃんとこ行こう」

「アグネスちゃんのマント、編んでもらおうね。ピンクの毛糸で編んでくれるって言ってたもん」

若菜は早速お人形をとりにとんで行った。

2

チャイムが鳴った。

ちびさんたちだな。——と、私は思った。

一個の機械にすぎないドアチャイムであっても、押す人の個性はある程度出るものだ。現在のような体になって以来、感覚が以前よりも鋭くなったのか、私は、チャイムの音で、それを押したのが誰だかある程度当てられるようになっていた。

いまのチャイムは、軽く、短く、ころん——ところがるような鳴り方だった。

あのちびさんたちが来てくれるのはうれしい。他愛《たわい》もないおしゃべりやいたずらで、ほかの誰よりも私の気持ちを慰めてくれる。

私は急いで車椅子をまわして玄関に出て行き、壁に下げてあるインターホンのボタンを押しながら、

「霞ちゃん？」

と聞いた。

「そうよ」

と、元気な答えが返って来た。そのうしろから、割り込むように、

「霞ちゃんだけじゃない。若菜ちゃんもよオ」

無視されまいと、けんめいな声だ。

「待ってね。いま開けるから」

これも壁に吊《つ》るしてある先端にかぎのついた棒を取って、ドアチェーンをはずした。

車椅子では、玄関のたたきに下りることはできない。普通の鍵をかけてしまうと、私には開けられない。かといって、体のきかない私が、鍵もかけない家に一人いるのは不用心だと心配して、夫の敬一郎が工夫してくれた方法だった。

「チェーン、はずしたわ」

「オーケイ」

ノブがかちりとまわって、ドアがあいた。おそろいの白いブラウスを着た姉妹が、はいって来た。姉の霞ちゃんは、長くのばした髪をおさげに編んでいる。妹の若菜ちゃんは、ボーイッシュなおかっぱで、それが黒々とした丸い目によく似合う。

「アグネスちゃん連れて来たの。マントを編んでよう」

自分のうちのようにずかずかと上がり込んでねだりにかかる妹を、

「なによ、図々しいの」

と、姉らしくたしなめながら、そういう霞ちゃん自身も人形のマントを当てにして来たらしく、

「毛糸、どこにあるの？」

と、あたりを見まわした。

「おじさんが、家の中を片づけたとき、毛糸の箱、四畳半の棚の上に載せちゃったの。おばさんには届かないわ」

「じゃあ、おじちゃんに取ってもらえばいい。おじちゃんはどこ?」

「仙台に出張なのよ。出張はほんとはあしたから三日間なんだけど、仙台はおじさんの故郷でね、年とったお母さんがすこし具合がわるくて休んでいるので、一日早くして、けさ出かけたの。ついでにお見舞いができるでしょ」

「それじゃ、おばさんは、ひとりでお留守番? 寂しくない?」

「大丈夫よ」

本当は夫も私を一人置いて行くのを心配して、実家の母に来てもらうようにと言って出かけて行ったのだ。だが、私は実家に電話しなかった。母は、諦めたようでいて、私を目の前に見ると、私の体のことでついぐちをこぼす。それでなくてもこだわらずにはいられないのに、母にこれでもかこれでもかと言われると、気が滅入ってどうしようもなくなる。

夫が普段から食料品などなにかと買い置いてくれているし、三日や四日なら店屋ものを取っても間に合う。母にぐちられながらよりは、一人きりでいるほうがいい。

「そうよねえ。お買い物は、若菜行ってあげるもん。パン屋さんでも、お菓子屋さんでも」

「なによ。自分の好きなお店ばっかり言ってさ。若菜に買い物に行かせたら、ドーナツとチョコレートばっかり買って来るわよ、おばさん」

「うそだあ。ちゃんとお使いできるもん」

「まああ、あんたたち、けんかしないで。——ところで毛糸の箱、おろせるかしら」

「任しとき」

子供たちは、元気よく北向きの四畳半に駈《か》けて行った。

「あの棚の上の箱ね。踏み台がいるわ」

「キッチンから、いす持って来る。いいでしょ、おばちゃん」

騒いでいる子供たちに適当にあいづちを打ちながら、私は窓のガラス戸をあけて外を見渡した。

空は、やわらかな水色に晴れ上がっている。団地の棟と棟のあいだに植わっているちょっとした木立も、競い合うように芽吹いて、すっかり春の眺めに変わっていた。

私の棟よりも一つ北側にある九号棟は、うらうらとした陽を全面に受けて、のどかに静まり返っている。春休み最後の日曜日、天候に恵まれて、誰もが戸外へと心をそそられるのか、団地の棟はどこも、いつもよりも人影がすくなく静かだった。

目の下——九号棟との間はコンクリートを敷いた道路になっている。団地の入り口から続いている道だ。新婚らしい夫婦が連れだって、足どりもいそいそと出かけて行く。映画でも見に行くのだろうか。

九号棟の四階のバルコニーに、おばあさんが一人日なたぼっこをしている。確か九十何歳かになる目もかすみ耳も遠い老婆で、家の者からもあまり相手にしてもらえないようだから、今日も行楽のお供からはずされて、一人留守番かたがた居眠りをしているのだろう。

その右下の、三階の二番目のバルコニーでは、若い主婦が洗濯物を干している。あそこは空き家になっていたはずだが、新しい入居者が決まって越して来たとみえる。両手で拡げている下着類の白さが目に痛い。

私にも、ああして身軽くバルコニーに立って洗濯物を拡げた日があった。現在の夫とのデートに心をときめかせながら退社時刻を待ちこがれたOLの日があった。受験に合格したと言って仲よしの友だちと二人で公園の中を小鳥のように駈けめぐった日も、今そばで騒いでいるちびさんたちと同じに無邪気に遊び呆《ほう》けた幼い日もあった。それらは、すべて、一年前のあの事故と同時に、私には遠い記憶になってしまった。あの事故はしかも、私にはなんの落ち度もなかったのだ。買い物かごを提げて歩道を歩いていたとき、免許取りたての若者の運転するスポーツカーが、ガードレールを突き破って突進して来たのだ。

夫は、賠償金が取れたら、ローンや親もとからの援助と合わせて、小さくても一戸建ての家を必ず買ってやると言う。団地の二階と違って、家の中を車椅子生活に便利なように改造することも楽だし、散歩や買い物などの気晴らしもできるようになると言うのだ。

「そうやって結構明るくやっている人もいるんだぜ」

と、夫はいつも言っている。確かに、私と同じような状態でも、たくましく楽しそうに生きている人たちがあることは、私もテレビのドキュメンタリーなどで見ている。でも、あれらの人たちは多分、生まれつきか幼いときからの身体障害者で、そのような状態がごく普通の人生になりきっているのだろう。

新婚一年の健康で幸せな妻だった私は、失ったものの大きさを忘れることは、できそうもない。

九号棟の若い主婦は、拡げていたハンカチを一枚、落としてしまった。白い布切れが蝶《ちょう》のように落ちて行った。彼女は、一年前までの私がそうしていたように、ハンカチを拾いに、ごく気軽な敏捷《びんしょう》な動作で家の中に姿を消した。そのとき、

「なあに？　おばちゃん」

「あの声、なに？」

ちびさんたちが、不意に言った。どこかでぎゃあっというような叫び声がしたのだ。

「どこかしら？　おばちゃん」

「上よ。三階のほうから聞こえたわ」

若菜ちゃんが、自信たっぷりに言った。霞ちゃんが窓にかけ寄り、上をふり仰いだ。

「あんまりのり出すと危ないわよ。なんかあるの？」

「ううん、なんにも」

「きっと、誰かが金づちかなんか足の上に落っことしたのよ。この前パパも、金づちを足に落として、ぎゃあって言ったわ」

若菜ちゃんは依然として自信ありげだ。

どた……どた……というような音に続いて、人間の倒れるような鈍い響きがしたのは、このときだった。

「また変な音。なにかしら一体」

「若菜、見てくる」

とめるひまもあらばこそ、若菜ちゃんは玄関からとび出して行ってしまった。

「おばさん。ここの上は、なんていう人が住んでるんだったかしら?」

霞ちゃんが聞いた。

「神塚さんよ。会社の部長さん」

「ああ、度の強そうな眼鏡かけた太った人でしょ。おばさんはいないの? 女の人は見たことないわ」

「奥さんはあるのよ。でも都合でよそへ行っていらっしゃるらしいわ」

「離婚したの? え?」

いまどきの子供は、そういう話題をけろっと口に出す。仕方なく私は、「離婚というわけではないが、仲がよくなくて一時別居中らしい」という近所のうわさを、表現を和げて話して聞かせた。

「それはそうと、若菜ちゃんはどこ行っちゃったのかしら？」

出て行ってから十分近くたつ。私は心配になってきた。かといって、私には見に行くこともできない。

「霞ちゃん、ちょっと見て来てよ」

言いかけたとき、話題のぬしは、ばたばたと駈け戻って来た。真っ赤な顔をして息を切らしている。

「あのねえ、おじちゃんが死んでる」

「なんですって？」

「こうやって倒れてるの。六畳と四畳半のあいだのとこに」

若菜ちゃんは、畳の上に大の字になって目をつぶって見せた。

「若菜。神塚さんのとこに、はいって行って見たの？」

霞ちゃんが目を丸くした。

「おうちの中なんてはいらない。だってドアに鍵かかってるもん」

「そんならどうしてわかるのよ」

「玄関のベルを押しても、だあれも出て来なかったの。だからあたし、うちへ帰って――」

「うちまで帰ったの？　あたしたちのうち？」

「そうよ。そうして、うちの窓から望遠鏡で見たの。姉ちゃんがこの前、理科で作ったでしょ。レンズ二枚はめて。——あの望遠鏡よ」

ちびさんたちの七号棟は、私の八号棟の南側にある。二つの棟のあいだは、児童遊園になっていてブランコや砂場が作ってあるが、西村家も神塚家も同じ高さの三階だから、望遠鏡を使えば、部屋の中までかなりよく見えて不思議はない。

「でも、そんなことが」

私と霞ちゃんは、顔を見合わせた。

3

さあ、おもしろいことになった。動物園やレストランになんか行かないで留守番していてよかった。

妹の若菜が、「神塚さんのおじさんが死んでいる」と言いに来たとき、あたしは、まさかと思った。人が部屋の中でひっくり返って死んでるなんて、げんじつには、そうそう起ることじゃない。それに若菜はもともとそそっかし屋で、この前も「団地に総理大臣が来た」というのであわてて見に行ったら、前の田中首相にそっくりな新聞販売店のおじさんだった。だから、あたしは、彼女の話を信用できなかったのだ。

「ともかく、霞ちゃん。その望遠鏡で見てくれない？」

おばさんが言った。

「あたしの言ったこと、うそだって言うの？」

プライドを傷つけられてきいきい言う若菜をひっぱって自分の家に帰った。

あたしの家のあたりの図をかんたんにかくとこんなふうになる（第1図）。あたしが住んでいるのが七号棟の三階、天城さんが八号棟の二階で、問題の神塚さんが天城さんのすぐ上の三階だ。天城さんと神塚さんのうちの間どりは、すっかり同じで第2図のようになっている。あたしのうちは、すこし違うけれど、南側にバルコニーがあって北側に四畳半があることはおんなじだ。

その北側の四畳半の窓から、望遠鏡で八号棟の三階をのぞいてみた。

心臓がどきんとなった。しばらくは口がきけなかった。

「ほうらごらん。あたしの言ったとおりじゃない」

若菜が、いばって言った。

あたしたちはまた、天城さんのところへとんで行った。

一一〇番《ヒャクトオ》への電話は、おばさんがかけた。

あたしは一度でいいから一一〇番にかけてみたいと思っていたし、若菜もおんなじだったと思うけど、さすがに本ものの事件にぶつかってはそんなことは言えなかった。

それから団地の管理事務所にもかけた。

はじめにパトカーが一台来て、おまわりさんが、神塚さんちの鍵のかかっていたドアをあけた。それからまたパトカーが何台かと、偉そうな人が乗った車だの、鑑識の車だのが来た。新聞社やテレビ局の車もたくさん来た。制服の警官や私服の人、腕章をつけた鑑識班などが、八号棟の階段をのぼったりおりたりした。

団地の人たちは、八号棟のまわりに集まって、三階の窓を見あげて、なにか話し合っている。あたしと若菜も興奮して出たりはいったりしていたら、新聞社の人につかまった。

「そうよ、あたしが初めに発見したの。神塚さんのおじさん、こうやって倒れてた」

若菜は得意になって、頭をうしろにやって目をつぶって見せた。

「神塚さんが、どうしたって？」

外から帰って来たらしい男の人が、若菜の話を耳にはさんで立ちどまった。パチンコをしに行っていたとみえて、罐詰やチョコレートを入れた袋を抱えている。三十くらいの人で、口のまわりにひげを生やして、ピンクのワイシャツを着ている。

「あなたは？　この棟の人ですか？」

新聞記者が聞いた。

「そうですよ。四階の高根です」

「四階というと、神塚さんの——はは あ、すぐ上ですか。神塚さんが亡くなったのまだ知らないんですか？」

「亡くなった？　急病ですか？」

「詳しいことは、こっちが聞きたいんですがね」

「知りませんよ。昼頃まで寝てて、それから床屋へ行って、あとずっとパチンコしてた

第1図

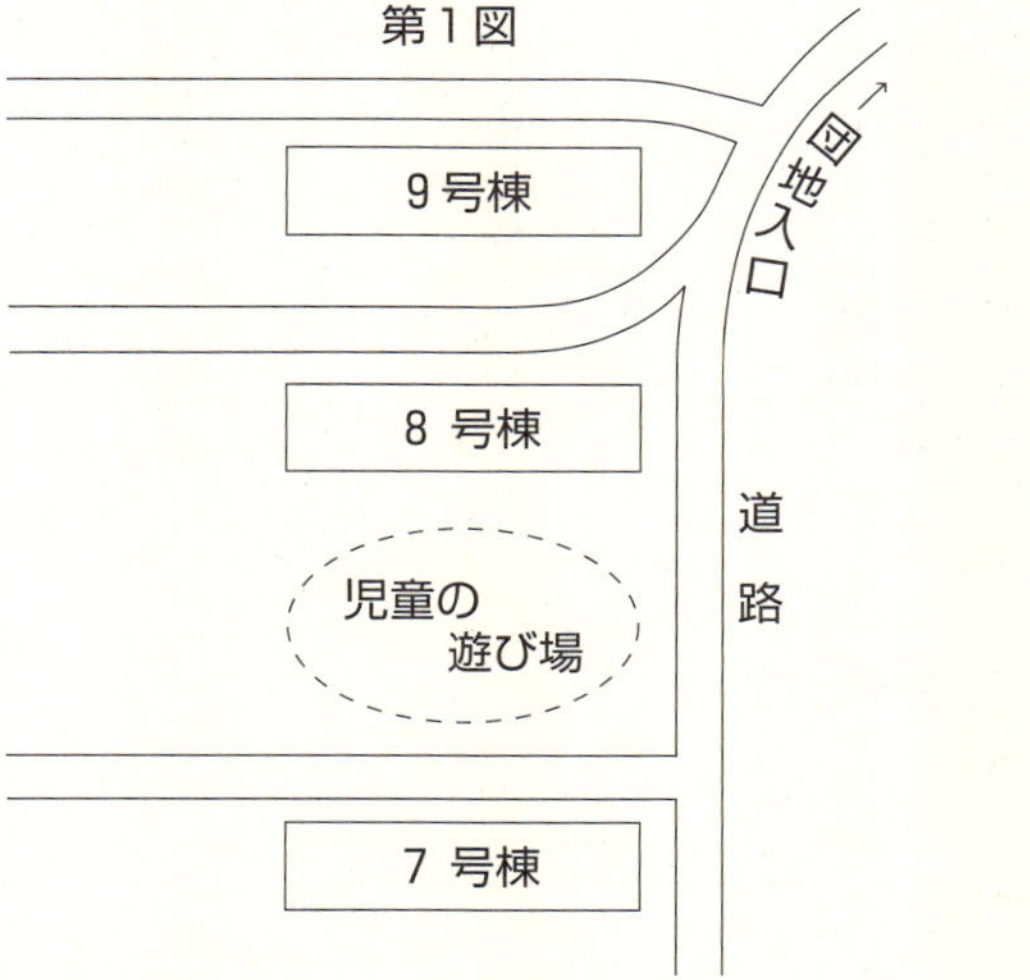
団地入口
9号棟
8 号棟
児童の
遊び場
道
路
7 号棟

第2図

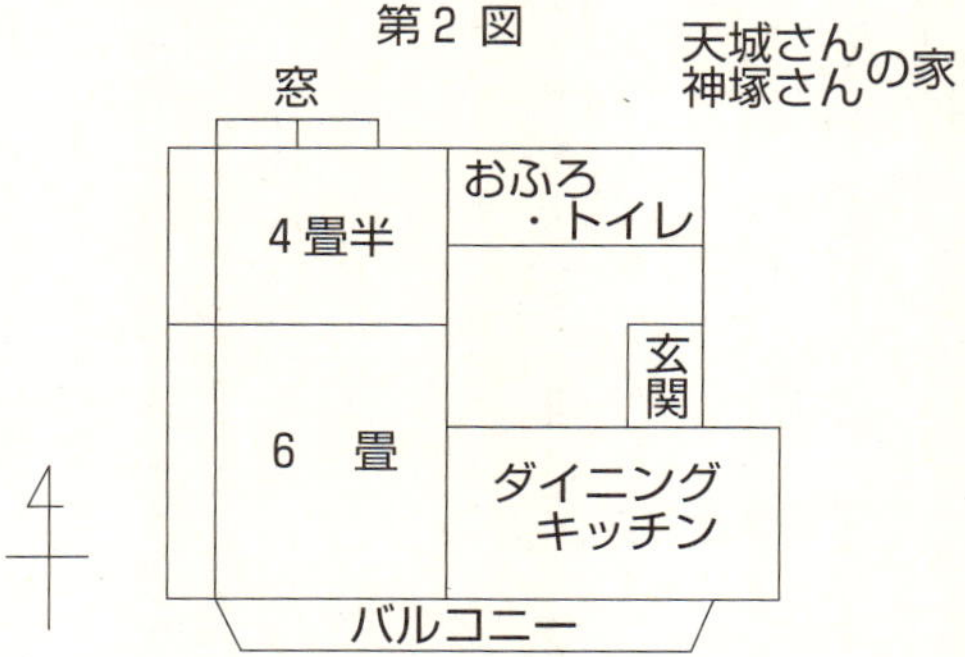
天城さん
神塚さんの家
窓
4畳半
おふろ
・トイレ
玄関
6　畳
ダイニング
キッチン
バルコニー

んですからね。第一、神塚さんて人をほとんど知らないんですよ。団地では、すぐ上と下でも近所づきあいなんかないから」

高根さんは怒ったように、八号棟の中にはいって行ってしまった。天城さんのとこと同じ階段なので、あたしは、この人の顔は前からよく知っていたし、テレビドラマの台本を書くしごとだということも知っていたのだけど、名前はいまはじめて覚えた。新聞記者は、残念そうに見送っていたが、

「あの人には、奥さんはいないのかね。奥さんなら、もっと事情がわかるんじゃないかな」

「いないわ」

と、口を出したのは若菜だ。

「あのひげのおじさんは、一人で住んでるのよ。お母さんや妹さんと一緒に住むって申し込んで団地が当たったのに、それはうそなんだって近所のおばさんたちが言っていたわ。ねえ、うそ言って申し込んだりしちゃ、いけないのよねえ」

「いいから若菜。ちびのくせに生意気言わないの」

あたしは、若菜をひっぱって天城のおばさんの部屋に上がって行った。ちょうどよかった。おばさんとこのダイニング・キッチンは、刑事らしい人が二人来ていろいろとあのときの様子を聞いているところだった。

4

「ぎゃあっという声がしたのは、何時ごろでしたか？」

私のところに聞き込みに来たのは南部《みなみ》長刑事といい、四十年輩の赤ら顔の男性だった。実直な田舎のおじさんという印象だが、ものを尋ねるときの口調には、さりげない中にいうむを言わせないものがあった。

「十二時半——いいえ、もうちょっと後だったかと思います。七号棟の西村さんのお子さんたちが遊びに来たのが十二時半ごろでしたから」

「なんだと思いました？　その声を聞いたとき」

「わかりません。ともかく人間の悲鳴のように聞こえたのでぎょっとしたんです」

「この団地では、上の部屋の音がそんなによく聞こえるんですか？」

「いいえ、声なんかは普段は聞こえません。でももう暖くなってどこも窓があいていますから、窓ぎわにいれば、ある程度は聞こえます」

「で、なんの声か確かめてみようとしましたか？」

「はい……いいえ」

「どっちなんです？」

刑事の調子が厳しくなった。

「窓からのぞいてみたくても、私は車椅子ですからのぞけませんもの。そこで、この霞ちゃんに見てもらったんです」

霞ちゃんと若菜ちゃんは、ちょうど外から帰って来て、私の横の椅子にちょこんとすわっていた。

「いや、これは失礼」

刑事は、がらにもなくどぎまぎした。車椅子の人間を相手に事情聴取をしたことは、さすがにあまりないらしい。こういうとき、五体健全な人は必要以上に気を使ってどぎまぎする。彼は質問の矛先《ほこさき》を霞ちゃんに向けた。

「それで、お嬢ちゃん。窓からのぞいてみて、なにかありましたか」

「いいえ」

と、霞ちゃんがかぶりを振った。

「声が上から聞こえたような気がしたので、見上げたんですけど、なんにも変わったことはありませんでした。下も見たけど、道にもそのへんにも誰もいませんでした」

「それから？　奥さん」

刑事はまた私のほうに向きなおった。

「それから、人間がどたばたするような音がちょっとして、倒れるような音がしたのです。こういう建築ですから、そんなによく聞こえたわけではありません。普段だったら気にもとめないんでしょうけど、その直前の声のことがあったものですから」

「気になってこのお嬢ちゃんに見に行かせたというわけですな」

刑事は、霞ちゃんのほうを見た。

「違うわよオ。見に行ったのはあたしよ」

若菜ちゃんが、じれったそうに体をゆすぶった。

「あたしが三階に駈け上って、神塚さんのベルを押したけど、だあれも出て来なかったの。ドアをがたがたってやったけど鍵がかかってた。だからあたし、うちへとんで帰って望遠鏡で見たの。ほら、あたしのうち、あそこよ」

窓から見える七号棟を指さした。

「望遠鏡で、なにが見えた？」

「神塚さんのおじちゃんが死んでたの。こうやって」

若菜ちゃんは、わざわざキッチンの床にねころんで、お得意の死体のまねをしてみせた。

「なるほどね」

刑事はうなずいた。彼女の実演は、現場の状況と一致したらしい。

「ところで奥さんは、神塚さんとは親しくしていられたですか？　あそこの夫婦は別居中だったというが」

神塚さんの夫婦仲などを聞かれても、私には答えようがなかった。この団地に入居して間もなく事故に会い、入院生活のあともこうして一歩も外に出られない状態なので、神塚夫人については、話を交わしたこともなかった。見た感じは権柄《けんぺい》高くてつきあいにくい人のような印象だったのを覚えているが、そんな私自身の印象をわざわざ話す必要もなかろうと思った。

「神塚さんの家の中にはいられたこともないわけですな。すると、あの家に、南米の毒矢があったということは、ご存知ないでしょうな」

「南米の毒矢？　なんですの？　それ」

「まあ、新聞にも明日は載ることだから、話しますがね。死体が小さな矢をにぎりしめて倒れていたのです。どうやらこれは毒の矢で、死体の首すじのうしろに刺し傷があるところから、死因はその毒らしいのです。正確には解剖の結果を待たなければわからないが、近所の人の話だと、その毒矢は平生から神塚家の中に飾ってあり、神塚さんは『これは南米の山地民族が狩に使うもので、特殊な草の根から採った毒で、人間一人くらい簡単に殺せる』と自慢していたというのです。矢といっても、弓で射るような大きなものではなくて、短い吹き矢ですがね」

「吹き矢。――では、誰かがそれを使って神塚さんを――」

「そう考えられれば簡単なんですがね。ところが、神塚さんの家は、この小さなお嬢ちゃんが言うとおり、厳重に内鍵がかかっていた。窓はあいていたが、真っ昼間三階の高さから逃げ出せたとは考えられない。つまり、家の中には神塚さん以外、誰もいなかったんですよ」

「じゃあ、ほかのうちから吹いたのよ。そうだわ、きっと」

若菜ちゃんが口を出した。

「窓あいてたんでしょう？　そんなら七号棟か九号棟か、どっちかの窓から、ふうって吹いたんだわ」

「利口なお嬢ちゃんだな。しかし、それはおじさんたちももう考えずみだよ」

刑事は苦笑した。

「これが弓で射るような本格的な矢だったら、そういうこともあり得る。しかしだね、八号棟と七号棟の間には子供の遊び場がある。九号棟との間は道路になっている。どっちもかなりの距離があるだろう？　小さな吹き矢でそれだけの距離をとばす——ことに真直《まっすぐ》とばすことは難しい。矢は正確に神塚さんのくびのうしろに刺さっていた。ほかの棟から吹いたものとは思えないんだよ」

「それだったら自殺じゃない？」

と、今度は、霞ちゃんだ。

「きっと神塚のおじさんは自殺したくなって、自分で毒矢を刺したのよ。でも苦しくなったので叫び声をあげて、部屋の中をどたどたっと歩いてから倒れたんだわ」

「その可能性も考えている」

刑事は、相手が子供とは思えない真面目な口ぶりで言った。子供に向かって話すときは、とかく茶化したり、あやしたり、はぐらかしたりする大人が多い中で、この点は好感がもてた。

「自殺ということもあり得ると思う。矢に本人の指紋だけが残っているしね。しかし、不審な点も二、三ある」

「どんな点？」

「あんたたちに話すべきことじゃない」

刑事はぴしゃっと言った。それから、

「いやあ、結構面倒な点が多くて、これでも難事件ですよ」

と、苦笑してみせた。

「そう言えば――」

私はふと思い出して言った。刑事はのり出して、

「なんですか？」

「神塚さんは、四畳半と六畳の境目あたりに倒れていられたって、さっきこのお子さんたちから聞きましたけど、間違いありません？」

「そのとおりです」

「じゃあ、向こう側の九号棟から見れば、神塚さんが倒れるところが見えたはずですわね。反対の七号棟からも、丁度見ている人があったら見えたでしょう」

「もちろんその点も一応調べました。しかし今日は日曜のせいか、どの棟も留守が多くて、いまのところ目撃者は出ていない様子です。九号棟の四階で、おばあさんが日なたぼっこをしていたと言っているが、このばあさんは目がかすんでいて、向かいの棟の部

屋の中まではとても見えないようだし」

「あのおばあさんは無理ですわ。ですけど、三階のバルコニーで、若い奥さんが洗濯物を干していました。あの方なら、なにか見たんじゃないかしら。神塚さんのところとは丁度三階同士だし」

「なんという人です？」

刑事の表情がひきしまった。

「お名前は知りません。三階の二番目の部屋だから三〇二号でしょう」

「九号棟の三〇二号は空き家じゃないですか。そう聞いたので、寄らなかったはずですよ、確か」

「つい最近まで確かに空き家だったんです。でも今日、女の方が干し物をしていらっしゃるのを見て、ああ、誰かはいられたんだな、と思って」

「それでは早速聞いてみましょう。またなにか思いつかれたら話してください」

刑事は帰って行った。

「ねえ、神塚さんは自殺よねえ」

霞ちゃんが言った。若菜ちゃんが、

「殺されたのよねえ、誰かに」

「人が亡くなったっていうのに、おもしろがるもんじゃないわよ」

たしなめながら、私も、いつになく気持ちが生き生きしているのを認めないわけにはいかなかった。二DKの壁と天井に囲まれて、外に出ることも、心ゆくまで動きまわって家事をすることもできない毎日は、人が想像する以上に単調で、重くるしいものなのだ。

5

ゆうべは興奮しちゃってなかなか眠れなかった。お葬式から帰って来たパパとママは、あたしたちが事件の発見者になったと聞いて、ただもうびっくりしていた。そのママたちに、いちぶしじゅうを話しているうちに、また新しく興奮してしまったのだ。

おかげで今朝は寝坊して、若菜の、

「姉ちゃん、出てる出てる。昨日の事件新聞に出てるわよ」

という大声でやっと目がさめた。

「どれどれ」

いつもは目がさめても、またふとんをかぶってぐずぐず、うとうとするのだけれど、今朝はぱっととび起きて、新聞をひったくった。

「読んでよ、姉ちゃん」

「うん」

自殺か、他殺か

狛江《こまえ》の団地で奇怪な事件

昨三十日午後、狛江市のK団地に住む主婦天城房子さん（二六）から、すぐ上の三階の部屋で悲鳴のようなものが聞こえたと申したてがあり、K署員が調べたところ、黒羽商事輸出第二部長神塚久忠さん（三九）が室内で倒れて死んでいるのを発見した。神塚さんの首すじに、南米の原住民の狩猟用の吹き矢で刺した痕があり、その矢に塗られた猛毒による心臓マヒが死因と断定された。なおこの吹き矢は、神塚さんが、南米に旅行した友人からもらったもので、六本一セットが部屋に飾られていた。その中の一本の先端に毒を塗ったものが、倒れていた神塚さんの右手ににぎられており、これで刺したものであることはほぼ間違いないとみられている。

現場は、玄関には錠がおろされており、三階なので窓から逃走することも困難で、犯人が神塚さんを殺して逃げたものとは考え難い。にぎられていた矢に、神塚さんの指紋だけがついていること、神塚さんが家庭的に不和で妻と別居中であることなどから自殺説も出ているが、これも決め手に乏しく、K署では自殺、他殺の両面から捜査を続けている。——

「あたしが発見したこと書いてないのね」

若菜が憤慨した。

「若菜。早くご飯食べて、車のおばちゃんとこ行ってみよう。なんかわかったかもしれないから」

あたしたちは朝ご飯もそこそこに、

「子供がそんな事件に夢中になるんじゃないの。怖くないの？　あんたたち」

と、顔をしかめるママの言葉を耳にも入れずに出かけた。きのうと同じように、八号棟の天城さんのドアのチャイムを押した。おばさんがインターホンで返事をするものと思っていたら、思いがけなくドアがあいて、知らないおばさんが顔を出した。四十ちかい年で眉毛と眉毛のあいだに縦じわが寄って、眼鏡ごしの目が、なんとなく意地悪そうに見える。

いや、知らないおばさんじゃなかった。天城さんと同じ八号棟で何度か見たことがある。と一瞬考えて思い出した。なんだ、これが、きのう殺された神塚さんの奥さんなのだ。だいぶ前から、ここには住んでいなくてどこかへ行ってしまったので、忘れていたのだった。でも、なにをしに天城さんのところへ来たのだろう？

神塚のおばさんのうしろから、車椅子が近づいて来た。

「霞ちゃんと若菜ちゃん？　おはいりなさい——あの、これがきのうご主人の事件の発見者になった七号棟の西村さんのお子さんたちですのよ」

と、あたしたちのことを紹介してくれた。

「ああら、そうでしたの。わたくしからもお礼を申し上げなくちゃね」

神塚のおばさんは、ご主人が死んだのにしては、あまり悲しそうでない。うちのパパが死んだら、ママはやっぱりこんなにけろんとしているかしら。そんなことは考えられない。だってママは、テレビドラマでも、ちょっと悲しい話だと泣いちゃって、いっしょに見ているあたしのほうがしらけちゃうくらいなのだから。

ダイニング・キッチンには、紅茶とシュークリームが出ていた。シュークリームは、神塚のおばさんが持って来たらしい。まだ紙の箱に何個かはいっている。ちらっと若菜のほうを見たら、若菜もちらっとあたしを見て、舌の先でくちびるをなめた。うまいところに来たぞ――というサインだ。

「さ、神塚さんのおばさまのおみやげよ。二人とも『いただきます』してね。お紅茶、すこし薄くしていれましょうね」

「いいわ。あたしがします」

あたしはティーポットにお湯をつぎ、神妙な顔でシュークリームをいただき始めた。

そのあいだにも、神塚のおばさんは、いままでしていた話の続きを、まくしたてはじめた。

「まあ、ほんとに奥様。聞いてくださいましな。あの人が自殺なんかするわけないじゃありませんか。家庭不和でどうとかなんて新聞に書いてありましたけど、そんなことで死ぬほど神経のほそい男なもんですか。わたくしがいなかったらすこしはこりるかと思って、経堂《きょうどう》のマンションにわたくしだけ越してみましたの。実家の持ちものだもんですからね、このマンション。――ところがどうでしょ。こりるどころか、若い女の子をものにしたりしましてね、聞いて呆《あき》れますわ。ねえ、奥様？」

天城のおばさんは、あたしたちがそばで聞いているもんだから、はらはらして、神塚のおばさんに一生けんめい目くばせしている。私はおかしいやら気のどくやらだった。そんなにはらはらしなくたって、あたしたち、このくらいの話で驚きやしない。神塚さんのような夫婦の話は、テレビの刑事ものなんかにいくらでも出てくる。

「それよりも、あの——新聞に出ていた吹き矢のことですけど」

天城のおばさんは、やっと話題を変えることに成功した。

「ああ、あれは主人のお友だちが南米のおみやげにくださったんですの。南米でも、普通の観光地のおみやげ品として売っているのは、ただの吹き矢と筒だけなんだそうですけど、そのお友だちというのはカメラマンで、なんとかいう山奥の民族の写真を撮りに行かれて、そのとき吹き矢の一そろいと小さなつぼにはいった毒を内緒でもらって来られたんですって。長さですか？　ええ、ほんの十センチくらいで、先がとても鋭くとがった針になっていました。毒は、黒っぽいどろっとしたようなものでね、指なんかに傷があるときうっかりつけたら死ぬっていうじゃありませんか。わたくしは気味がわるくていやだったんですけど、主人は『こんなものを持っている人は滅多にない』とか喜んで、ガラスのケースに入れて飾っていましたわ」

「じゃあ、飾ってあったときには、矢には毒は塗ってなかったんですの？」

「ええ、そうだと思いますわ。主人はよく、うちにみえた方に自慢して話していましたから、あれで人間が殺せるということを知っていた人はいくらでもいたと思います。それにひきかえ、主人が自殺にあれを使うなんてことは考えられませんわ。万が一自殺したのだとしても、もっと違う方法を使ったはずですわ」

「どうして？」

「だって主人は、あの毒はなんとかアルカロイドとかいって、あれで死ぬのはとても苦しむのだと言っていましたもの。日本でもトリカブトという毒草がありますけど、あれに似た種類のものなんですって。主人は図太いくせに、ちょっとした怪我《けが》にも大騒ぎするほうでしたから、自殺する場合には、できるだけ苦しくない方法を選ぶに違いありません。そのくらいは長年連れ添った古女房ですもの。わかりますわよ」

「そうだとしたら、犯人がいるはずですけれど、犯人はどこからはいって、どこから逃げたのでしょう？　なにかお心当たりありますの？」

　天城のおばさんが聞いた。

　それなのだ。そこんとこが聞きたいのだ。――とあたしは思った。若菜も、大きな目を一段と大きくして聞き耳をたてている。

　しかし、神塚のおばさんは、頭を横に振った。

「そんなこと知りません。でも犯人は必ず部屋の中にいて、どこからか逃げたんですわ。それを探すのが警察の仕事じゃありませんか。でも、口惜《くや》しいんですのよ。わたくしがそう言いましたら、警察の人ったら、部屋の鍵を持っているだろうって言うんです。そりゃあ別居中といっても、本来の家はここですもの、鍵はわたくし持っておりますわ。でも自由に出はいりできるからといって、わたくしがそんな大それた——ところが刑事ときたら、今度はわたくしがきのうのお昼すぎにどこにいたかって、それを根掘り葉掘り聞きたがるじゃありませんか。まるで、お前が殺したんだろうと言わんばかり。あのアリ……アリ……」

「アリバイ？」

「そう。アリバイを言えと言うんですわ」

「で、おっしゃいましたの？」

「言いましたとも。わたくしは、きのうはお昼前から、パーマに行っていましたの。経堂駅の近くのユーカリって店ですわ。日曜で混んでいたので、待たされて、一時半ごろまでかかってしまいました。わたくしがそこにいたことは、お店の人がみんな証明してくれましたわ。でも、考えれば考えるほど口惜しい。このわたくしを夫殺しだなんて——」

おばさんは、声をつまらせて、ハンカチを顔に当ててしまった。ご主人が死んだのよりも、自分が疑われたほうが悲しいらしい。

「あら、すっかりお邪魔してしまいましたわね。ちょっとごあいさつにと思いましたのに」

神塚のおばさんは、やっと立ちあがった。

6

「やれやれ。くたびれた。あのおばさんの話聞いてるとくたびれるわね」

霞ちゃんが、大人っぽく嘆息した。私は吹きだした。

チャイムが鳴った。

「あ、またお客様だわ」

若菜ちゃんが、椅子をすべり降りて、玄関のチェーンをはずしに行った。

「お邪魔します」

と、はいって来たのは、昨日の南部長刑事だった。

「どうぞ」

霞ちゃんが手際よく紅茶をいれなおして出した。この子はお勝手などが結構上手で、きっといい主婦になるだろう。

「昨日、奥さんが言っていられた九号棟の三〇二号の件ですがね」

刑事は、例のさりげない中に威圧感のある口調で言い出した。

「あそこはやっぱり空き家ですよ。もっとも来週くらいに新しい入居者が来るという話でしたがね。奥さんが見られたのは、ほかの部屋の人じゃないんですか？　たとえば三〇三号とか」

「間違いなく三〇二号でしたわ。女の方の姿を見て、あら、新しい方がはいられた、と思ったんですもの」

　あれは三階の二番目の部屋だった。私が見間違えるはずがない。単調な一日の時間をまぎらすために、私は毎日何時間かを窓際ですごす。下の道路を通る人を眺め、向かいの棟を眺め——。

　どの家族かが、旅行で家をあけると、私にはすぐわかる。道路の脇に、昨日咲いていなかったタンポポが咲くと、私はすぐに気づく。昨日まで空き家だった部屋に人の姿があったというような画期的な出来ごと——私の生活の中では——を、見損うわけはないのだ。

が、私はそのことは刑事には言わなかった。そのようなことを口にしたら、自分が余計みじめになるような気がした。

　絶対に見間違いではない、ということだけを私は主張した。

「それは、どんな女性だったんです？　詳しく話してください」

「えーと、大きなトンボ眼鏡をかけていました。髪はくり色で、たっぷりあって、額やほおにかぶさっていました」

「眼鏡ははずせば終りです。髪もかつらだったら脱いでしまえばまるきり印象が変わるでしょう。もっと確実なものはないですか。身長とか」

「身長は私ぐらいだと思います。私よりすこしやせ型でしたけど」

「奥さんはどのくらいですか」

「一メートル五九でした」

うっかり過去形で言ってしまった。私にはそれがひどくいまいましかった。

「年齢は?」

「はっきりわかりませんけれど、二十五から三十の間ぐらいじゃないでしょうか」

「顔を今度見たらわかりますか?」

「自信ありません。いまも申しましたとおり、トンボ眼鏡をかけていましたし、髪が額にかぶさっていましたから」

お手あげだ。――というように、刑事はかぶりを振った。私はやっきになって繰り返した。

「でも見たことは本当なんです」

「うそだなどとは言っていませんよ」

「え?」

「その女性は確かにバルコニーにいたのでしょう。三〇二号は、鍵がこじあけられていました」

「なんですって?」

「ドアの鍵がドライバーのようなものでこじあけられて、かかっていなかったのです。空き家なので、内側からのかんぬきやチェーンはかかっていないし、鍵がこじあけてあることも、気づかれずにすんでいたのでしょう」

この刑事は、私の話が事実であることを、とうから信じていたのだ。それならばそうと早く言ってくれればいいのに。

南部長刑事が帰って行くと、ちびさんたちが、口々に言い出した。

「いばってんの。おばちゃんがうそを言うわけがないじゃないの。ねえ」

「その女の人、なんのために空き家になんかはいったのかしら、泥棒？」

「ばかね。空き家に盗むものなんかあるわけないじゃない」

「あたし、近所の人に聞いて歩こう。きっと誰か、その女の人を見たって言うわよ」

「待ってよ、若菜。あたしも行くから」

彼女たちは行動が速い。言ったと思ったら、もうとび出していた。

7

いいアイディアだと思ったんだけど、アイディアどおりにはいかなかった。団地の中はもちろん、その近所をずいぶん聞いて歩いたのだけれど、くり色の髪の毛にトンボ眼鏡をかけた女の人を見たという人は全然いなかった。

「駄目だなあ。姉ちゃん。目撃者ってなかなかいないもんねえ」

さすがの若菜もしょんぼりしている。

「ねえ若菜。女の人を探すのはやめにして、神塚のおばさんのアリバイを調べに行こうか」

「アリバイ?」

「あのおばさん、きのうの事件のあった時刻にはパーマ屋さんに行ってたって言ったじゃない?　それがほんとかどうか、調べる必要があると思うわ」

「そうだ!　行こう行こう」

経堂のユーカリというお店だと言っていた。経堂なら電車の駅で五つ目だ。こういうこともあるかもしれないと思って、お小づかいをすこし、赤いビーズのおさいふに入れて持っていた。

「若菜の分の電車賃は自分で出すのよ」

「だってお金持ってないもん」

「立て替えといてあげるから、あとで返して。それでなかったら、姉ちゃん一人で行くから」

若菜はしぶしぶ約束した。

「ユーカリ」というお店は、駅のじき近くだった。

「ごめんください」

ドアを引いてはいると、お客さんの髪にカーラーを巻きつけていた若い美容師のお姉さんが振り返って、

「お母さんのお迎えに来たの?　どちらのお子さん?」

と聞いた。

「そうじゃないの。ちょっと聞きたいことがあるの。きのうこのお店に、神塚さんて奥さんがパーマかけに来た？」

「あんたたち、神塚さんのことで来たの？」

お姉さんは眉をひそめた。が、すぐ、奥のほうにいる年のいった女の人を指さして、

「あの人に聞いて、ここのマダムなの」

と言った。あたしたちは、そっちへ歩いて行った。

マダムは、やせてあごのとがった人だった。

「神塚さん？　どうしてそんなこと聞くのよ」

眼鏡の中のほそい目で、じろっとこっちを見る。いやな感じ。あたしたちは黙っていた。

「まあそれはいいけど。――神塚さんは確かにみえたわよ。十時半ごろみえたんだけど、お店が混んでて、お帰りになったのは一時半かもうすこし回ったころだったわ」

「本当？」

「誰がお客様のことでうそ言うもんですか。あそこにいるミキちゃんていう人がパーマをおかけして、仕上げのセットはわたしがしたのだから間違いないわ。さ、もう帰って。ここは子供の来る所じゃないの」

そう言われては、それ以上なにも言えない。あたしと若菜はすごすごとパーマ屋さんを出た。

駅まで戻って来たとき、うしろから肩をたたかれた。マダムが「ミキちゃん」と言ったあの若い美容師さんだった。走って来たとみえて、息をはずませていた。

「手がすいたので、お昼のパンを買いにって言って抜けて来たの。あんたたち、どうして神塚さんのことなんか知りたいの？」

「ちょっとね、いろいろあって」

とても一口でなんか説明できない。

「神塚さんのことは、朝、警察の人が聞きに来たのよ。きのう神塚さんのご主人が亡くなったためだと思うけど、警察が調べるようなことを、あんたたちみたいな子供が調べるなんて、よっぽどのわけがあるんでしょう？」

「まあね。神塚さんのおばさん、ほんとにきのう来たの？」

「それは間違いないわ。十時半から一時半すぎまでは間違いなくお店にいられたわ。わたし、あの奥さん好きじゃないけど、アリバイについてうそは言えないわ」

「どうしてあのおばさんが嫌いなの？」

「お高いんですもの。わたしたち美容師になんか、はなもひっかけないっていうふうで。それにお金の話ばっかりするしね。だれそれさんは財産家だとか」

「あのおばさんもお金もちなんでしょう？　いま住んでるマンションは、おばさんの実家のなんだって」

「そんなのうそよ。あのマンションは、うちのマダムの親戚の人が持ってるのよ。そんなふうに、お金もちみたいなみえをはる話ばっかりするの。もっとも、ご主人は確かに財産家らしいけど」

「ご主人て、神塚さんのおじさんのこと？」

「そうよ。ご主人のお父さんがちょっと前に亡くなって、何億とかの遺産を相続なさったとかいう話よ。それからね」

ミキちゃんは、声をひそめた。

「今朝、警察の人がいろいろ聞きに来たとき、マダムが黙っていたから、もちろんわたしもなにも言わなかったんだけど、神塚さんはご主人に三千万もの生命保険がかけてあるのよ。マダムの友だちに保険の外交員してる人がいて、誰かお客さんを紹介してって頼まれていたの。それで、マダムの紹介で、神塚さんがご主人に保険をかけたの。三千万円て額は、ちょっと耳にはさんだのよ」

いろんな話がこんがらかって、あたしは頭の中がくらくらした。

「こんな話で役に立ったかしら？　わたし、もう行かなければならないから、ごめんなさい」

ミキちゃんは、ありがとうを言うひまもなく駈《か》けて行ってしまった。

「いけない。あたしたちも帰らなきゃ」

「お昼だわ。ママに怒られる」

急いで切符を買って電車にとび乗った。

8

北側の四畳半の窓ぎわに車椅子をとめて、私はさっきからもの思いにふけっていた。春の陽は西に傾いて、九号棟のバルコニーの影が、建物の壁面に、長く斜めに延びている。

霞ちゃんたちの報告によると、亡くなった神塚さんは、お父さんからかなりの遺産を相続していたという。今度はそれが奥さんのところに行くわけだ。別居中とはいえ、戸籍上ではまだ、れっきとした夫婦なのだから。

あの奥さんは、お金に対する欲望は強いほうらしい。あの奥さんには、ご主人を殺す動機があるといえる。

もう一つ、生命保険の件も動機になるのではないか。ただし、神塚さんの死因が自殺だったら恐らく保険金はおりない。あの奥さんが、他殺説を強硬に主張していたわけが、わかったように思った。

しかし、動機があるからといって、あの奥さんが犯人だとはいえない。彼女にはしっかりしたアリバイがある。それに、もし彼女が殺したのだったら、あんな形でなしに、はっきり他殺と断定される状態で犯行を行なったはずだと思う。やっぱり彼女ではあり得ない。

神塚夫人のことは、さておいて、あの三〇二号のバルコニーで干し物をしていた女性は一体誰だったのだろうか？

私は、問題のバルコニーを眺めた。そこには人影のかけらもなく、ガラス戸が閉まっている。

しかし、確かにあのとき、あの女性は、あそこにいたのだ。ハンカチをひろげようとして、それを下に落として——。

私ははっとした。ハンカチを落としたのは、誰かへの、なにかの合図だったのではないか。合図だとしたら、その相手はどこにいたのだろう？

あのとき、八号棟と九号棟との間の道路には人の姿がなかった。合図を送った相手として考えられる最も高い可能性は、この八号棟にいた人間である——ということだ。

私は、車椅子を回して六畳に行き、あかりをつけて三面鏡の引き出しから手鏡を取り出した。所在ない入院生活の間、ベッドの上でかざして、窓の外の景色を眺めた鏡であった。

もう一度四畳半に戻って、窓から鏡を突き出した。どのような構造になっているかはわかっていても、直接自分の目で確めて考えたかったのだ。

鏡に壁がうつった。私の部屋の窓のすぐ上の壁だ。角度を変えると、窓がうつった。私のところのとそっくり同じ構造の窓だが、ガラス戸が固く閉ざされている。これは一階上の神塚さんの窓だ。

さらに鏡を動かした。

鏡の中にいきなり男の顔が見えたので、私はぎょっとした。むこうもぎょっとしたらしい。一瞬で、顔は見えなくなった。口ひげとあごひげをのばした、若い男の顔だった。暮れかけた空を背景にして、だいぶ暗くはあったが、高根さんであることは十分わかった。四〇三号に一人で住んでいるシナリオライターである。

鏡を使って、いま高根さんの顔がひっ込んだ四階の窓を見つめた。あれは高根さんの部屋なのだから、彼が窓から顔を出していたとしても不思議ではない。だが、なぜあんなに、ぎくっとした表情で、あわてて窓の中に消えたのだろうか。

私の心に、ひらめいたものがあった。にぎっていた鏡が、手の中から抜けた。下のほうで、がちゃんという音がした。のぞいてみることはできなくても鏡が割れた音であることは言うまでもなかった。

私は、窓際に体を固くしてすわったまま、頭脳だけを忙しく働かせていた。すべてのなぞが次から次と解けていった。

殺人者が、この上にいる。

私は急に、体が冷たくなるような恐怖を感じた。急いで窓の戸を閉め、厳重に錠をおろした。六畳も、ダイニング・キッチンも戸締まりしなくては――と思ったとき、大変なことを思い出した。

夕方、霞ちゃんと若菜ちゃんが「さよなら」と帰って行ったあと、私は玄関のドアチェーンをかけたであろうか。かけなかったような気がする。私のところのドアは、鍵をかけないので、チェーンをかけなかったら全く無防備である。

車イスをあちこちにぶつけながら、玄関に急いだ。壁からかぎのついた棒を取って、チェーンをかけようとした。

気がせいているときにかぎって、うまくいかない。ああ、立つことさえできたら。目の前の、わずか数十センチの距離にあるチェーンが、私には思うようにならない。棒の先でがちゃがちゃやりながら、私はあせった。

そのときだった。ノブが、がちりとまわった。

ドアが引きあけられ、男の大きな体が、ぬっとはいって来た。口ひげの男であった。男は、うしろ手にチェーンをかけ、無表情な目で私を見つめた。

私は逃げた。六畳の部屋に逃げ込んだ。が、敏捷《びんしょう》さで若い男にかなうはずはなかった。悲鳴をあげた。が、声は鉄筋の壁にかこまれて空しく消えていった。神塚さんが殺されたとき、彼と私とは、すぐ上と下の窓際にいた。だから声が聞こえたのだ。家の中央では、声はぼやけるし、無関心な団地の住人が聞きつけて助けに来てくれるとは思えない。

それでも私は叫んだ。が、恐怖のあまり、ひきつった声しか出なかった。

いつのまにとり出したのか、男は手ぬぐいのようなものを私のくびに回そうとしていた。夢中でもがいたはずみに、私は車椅子から滑り落ちた。

私は力一杯、車椅子を突きやった。バルコニーの手すりを突き破って下に落ちてくれ。

赤いレザー張りの車椅子が降ってきたら、いくら無関心な人たちでも気づくだろう。

しかし、そんなことは望めるはずもなかった。車椅子は、前の車輪の一つを敷居から落として、すこし傾いてとまった。

男の手がのびた。私は、はってベッドの下に逃げ込んだ。が足をつかまれた。私は、ベッドの奥の脚にしがみついた。必死に抵抗した。が、長くは続かなかった。

ひきずり出されて、男に馬のりになられたとき、私はもう声をたてる気力もなかった。布の感触がのどに食い込んだ。息苦しさよりも恐怖で、私は気を失ったらしい。

気がつくと、べつな男性が私を抱き起こしていた。

「大丈夫ですか？」

そう言ったのは、霞ちゃんたちのパパだった。

「若菜がトイレの窓から見て、『車椅子だけバルコニーのとこにあって、おばちゃんが乗っていない。変だ』と騒ぎ出したのです。駈けつけて、お隣の家からバルコニー伝いにはいらせてもらいました」

「あの……あの……」

私は、馬鹿みたいに口をぱくぱくさせた。

「あの男ですか？　とびおりて逃げたけれど、じき捕まりますよ。足をくじいたようだから」

霞ちゃんのパパは、そっと両腕で私を抱きあげ、ベッドの上に載せてくれた。

ほんとによかった。天城のおばさんがやられないでよかった。それに犯人も捕まったのだ。犯人は、あの、ひげの高根さんだった。

9

大人たちの話やテレビのニュースをつなぎ合わせるとこういうことらしい。

神塚のおばさんは、おじさんと仲がわるくて別居した。そして偶然、どこかで高根さんと出会ったことから仲よくなってしまった。おばさんは高根さんと結婚したいと思った。でも、おじさんと離婚したら、おばさんは貧乏のからっけつになってしまう。そこでおじさんを殺そうと考えついた。そうすれば、財産と生命保険のお金が自分のものになる。

おばさんは高根さんにこの話をもちかけ、高根さんは承知した。高根さんは、向かい側の九号棟の空き家の鍵をこじあけ、時々はいっては、神塚のおじさんの様子を探っていたらしい。

おばさんは別居中でも部屋の鍵は持っているので、おじさんの留守にこっそりはいって例の吹き矢の一本を、先に毒を塗りつけて盗み出し、高根さんに渡した。でも詳しい計画は高根さんに任せていたようだ。

神塚のおばさんは高根さんと結婚するつもりでいたけれど、高根さんのほうでは、あんなおばあちゃんと結婚する気はなかった。若い女の人と仲よくしていて、おばさんからうまくお金をまきあげて二人で逃げてしまうつもりだった。

その女の人は神塚のおじさんを誘惑した。

若いお姉さんと仲よくなれて、おじさんは喜んだ。

あの日曜日、女の人はおじさんに電話をかけ、団地に遊びに行くと言った。おじさんは途中まで迎えに行こうと言ったけれど、女の人は、二人で連れだって歩くと目立つからと断わって、その代わり、「一時十五分前くらいには必ず行くから、部屋の窓から見ていてくれ。顔が見えたらどこがあなたの部屋かわかるから」と言った。おじさんは近眼なので、一生けんめい窓からくびを出して、団地の入り口のほうを見ていた。

でも女の人は来なかった。来ないはずだ。かつらと眼鏡で変装して、九号棟のバルコニーで洗濯物を干すふりをしていた。そしておじさんがうまく首を出した瞬間にハンカチを落として合図をした。一階上の高根さんは、合図と一緒に窓からのり出し、上から吹き矢を、自分で作った筒を使って吹きおろした。

神塚さんは、部屋の中を駈けまわり、矢を引き抜き、倒れて死んでしまった。神塚のおばさんは、打ち合わせてあった時刻にパーマ屋さんに行ってアリバイをつくっていた。

高根さんと女の人は、神塚のおばさんからうまくお金をまきあげたら、結婚して、ヨーロッパ旅行に行く計画だったのだそうだ。

「姉ちゃん。ヨーロッパって、そんなすてきなとこなの？」

若菜が聞いた。

「そうらしいわね。あたしも行きたいな」

「人殺しして？」

「ばかなこと言わないで」

でも、ほんとに大きくなったらヨーロッパ旅行に行ってみたい。天城のおばさんも連れて行ってあげられたら、どんなにいいだろう。

おばさんといえば、ずいぶん怖い目に会ったはずなのに、天城のおばさんは、あの事件以来、まえよりも元気になった。まえは、笑っているときでも、どこかしら暗い顔をしていたのだが、いまはとても明るい顔をしている。

あたしが不思議に思って聞いたら、

「生きることに自信がついたの」

とほほえんだ。あたしにはなんのことかわからない。でもおばさんが元気になったのは、うれしいことだ。

10

「驚いたな、全く。――君を一人おいて行くことはもうできないよ」

夫が言った。

仕事をそこそこに切りあげ、出張先からとんで帰ったのだ。

「大丈夫よ、もう。大ていのことは切り抜けられるわ」

そう言ってから私は、思いついてつけ加えた。

「お願いが一つあるの。今度の日曜日、霞ちゃんと若菜ちゃんを、動物園とレストランに連れて行ってあげて欲しいの」

「僕もそれを考えていた。君も行くんだよ」

「私も？」

「ああ、タクシーを呼んで来て、下まで僕がおぶっておりる。車椅子ではいりやすいレストランを探しておくよ」

「うれしいわ。私、久しぶりで第一級のおしゃれをするわね」

私たちは、顔を見合わせて微笑し、それからくちびるを合わせた。

早春の街に

1

——やっぱり、このお内裏《だいり》様がいちばんいい。——

赤い毛氈《もうせん》を敷きつめた最上段に、そっと内裏びなを据えながら、加奈子《かなこ》は思った。黒一色の衣冠束帯に木製の小さなしゃくを持った内裏さまと、紫に地紋を織り出した十二単衣《ひとえ》の奥方は、いまどきのひな人形と比べると、粗末と言っていいほど質素で、色あいもくすんでいる。三人官女や五人ばやしは、加奈子が勤めに出るようになり家にも幾らか余裕ができたころ、ボーナスで買い求めたもので、安物ではあったが、金糸などを織り込んだきらびやかな衣裳《いしよう》を着ている。これらの人形と並べると、一対の内裏びなは、より一層見すぼらしく、くすんで見えた。

——でも、この顔立ちが、なんとも言えないわ。特に奥方のほうが。——

加奈子は、毎年ひな人形を出したときするように、首を傾《かし》げて、さまざまな角度から内裏びなの顔を眺めた。丸顔で、切れ長の目をぱっちりとあけた女《め》びなの顔が、加奈子はことのほか好きだった。彼女の家庭も、世の中全体も、ともに貧しかった幼い日、彼女のおひなさまは、この内裏びな一組だけだったが、幼い彼女は桃の節句にそれを飾ってもらうのがうれしくて、並べられたひなの顔を飽かず眺めたのだった。

突然、ノックの音がした。

「姉さん、いる？　美奈子《みなこ》」

妹の声だった。加奈子はひな段を離れて、ドアをあけに行った。

「なんだ、姉さん、まだひな祭りなんてやってんの？」

手袋を脱ぎながら部屋にはいって来た妹は、呆《あき》れたように言った。軽蔑というほどではなく、むしろ姉の子供っぽさをおもしろがっている声だったが、加奈子はちょっと反《はん》撥《ぱつ》して、

「だって、——一年に一度くらい出してあげなけりゃ、おひなさまだって可哀そうじゃないの」

「そうね。年に一度出さないと、虫干しできないもんね」

けろっと言って妹はコートを脱ぎ捨て、電気ごたつに足を突っ込んだ。

「おなかすいちゃった。姉さんとこ来りゃ、なにかにありつけると思って、なんにも買って来なかったの。ケーキだけ」

「いいわよ。ご飯もじきに炊きあがるし、すき焼きにするつもりで材料買って来たから」

加奈子は、飾りかけのひな人形の箱を部屋のすみの邪魔にならないところへ押しやって、夕食の支度にかかった。

「ねえ、すき焼きのわりしたって、どうやってつくるの？　彰《あきら》さんにご馳走《ちそう》しようと思うんだけど、姉さんみたいにおいしくいかないのよ」

玉のれんで仕切られたダイニング・キッチンに向かって、妹は、すこし声を大きめに、話しかけてくる。うきうきした、張りのある声である。二年越しの恋愛に終止符を打って、彼女はこの四月に式を挙げる。何を見てもうれしくてたまらない時期なのだ。

会社の寮で生活している妹は、土曜日曜はフィアンセとのデートや将来の生活設計に忙しいので、渋谷にある加奈子のアパートにやって来て夕食を共にするのは金曜日の夕方が多かった。

幸福感に表情から動作まで輝いて見える妹を見ると、加奈子の心には、いつわることのできない嫉妬と、それとならんで、一種ほっとした気分とが湧いてくるのだった。一家の柱としての責任を背負って働いてきた年月の間に、いつのまにか三十歳を幾年も過ぎてしまった加奈子であった。

「電話だわ。姉さん、わたし出る」

身軽くこたつから抜け出した美奈子は、小机の上の電話の送受器を取り上げた。

「日野《ひの》でございます。……いえ、わたくしは違いますけれど。……はい？……どなたさまでしょう？」

受け答えをしていたが、

「ちょっとお待ちください」

と、立って来た。

「おじいさんの人なのよ。日野加奈子さんですかって。何だかよくわからないから、姉さん出て」

「じゃ、ネギ刻んでね」

妹と交替して電話に出た。

「あんた、日野加奈子さんですか？」

前歯が欠けているのか、発音が危なっかしい。人のよさそうな声ではあったが、女の一人暮らしが身についている加奈子には、こういう場合、警戒心が働くのが習性のようになっていた。

「あの、そちらさまは？」

「下川《しもかわ》と申します。下川辰造《たつぞう》」

「下川さん？」

「ご存知ないと思いますが……もしや、お宅さんに、ひな人形がおありではなかったでしょうか？　おじいさんが買われた古いひな人形で――」

思いがけない言葉であった。加奈子は、思わず赤い段の上の内裏びなに視線を走らせていた。

「ありますわ。祖父が買ってくれたのは、お内裏さま一対だけですけど」

「それです。あるのですか？　いまも、ほんとうに、あるのですか？」

電話の中の声は、喜びに震えているようでも、泣きだしかけているようでもあった。その声のバックに、車のクラクションが走り過ぎるのが聞こえた。

「その内裏さまは、わたしが作ったのです」

「あなたが？」

「わたし、ずっと若いころから人形作りをしていました。岩槻《いわつき》で、ひな人形の職人をしていましたのです」

「でも、わたしの所のお内裏さまが、あなたの作られたものだなんて——」

「買われてゆく時、名前を書いていただいたのです。日野加奈子と。——そのことを思い出して孫に話したら、孫が電話帖を見てくれて、それで——」

「わたしの電話番号がわかったと言われますの？　でも、祖父はどうして、おひなさまを買うときに、わたしの名前などを——」

「わしが、お嬢さんの名を、是非教えてくださいとお願い申したのです。ふだんのときだったら、そのようなことは申しません。第一、作ったひな人形は問屋に納めるので、どこのどなたさんの手に渡るか、わしらにはわかるわけもありません。でも、あのときは特別な事情のときでした」

「そういえば——」

加奈子は、つばを飲み下した。

「戦争の終わりころで、空襲が激しくて、おひなさまどころではなかったたって、聞いたことがありますわ。わたしはもちろん覚えていないんですけど」

「そうです。毎日のように空襲が来るようになっていて、ひななど買う人もなし、作りたくても材料はなし、職人も兵隊に取られたり、疎開したりでほとんどいなくなってしまう有様でした。そんなとき、防空頭巾《ずきん》をかぶったご老人の方がみえられて、『ひな作りの職人の家があると聞いて来たが、秋に生まれた孫のために初節句のひなを一そろい売ってもらいたい』と、こう言われたのです。わし、断わりました。材料もなくて、ひななど作っていなかったのです。家にたった一そろいだけ内裏さまがありましたが、それは、わしが、自分のためにと思って、すこし前にこしらえておいたもので、誰にもお売りできねえと申し上げたのです。すると、ご老人は言われたです。『孫の父親は戦争に取られて、どこに行ったやらわからん。それどころか、日本は負けて滅んでしまうのかもしれん。自分のような年寄りも、生まれたばかりの赤んぼも明日にも死ぬかもわからん。だから、今年のひな祭りだけは、何としてでも初節句を祝ってやりたいのだ』と、ねえ、そう言われたのです。わしはもう断われなくなって、その内裏さまをご老人にお売りしたです。わしには男の子しかいねえし、その嬢ちゃんに飾ってもらうほうがいいかもしれねえと思ってね。ただ何という嬢ちゃんのところへ行くのか、それだけ知りたいと言うと、ご老人は、住所と名を書いてくださったわけです」

「そうでしたの？　でも、よく思い出してねえ」

「いや、わしは、日野加奈子という名は、忘れたことはありません。いままで誰にも話さなかっただけです。しかし、あの内裏さまが、いまでもあるなんて。わしは、もう空襲で焼けてしまったもんと思い込んでいた」

「東京がすっかり焼けたから？」

「いや。ほんというと、戦争が終わったとき、わし、書いてあった住所に行ってみたのです。牛込《うしごめ》だったな。しかし、あの辺は、二十年の五月の空襲で、すっかりやられたということでした。嬢ちゃんは無事でどこかにいられるかもしれないが、ひな人形はとうてい無理だろうと思ったのです」

「わたしは赤ん坊だったので知らないけど、母の話では、深い防空壕《ごう》の奥に入れておいたので助かったんですって。これだけは、おじいちゃんがわざわざ岩槻まで行って買って来て下さったのだから、焼いてはならないと思って、油紙で包んで防空壕に入れたのだって、母はよく言っていました。わたし、小さいころから毎年このお内裏さまを飾ってもらったし、いまも飾りかけていたとこなんですよ」

電話の向こうで、声がとぎれた。ただ、感情を抑えようとする激しい息づかいだけが聞こえた。ややあって、下川は、

「あの――」

と、遠慮がちに言い出した。

「一度だけ、その内裏さまを見せてもらっていけないですか?」

「いいですとも」

加奈子は、自分でも驚いたほど力をこめて答えた。

「どうぞ見に来てください。一週間くらいは飾っておきますから」

下川は、幾度も幾度も礼を言った。ただし住まいが葛飾《かつしか》で、誰かに連れて行ってもらわなければ、一人では行けないので、土曜日曜でないと駄目だということだった。

「じゃあ、明日かあさってでも。――それがご無理なら、来週でもいいですわ」

ひな人形というものは、早目に出して飾るのはいいが、ひな祭りが終わったらいつまでも出しておかないですぐしまわないと、祝われた娘が縁遠くなるという。多分、飾りものは何でも飾るときは楽しいが後片づけはおっくうで出しっ放しになりやすいので、それを戒める意味の言い伝えであろうか。

幼いころ、母がいつもしていたのを見習って、三月三日が過ぎるとすぐにひな人形をしまう習慣の加奈子だったが、今年は、下川という老人のために、必要ならすこし長く飾っておいてやるつもりになっていた。どっちみち、縁遠くなることを今さら恐れるのはナンセンスだった。

訪ねてくる時は、もう一度前もって電話をくれるように言って、通話は終わった。

食事の支度は、美奈子の手であらかたでき上がっていた。

こたつ板の上に小型のコンロを置き、すき焼きなべをかけた。さし向かいで食べ始めた時、加奈子は、さっきの電話の話を妹にして聞かせた。

「へえ？　そんな見ず知らずのじいさんに、うちへ来てもいいって言ったの？　いつもの姉さんらしくないわね」

日ごろ用心深い姉の性質を知っている美奈子は、とがめるような目を向けて言った。

「悪い人とは思えなかったもの。古いおひな様を一目見たいというだけで、それ以外に何も要求してるわけじゃないし。――それに、あの人の言ったことは全部ほんとだと思うのよ。お母さんから聞いたことがあるもの」

加奈子は、戦争末期の十九年秋、東京の牛込で生まれた。父は、彼女が母の胎内に宿ると間もなく二度目の応召で戦場へ行き、父方の祖父母と若い母が留守を守っていた。

加奈子の初節句にひな人形を買いに行くと祖父が言い出した時、祖母と母は強く反対したという。いつどこで空襲警報が発令になるかわからないし、このような非常のときにひな祭りどころではないという意見だった。しかし、祖父はどうしてもきかずに出かけてゆき、一日がかりで、内裏びなを一対買って帰って来た。

それを飾って、暗い電灯の下でささやかなひな祭りをした数日後、一家は縁者を頼って群馬県の山奥に疎開した。赤ん坊を抱えた着のみ着のままの疎開で、余分なものを持ってゆくことは到底できなかったので、母は、内裏びなを防空壕の奥に入れた。

八月に日本は戦争に負け、一家は焼け野原になった東京に戻って来た。父の消息は容易に知れなかった。シベリアに抑留されていたのである。

父がひょっこりと復員して来たとき、加奈子は学齢に達していた。突然家庭にわり込んで来たこの男性に娘としてなじむには時間がかかった。妹の美奈子が生まれ、数年たったころ、父は寝つくことが多くなった。抑留生活でもともと弱かった心臓を悪くしていたのだ。

母が慣れない勤めに出ると同時に、家事と父や妹の世話とが加奈子の肩にかかってきた。父は、彼女が中学三年の夏休みに死んだ。母の実家の援助でどうにか高校は出たものの、すべての面で余裕などというものの考えられない月日だった。祖父も祖母もその間に世を去っていた。

妹の美奈子の中学・高校生活は、加奈子自身にくらべると遥《はる》かに恵まれていた。母もまだ元気な上に、加奈子も貿易商社の事務員として就職して、一家に二人の働き手がいたのだ。高校卒業と同時に短大に進学するのを、美奈子は特別なこととは思っていないようだった。妹が短大を卒《お》え婦人服メーカーに就職して間もなく、母が急性のガンであっけなく死んだ。何か月も入院するようなことがなかったのは、本人の苦痛という意味からも、経済的な面からも、せめてもの幸いであった。そして美奈子はいま、会社の出入りの銀行員の青年と恋愛し、結婚に踏み切ろうとしている。思い返すと短いようで長い長い時間に思われるこの年月の間、毎年春がやってくると、加奈子を慰め、生活に疲れた心をなごませてくれるのは、この古ぼけた内裏びなであった。

「でもさ、その話も、すこし変じゃない？」

好物のしらたきをもぐもぐと頰ばりながら、美奈子が言った。

「人形つくりの職人なのだったら、何百何千のおひなさまを作ったわけでしょ？　それなのに、姉さんのこのおひなさまに限ってそんなに見たがるなんて」

「だから、言ったじゃない。ほかのおひなさまは問屋におろして、どこの誰に買われて行ったのやら、わからなくなったのよ。そういう中で、たった一つだけ所在がわかったら、手に取って見たいと思うのは無理もないんじゃない？　あのおじいさんは、もう年を取って、人形つくりもできなくなっているんだろうし、若いころの自分の仕事を見たいと思う気持ちはわかるわ。わたしだって、その立場だったら同じだと思うわよ」

「そうかなあ」

美奈子はもともと、この内裏びなに格別の興味や愛着はもっていないようだった。おひなさまは姉の物と決められていたためでもあろうが、かといって、自分もひな人形を欲しがってせがむということもなかった。桃の節句に飾ると、それなりに喜びはしたし、友だちを呼んで、ちらしずしや白酒でパーティーのまねごとをするのは好きだったが、ひな人形そのものには、幼いときから大して関心がなかったのだ。だから、三十代になっても依然ひなを飾っている姉を理解はできないだろうし、それを作ったという老人を喜んで迎えようとしている彼女の心理など、ましてわかるはずもないのかもしれない。

自分がもしこのまま一生結婚せず、子供ももたないまま人生を終えたら、この内裏びなはどうなるのだろう、と加奈子は考えることがある。妹に女の子が生まれたら贈ってもよいのだが、妹夫婦にとってはむしろ、ありがた迷惑であろう。我が子には、きんきらきんの新しいひなの一セットを買い与えたいと願うのが、若い親たちの心情に違いないのだ。

しかし、他人が誰一人価値を認めなくても、彼女にとっては、この内裏びなは特に愛着の深い品で、そのひなに対して同じような愛情と執着をもつ人間がいま一人現われたとあっては、懐かしく思うのは当然であろう。

「ともかく、あのおじいさんが訪ねて来たら、喜んで見せてあげるわよ。わたしたちの亡くなったおじいちゃんの思い出だって聞きたいし。そうじゃない？」

加奈子は、すこしむきになっていた。

2

一週間のうちで、心からくつろげる日——それはやはり土曜日だ。日曜日も休日であることは同じだが、日曜には心のどこかに、明日からまた忙しい一週間が始まるという意識が働いて、それに備える気分が生じるのだろう。それに比べて土曜日には、真の休みという解放感があった。

加奈子が、昼近くまで朝寝をするのも、土曜日一日だけに限られていた。

雨戸を繰ると、明るい光が畳の上にぱっと流れ込む。バスはなくトイレは共同という古い木造アパートだが、二階の南向きで、日当たりだけは申し分なかった。今朝の日光のまぶしさは、何といってももう春のそれであった。

昨夜の残りのすき焼きに冷やご飯を入れて、雑炊をつくった。ひな人形に見守られながら、一人きりの朝食が始まる。一人きりといっても、どことなく心の暖かい朝である。

食べながら朝刊を拡《ひろ》げていた加奈子の視線が、社会面の左下隅の記事に惹《ひ》き寄せられた。

自殺？　老人、屋上から転落死

という見出しで、添えられた写真には、公営アパートらしい建物の屋上から下まで、白い点線の矢印がついている。

「下川辰造――」

加奈子は息をのんだ。両眼を強く二、三回またたきしてから、真剣に記事に取り組んだ。

記事の報じるところを要約すると、こうだった。

昨、二月二十七日の夜十一時半ごろ、東京都葛飾区の都営団地で、帰宅したサラリーマンが自宅のある棟に向かって歩いていたところ、上から何か落ちて来るのが見えた。駆けよると、それは同じ棟の三階に住む下川辰造さん（七三歳）で、頸《くび》の骨を折って意識不明だった。下川さんは救急車で病院に運ばれたが間もなく死亡。四階建ての屋上に下川さんのサンダルが残っていたところから、屋上から落ちたことはほぼ間違いないが、屋上は手すりが高く、無理に乗り越えない限り、誤って落ちるということは考えられない。警察では、自殺他殺の両面から捜査中だが、日ごろから下川さんが「生きていてもつまらない」と言っていた事実や、特に人に恨まれる点もないことから、自殺の線が濃いと見ている。――というのだ。

「違う。自殺だなんて、違う」

加奈子は、声に出して言っていた。

昨夜ひな人形のことで電話して来た老人は確か、葛飾に住んでいる、と言った。この記事の下川辰造は、同名異人ではなく、昨夜の電話の老人に違いない。それだったら、どうしてその夜のうちに自殺することがあるだろうか？　年老いて、生きていても喜びが感じられない状態になっていたのは事実かもしれないが、それにしても、昨夜は自分の製作した内裏びなの所在を確認して、あれほど喜び、見せてもらいに来ると言っていたではないか。その矢先に自殺するなど、考えられない。

下川の死が、自殺とは考えられない根拠を知っているのは、自分一人なのかもしれない。――と加奈子は思った。しばらく考え込んでいたのち、急いで残りの食事をかき込み、食卓を片づけた。

外出着は、地味で質素な感じの、淡いグレイのワンピースを選んだ。コートも、勤めに着て行く、目立たないほうのにした。

京成電車の沿線の例の団地の付近には、以前仲のよかった友人が住んでいたことがあるので、加奈子はわりにそのあたりの地理には明るかった。友人とは、彼女が結婚し母親となるにつれて話題がくい違ってゆき、いつか疎遠になってはいたが。

目的の団地にはいると、加奈子は、持って来た新聞の切り抜きを参考に、老人の転落した棟を探した。一番奥の七号棟だった。

その棟の南向きの花壇の、小さな灌木《かんぼく》などが、踏みしだかれたように折れていた。寒い季節なので、花壇に花はなかったが、遺族が供えたものであろうか、白い菊の花束が黒白のリボンでゆわかれて置かれている。

下川辰造の住居は、その棟の三階であった。ただし、花束の置かれた花壇からは、遠いほうの端だ。

三〇一号のドアの前に立つと、線香の匂いが鼻に流れ込んだ。ブザーに答えてドアをあけたのは、四十代半ばのきつそうな顔立ちの女性だった。べつに喪服は着ていず、ふだん着らしいカーディガンにスカートだった。

「下川さんに、お線香をあげさせていただきたいんですけど」

加奈子は、名をなのってから、控えめに言った。彼女の姓名を耳にしても、女の表情には反応らしい動きはなかった。

「急なことでねえ、まだ何の支度もできていないんですよ」

女は迷惑そうであった。が、焼香に来た者を追い返す理由もないので、

「どうぞ」

と、中に請《しよう》じ入れた。

形ばかりの祭壇のそばに、夫らしい男がすわっていた。気弱ではきはきしない感じのその男は、加奈子を見ると、あわてて目をしばたたいてお辞儀《じぎ》をした。部屋の隅に、陰気な目をした十六、七の少女が、こちらの様子をうかがうような姿勢で、横すわりにすわっていた。何者も信用しないといった固い表情と姿勢は、人間に捕らえられた野生の獣がうずくまっているのに似ていた。家族といってはその三人だけらしく、ほかに弔問客の姿はなかった。

古いのを引きのばしたらしいぼやけた写真の前に、途中で買って来た花を供え、焼香した。

「あの——父とはどちらでのお知り合いで？」

おずおずと尋ねる主人に、加奈子は、昨夜の電話の話をした。男の顔に、驚きの表情が現われた。

「父の作ったひな人形を？　親父《おやじ》は確かに長いこと人形作りをしていましたがね、そんな話は初耳です。お名前を憶えていて捜していたんですかねえ」

「ですから、わたくしは、お父様にはお目にかかったことはないのです。お話をしたのも昨晩が初めてで、それが最後になりました。でも、今朝新聞を拝見して、じっとしていられなくなったのです。新聞には、自殺なさった、というふうに出ていましたけれど、そんなはずはないと思うのです。ゆうべ、あれほど喜んで、近いうちにお内裏さまを見に行くと言われたのですから。差し出たこととは思いましたけれど、そのことだけご遺族に申しあげたくてまいりました」

「自殺でないとすると――」

男は、困惑して、

「手すりが胸のへんまであるので、過ちで落ちたとは考えられないのです。その上自殺でないということになると、親父は――誰かに突き落とされたことになる。確かに警察は最初、自殺と他殺と両方の可能性があると言いましたがね。あんな年寄りを殺す者など考えられないし、多分自殺に間違いないだろうということで――」

「おじいちゃんは過ちで落ちたんです」

横あいから、ヒステリックな声が割り込んだ。さっきの女だった。お茶を運んで来たのだが、それを差し出そうともせず、

「どこの方か知りませんが、人聞きのわるい。おじいちゃんが殺されたなんて。年寄りだから近所づきあいもほとんどなかったんですよ。隠居で、もう仕事もしていなかったし。そんな年寄りを誰が、なんの恨みで殺すんですか？　おじいちゃんへの恨みでないとすると、わたしたちが恨まれてということになるけど、わたしたち、そんな悪いことしていませんからね」

「そんな意味で申し上げたのじゃ――」

「どんな意味でも、もう結構です。根も葉もないことを言いふらさないでください。自殺したなんて言われるだけでも、わたしたちが虐待してたようで、恥ずかしくてご近所を歩けないのに、今度は殺されただなんて」

「でも、お前、警察では――」

　夫がおずおずと口をはさみかける。

「警察の言うことなんか、当てになりませんよ。ああいうところは、何でも事件にしたがるんですからね。いいですか、おじいちゃんは、飲んでいたんですよ。酔っぱらって屋上に上がって、手すりからのり出すかなんかしたんですよ。ほんとにしようがない。お酒がはいっていたことは警察でも認めてるんじゃありませんか。だから、お小づかいを持たせちゃいけないって、ふだんからあれほど言ってたのに、あなたが内緒でお金をあげるから――」

「でも、親父には、あれしか楽しみがなかったんだよ。だからつい可哀そうになって」

「可哀そうだなんて。わたしがおじいちゃんによくしなかったって言うんですか？　あんまりだわ。あんたさんもあんたさんですよ。人のうちのことに首突っ込んで」

「申し訳ありません。お気にさわったら宥《ゆる》してください」

　加奈子はそうそうに下川家を出た。何ともやりきれない気分だった。あの一家は、昨夜のことで動転して、冷静になれなくなっているのだ、と思おうとした。一か月ぐらいして、万事が落ちついてから来るほうがよかったのだろうか。しかし、それでは遅過ぎる。もし、老人の死が他殺なのだったら、警察が捜査を打ち切ってしまわないうちに申し出て、調べなおしてもらわなくては。日がたてばそれだけ、現場の証拠も人々の記憶も薄れて、再現ができなくなる。そう考えたからこそ、見ず知らずの人の家になど、やってくる気になったのではないか。

背後から、速い足音が追って来た。加奈子は半ば無意識に振り返った。赤いチェックのマフラーを巻いたひょろりと背の高い少女だった。野生の獣のような目をして、部屋の隅にすわっていたあの娘だ。使いにでも出されたのだろうと、加奈子はまた駅に向かって歩き出した。

「おばさん」

少女が追いついて呼んだ。

「え?」

加奈子は足を止めた。この娘が、自分に何の用があるのか、いぶかしかった。

「おばさん。——おばさんのした話、ほんとだと思うんだ」

「おばさんの話って、あの、ゆうべの電話の?」

「うん。だって、あたしが電話帖で捜してやったんだもん。おじいちゃんに。電話番号」

変に思いつめたような瞳の光だった。加奈子は、多少たじたじとなりながら、

「あなたが、わたしのナンバーを? もすこし詳しく聞かせて。あなた、名前は?」

「浜枝《はまえ》」

「浜枝さんね。どっか落ちついて話せるとこないかしら？　喫茶店かなんか」

「駅のむこうのマリアンヌって店は静かそうだけど、高いんだ。あたしなんか、ほとんどはいったことない」

「そこでいいわ」

　浜枝の案内で、その店に行った。このあたりとしては確かにしゃれた作りで、雰囲気も落ちついていたが、渋谷に住む加奈子から見ると、それほど高級とは見えなかった。

　二人は窓ぎわの席についた。

「なにが好き？　浜枝さん」

　遠慮しているのか、浜枝は答えないで、上目づかいに加奈子を見た。それが地なのだろうが、黙りこくってじろりと見上げる目つきは、ふてくされた感じでよくない。しかし、加奈子は、できるだけ親しみ深い調子で、

「ね、なにが好きなの？　おばさんご馳走するわ」

「コーヒー」

　加奈子も同じものにし、ショートケーキと合わせて注文した。

「ねえ、どうして、わたしの電話番号を調べることになったの？」

「どうしてって、ただ、おじいちゃんが捜してたから。きのうの夕方、おじいちゃんが、暗いところで眼鏡かけてごそごそやってるから、見たら、電話帖繰ってるんじゃない。

貸してみなって言って、あたしが調べたら、わりかし簡単に見つかって、おじいちゃんびっくりしてた。うれしそうだったな」

「なぜ、わたしのナンバーを調べようとしたのか、わたしが何者なのか、話した？」

「ううん。そこへ母さんが帰って来たもんで、ナンバーを書いた紙きれを持って、こそこそと外へ出て行ったの。——それっきり、帰って来なかった」

最後は、ひとりごとのようなつぶやきだった。加奈子は、昨夜の下川辰造の電話に、車のクラクションがはいったのを思い出していた。

「おじいさんは、外からわたしにお電話なさったのね。それから、お酒を飲みに行かれたのかしら」

「そうだと思う。朝井さんが——朝井さんて、おなじ七号棟の人よ。おじいちゃんが落ちたのを見た人。その人が知らせてくれて、あたしたちがとんでいったとき、だいぶ酒くさかったもん」

「とすると、かなり長い時間、外で飲んでいられたことになるんじゃない？」

「そんなの、いつものことだよ。毎日のように、夜は外で飲んでるんだ。昼間は母さんがパートに行ってるから、おじいちゃんはうちでテレビ見てることが多いけど、夜は母さんと顔合わせてなけりゃならないから、なるべく外へ出て行ってしまうんだ。母さんはさっき、おじいちゃんにお酒を飲ませたくないように言ってたけど、飲まずにいられないようにしむけたのは母さんなんだ。父さんだって悪いよ。おじいちゃんがうちにいると、母さんの機嫌が悪いもんだから、小づかいやって外に飲みに行かせてたんだもん」

話し始めると案外よく話す。両親について語る口調には、憎しみがこもっていた。

「浜枝さんは、おじいさんにやさしかったのね」

いつのまにか加奈子は、最初ほどはこの妙な少女が嫌いでなくなっていた。浜枝は、ちょっと唇をゆがめて笑った。

「やさしかったなんて。あたしだって、さんざんおじいちゃんに当たりちらしていじめたよ。中学のころは、おじいちゃんなんか馬鹿にしてたしね。おじいちゃんは、すこしもうろくしてて、そのくせ頑固なとこあって、皆いらいらしてくるんだ。ことに母さんは、そういうの嫌いだから」

「でも、中学のときはそうでも、最近はおじいちゃんを大事にしてたのね。おばさん、わかるわよ」

「大事になんて。――でも、どうしてだか、だんだんおじいちゃんが好きになってきたんだ。おじいちゃんが、うち中で一番人間らしいみたい気がして。日曜日なんか、父さんと母さんがうちにいると、おじいちゃんは遠慮して、公園に行ってベンチにぽつんと腰かけてんの。何か思い出してるのか、遠くのほうを見てるようなやさしい目をしてね。あたし、いつもそうっと行って、そういうおじいちゃんを眺めてたんだ」

「やさしい方だったに違いないわ。でなければ、あんなお内裏さまは作れないわ」

「ああ、おじいちゃんが作ったっていうおひなさま？　見たいなあ、それ」

「見に来て頂戴。おじいさんの代わりに」

「いいの？　見に行っても」

加奈子はうなずいた。浜枝は、顔にかかった長い髪をかきあげて、しばらく考えていたが、

「おじいちゃんを突き落としたやつ、みつけ出したら、見に行く。おひなさま」

「浜枝さん。あなたも、おじいさんは自殺じゃなくて突き落とされたんだと思うの？」

「おばさんがうちへ来るまでは、そうは思ってなかったよ。あんまり突然おじいちゃんが死んだので、そんなこと考えられなかったんだ。でも、おばさんの話聞いてみると確かにそうだよ。「おじいちゃん、ゆうべはとても、うれしそうだったもの」

おじいさんを突き落としたりしそうな人間の心当たりは？」


浜枝はまた真剣に考え込んだ。が、かむりを振った。

「思いつかない。おじいちゃんは頑固だったけど、殺されるような理由はないと思うもの。でも理由はなくっても殺されることだってあるよね？」

「あるわね。酔っぱらいとけんかするとか。——でも、道端でなら酔っぱらいとなぐり合いっていうこともあるかもしれないけど、屋上にわざわざ上がってけんかというのはおかしいわね」

「誰かがさ、何か悪いことをしてさあ、たとえばひき逃げとか、それをおじいちゃんが

偶然見たということもあるかもしれない」

「その場合は、何か理由をつけて屋上に誘い出されるってこともあり得るでしょうね」

「どうしたら、犯人を見つけ出せると思う？　おばさん」

「そうねえ。わたしは、お宅のことや、おじいさんのつき合っていられた人たちのことを全然知らないから、見当がつかないけど、やはり、最近おじいさんと会ったり話したりしていた人のことを調べるのがよくないかしら。それから、おじいさん宛に電話や郵便が来たとか」

「電話や郵便なんて、おじいちゃんに来たの見たことないなあ。おじいちゃんには、妹が一人府中に住んでいるけど、その人が、たまあに電話かけて来たぐらいで。でも、昼間だったらわからないな。父さんも母さんも留守だし、あたしも学校だから」

言ってから、浜枝は顔を上げて、まっすぐ加奈子を見た。

「あたし、ともかく、できるだけ調べてみる」

「わたしも応援するわ。できることがあったら何でも言って」

加奈子は、身のうちに闘志に似たものが湧いてくるのを感じた。芝居がかっているかなと思いながら、テーブル越しに彼女は右手を差し出した。浜枝がその手を強くにぎった。

世の中というものをある程度知ってしまったと思い自分だけの世界に閉じこもりがちなハイミスの自分と、すべてを白い目で斜めににらんでいるような下川浜枝とが手を結んで始めようとしている探索は、一体どのようなものになるのだろうか、と一種奇妙な気分であった。

3

翌日の晩、毎週日曜の夜放映されるNHKの歴史ドラマを見ていると、電話が鳴った。

「おばさん？　あたし」

不愛想な声は、下川浜枝であった。

「浜枝さんね。何か発見があって？」

「ううん。まだ何も。きのうあれから解剖がすんで、おじいちゃんをお骨にして持って帰ってお通夜したの。今日はお葬式だったんだ」

「お客様大勢みえたの？　疲れたでしょ」

「ううん。親戚の人二、三人と、近所の人がすこし。父さんも母さんも、人聞きが悪いからって、なるべくお客さん断わったみたい。母さんは、うちの者だけになると、あんな死に方してみっともないって怒ってばかりいる」

「浜枝さんが、あれは他殺だと思ってるっていうこと、言ったの？」

「言うもんか。そんなこと言ったら、おふくろの奴《やつ》、ヒステリー起こしちゃう。お通夜にも葬式にも、あたしはできるったけいい子にして、お茶運んだりしたんだ。そして、皆の話に耳澄ましてたんだけど、収穫はゼロ。警察もますます自殺説に傾いて来たみたいだし」

「がっかりするのは、まだ早いわ。わたしもあれから、飲み屋なんかまわってみたんだけど――」

　昨日、別れる前に、二人は、辰造の死のなぞを追求する作戦を立てた。浜枝は弔問客や付近の人の動向に注意し、手がかりになる事実を捜す。加奈子は、金曜日の夜の辰造の足取りを追うことから始める。

　辰造が、加奈子に電話したあと、遅くまで飲み歩いていたことは、まず間違いない。浜枝は、祖父がよく飲みに行った赤提灯などの何軒かについては知っていた。が、それらの店での聞き込みは、高校生の彼女には不適当なので、加奈子が引き受けることにしたのだった。

「浜枝さんのおじいさんから、わたしに電話があったのが、七時十五分から半ごろ。そのあと、おじいさんは満福軒《まんぷくけん》という店でラーメンを食べて、そこに八時過ぎまでいられたそうよ。その店では、なんだかうれしそうに、いつになくにこにこしたり、一人で涙ぐんだりしていた、と店の人が言っていたわ」

「おひなさまがあったということが、うれしかったんだわ。やっぱし、自殺するわけなんかないじゃん」

「まあ聞いて、それから、次に、浜枝さんが言っていた裏通りの小里《こさと》っていう飲み屋へ行ってみたの。そこでは『十時から十一時ころまで来ていたと思う』と言ったわ。でも、金曜の夜は、勤め帰りのサラリーマンのお客が多く、辰造さんは隅で一人きりで飲んでいたので、どんな様子だったかまでは記憶にないと言うことだったの」

「ちょっと待って、おばさん。今の話、八時半から十時までの間が抜けてるね」

よく気がついたな、と加奈子は思った。下川浜枝は、ああ見えて案外頭の回転の速い子なのかもしれない。

「その間のことは、わたしも知りたいと思って、何軒か聞いて歩いたの。そしたら、小さな屋台のおじさんが憶えていてくれたのよ。八時半から十時ころまでは、そこで飲んだんですって。ここでも一人で黙って飲んでいたけど、沈んでいたとか、そういうことはなかったって」

「じゃあ、問題は、小里を出てからだね、やっぱし」

「来週はその点を何とか調べてみるわ」

加奈子は会社、浜枝は学校があるので、平日は動きがとれない。次の週末にまた連絡しあうことを約束して電話を切った。

浜枝から電話があったのは、しかし、週末を待たない木曜日の夜であった。会社から帰った加奈子が、コートを脱いだとたんにベルが鳴ったのだ。

「おばさん。一つ聞き込んだことがあるんだ」

浜枝は、自分の名を言うのも忘れて、いきなり話し始めた。

「うちの団地にシャラクって男の子がいるの。これはあだ名だけどさ。クラスは違うけど、同じ学校で二年なんだ。この子がね。金曜日の夜遅く帰って来たとき、うちのおじいちゃんを見たんだって」

「どこで？」

「団地の中で。うちの七号棟のほうに歩いていたっていうから、うちへ帰ろうとしてたんだと思う。十一時過ぎだったっていうからね」

「すると、七号棟まで帰って来ていながら、三〇一号室にはいらないで、屋上に上がってしまったというわけ？」

「待ってよ。問題はね、シャラクが見たとき、おじいちゃんは一人じゃなかったっていうこと。すこし若いくらいのもう一人のじいさんと一緒に歩いていたっていうんだ。しかも、その人と言い争いっていうのか、けんかみたいに何か言ってたっていうの」

「その人、どこの人かわからない？　え、浜枝さん」

「ずんぐりして、頭がはげてたっていうから、ひょっとすると、一号棟にいる人かもしれないと思うんだ。わりかし最近、空き家抽選かなんかで越して来た人でね」

「一号棟って、団地の入り口に一番近い棟でしょ？　もし二人が外で偶然会って、連れだって帰って来たのだったら、団地にはいってすぐの一号棟のところで別れるわけだわね。それが、ずっと奥の七号棟のほうまで連れだって来たとなると、何か意味がありそうね。もっとも、その人が間違いなく一号棟に越して来た人だとしての話だけど」

「その点は間違いないと思う。シャラクの話だと、二人のじいさんは言い争いながら歩いていて、そのもう一人の人が『ヨウ子が……』とか『ヨウ子を……』とか言ったのを聞いたっていうもの。一号棟のその家には、小学校二年くらいの女の子がいて、確かヨウ子って名前だったよ。うちのおっかさんと同じ名だと思ったので憶えているんだ」

「それは当たってみるだけの価値があるわよ、浜枝さん」

「浜枝さんなんて、よしてよ。おかしくって。浜枝でいいよ。友だちは皆そう呼ぶんだ」

「そりゃあ、同じくらいの年の仲間ならいいけど――」

自分が浜枝を呼び捨てにしたら、親子と間違えられるかも、と言いかけて、加奈子は苦笑した。親子はすこしオーバーでも、十六、七歳は十分違うのだ。

「じゃあ、浜ちゃん、じゃどう?」

「浜枝さんよりはましだな。で、どうやって当たってみたらいいと思う? おばさん」

「あさっては土曜日だわね。わたし、お休みだから、そっちへ行くわ。そして二人でそれとなく、その一号棟の人に会いに行ってみたら?」

「了解。あたし、クラブ活動があるけど、さぼって昼に帰ってくるよ」

これがあの、部屋の隅にうずくまって三白眼でにらんでいた娘かと思うほど、浜枝の声は、積極的で、親しみがこもっていた。

土曜日、加奈子は、早目に起きて外出の支度をした。

正午すこし過ぎに、京成電車の高砂に着くと、駅のベンチに浜枝がいた。学校かばん

を下げているところをみると、家に帰らずにそのまま待っていたらしい。加奈子の姿を認めるなり、小走りに駆け寄って来て、

「一号棟の頭のはげたじいさん、権藤《ごんどう》っていうんだ。調べたの。女の子はやっぱり陽子《ようこ》だったよ」

と報告した。

目についたそば屋で昼食をとりながら、作戦を練った。問題の権藤なにがしは、孫の陽子を可愛がっていて、土曜日の午後には、いつも習字の塾かなにかに送って行くらしいと浜枝が言うので、そのとき待ち伏せして、どこかで話をするように持ちかけてみようということになった。若い女の子を男性が待ち伏せするのでは穏やかではないが、女性二人がじいさんを待ち伏せするのなら、どうということもないだろう。場所は、団地と地続きの児童公園の門にした。団地から駅に向かって行くには、どうしてもそこを通らなければならないのだ。

4

「あ、来た！　おばさん。あのじいさんだよ」

二十分ほども、決めた場所に立っていたのち、浜枝が小声で叫んだ。

小柄だががっちりした体つきの男が、赤いセーターの女の子と何か話しながら来るのが目にはいった。丸い頭がきれいにはげ上がっているので、ふけてみえるが、年齢はせ

いぜい六十歳前後だろうか。女の子が、学校であったことか何かをしきりに話すのを、目を細めて、うんうんとうなずきながら聞いている。孫がいとしくていとしくてならない好々爺《こうこうや》ぶりだ。習字の道具のはいっているらしい手提げかばんを下げた孫娘は、七、八歳であろう。確かに可愛らしい少女だった。色白のふっくらした顔に、切れの長い涼しい目をしている。その顔を見たとたん、加奈子は、どこかで会ったことがある――という気がした。どこだったろうか。いや、会ったことなどあるはずはない。彼女が旧友の家にしばしば遊びに来たのは、もう十数年も前のことで、権藤家はこの辺りに越して来てはいなかったはずだし、第一あの少女の年齢では、この世に生まれてさえいなかったはずだ。誰か知っている人間との、他人のそら似であろう。――加奈子のとりとめもない思いは、浜枝の鋭い声で破られた。

「おばさん、早く。行っちゃうじゃない」

我に返った加奈子は、急ぎ足で、孫娘と祖父の二人連れに近づいた。

「あのう。突然でぶしつけですけど」

　権藤は、不審そうに振り返った。

「下川辰造さんが亡くなられた件で、ちょっと伺いたいことがございまして」

できるだけ控え目に言ったつもりなのに、権藤の顔から、さっと血の気が引いた。足もとが心もちよろめいたかに見えた。

「お孫さんを送っていらっしゃった帰りにでも結構なんですが」

いや——というように権藤は、かむりを振った。それから、孫に顔をすり寄せて懇願するように、

「陽子。一人で行けるな。おじいちゃん、ちょいと用事ができたんだ」

と言った。女の子は、あっさりうなずいた。

「うん、行ける。近いもん」

孫娘が駆け去るのを見送ると、権藤はうなだれて、

「どこへでも、行きます」

とつぶやいた。

土曜日の午後で、小さな児童公園は、子供で溢《あふ》れはじめていた。加奈子、浜枝、権藤の三人は、人通りの少ない工場の裏手に行って、半ば打ち捨てられたままになっているコンクリートブロックに腰をおろした。

「申し訳ありません」

権藤は、頭を垂れたまま、蚊の鳴くように言った。

「下川さんを突き落とす気はなかったのです。酒がはいっていた上に、ふだんから無性に腹がたっていたものだから」

「じゃあ、やっぱし、おじさんがおじいちゃんを突き落としたの？　どうして？　どうしてさ？」

興奮して食ってかかる浜枝を抑えて、加奈子は尋ねた。

「腹がたったって、下川さんにですか？」

権藤はうなずいた。

「あの人も悪いんです。うちの陽子に手を出すんだから」

「陽子さんて——さっきのお孫さんに？」

「うそだ。おじいちゃんはそんなことするもんか。子供にいやらしいことなんか」

浜枝はまたしてもいきり立って、加奈子はなだめるのにてこずった。ともかく、話だけは聞こうと、浜枝をブロックにすわらせた。

「お孫さんに手を出すって、一体どんなふうにですの？」

「頭をなでたり、抱きあげたり——」

「それは、陽子ちゃんが、あんなに可愛いお子さんだからでしょう？ わたしたちだって、可愛い子供を見たら、そうしますわ。下川さんは七十幾つのお年寄りだったんだし」

「いや、ただ可愛い子だからというんじゃないんです。口で言ってもわかってもらえないかもしれないが、まるで恋人にでもするように、そっと指先で頰をなでたり、ひざの上にすわらせて抱きしめていたり。——そんな程度ならばまあいいが、それが嵩《こう》じて、いたずらされたら取り返しがつきません。陽子は、わしの一人きりの孫です。目の中に入れても痛くないとは、あれのことでしょう。わしは下川さんがあの子に何かするのではないかと、それが心配で、あの晩、あの人について歩きながら、二度と陽子に手を触れるなと言ってやったのです。するとむこうもだいぶ酒がはいっていて、売り言葉に買い言葉ってやつで、話をつけようってことになって七号棟の屋上に上がったのです。そして、むらむらっときて、自分でも何をするかわからない気分で、下川さんの体をかつぎ上げて、手すりの外に突き落としていたのです」

権藤は、半分泣いているようだった。ずんぐりした肩が震えていた。気がつくと、浜枝も、両手に顔を埋めて泣きじゃくっていた。

「あんまりだ。おじいちゃんを殺しやがって。あんまりだよ」

「申し訳ない。わしを警察に突き出してください」

権藤は、よろよろと立ち上がった。

「ちょっと待ってください。──ねえ、浜ちゃん。おばさんには今一つ知りたいことがあるの。浜ちゃんのおじいさんには妹さんが一人あったと言ったわね？　その方はいま、どこにいられるの？」

「府中だよ。妹っていっても、すっかり白髪のばあちゃんだけど」

「その方にお会いできないかしら？　遠いむかしのことをよく知っていられる方に会いたいのよ」

「むかしのことを知っている人だったら、府中のばあちゃんくらいしかいないな。おじいちゃんには、親戚もあんまりないし、古くからの友だちも、うちへ来たことなんかなかったもの」

「府中のおばあちゃんの所に連れて行ってくれない？　万事はそのあとのことにしましょう」

浜枝は、涙を拭いて立ちあがった。いぶかしげであったが、そのために返って興奮は静まった様子だった。

うなだれたままの権藤に一礼し、浜枝をうながして、加奈子はその場を立ち去った。

下川辰造の妹、茂木ヨシノは、年老いた猫のような、一見不愛想な感じの老婆だった。浜枝は父よりも母よりも、むしろこの大叔母《おば》に似ていた。しかし、なるべく日当たりのいい縁先に寄せて座布団を並べるなど、とっつきにくいようでいて行き届いた心配りを見せる彼女を見ていると、浜枝も案外成長したらこんな女になるのかもしれないと、加奈子には思えるのだった。

「兄は、可哀そうなことを致しました。これといった取り柄のない男でしたが、人形作りだけは心底好きでね、ええ、わたしの口から申すのもなんですが、あれで腕はよかったと思いますよ」

ヨシノは、ぽつりぽつりとそんなことを物語った。

「辰造さんの奥さんは、早く亡くなったのですか？」

加奈子は、なに気なく尋ねた。

「はい。弘が――この浜枝の父親が、まだほんの小さいころでした。兄と兄嫁は、ほれあって一緒になった仲で、それはもう、はたで見ていて馬鹿馬鹿しくなるくらい――あ、そういえば、一枚だけ写真がございましたっけ。昭和の十年ころの写真ですから、色も変わっていますけれど」

ヨシノは次の間に立って行くと、一枚の手札型の写真を持って戻って来た。

「ほれ、浜枝、お前のおじいちゃんとおばあちゃんだよ。まだ父さんの生まれる前かな?」

浜枝の受け取った写真を横からのぞき込んだとき、加奈子の心を、電光のようなものが貫いた。

「まあ、うちのおひなさまにそっくり」

ある程度予期したことではあったが、実直そうな若者と並んで写っている写真の若妻は、加奈子の古い内裏びなの顔そのままだった。ことにあの切れ長の目をした、丸顔の女びなに。――

「そんなに仲よかった兄嫁を腎臓《じんぞう》病で亡くして、兄はひところは、ふぬけのようでした。子供もいることだから後添えをもらうようにと人様に奨《すす》められても、とうとう一人で通してしまいました。『どんな女に来てもらっても、うまくいくとは思えない。来てくれた人にすまないことになるだけだ』と、あるとき、ぽつりと言ったことがありますが、あの様子ではほんとにそうだろうと、わたしも思わずにいられませんでした。ま、あれほどほれ合える人にめぐり会えたのが幸せと申したらいいのか、それほどの恋女房に死に別れて、こんな不幸はないと申すのか――」

「辰造さんは、亡くなった奥さんをモデルにして、おひな様を作られたことはありませんでしたか? ご存知ないでしょうか?」

「そういえば、そんなことがございました。そうそう」

ヨシノは大きくうなずいた。

「思い出しました。あるとき、ひどく熱心に仕事をしていると思いましたら、亡くなった兄嫁の面影をそのまま写した女びなを作っているのに驚いたことがあります。ふだんから、仕事にかかると夢中でしたが、あのときは、ふだんとはまた一段違う熱中ぶりでした。戦争がひどくなったとき、わたしがそのおひなさまのことを思い出して、『兄さん、あの姉さんの面影びなは、どっかへ疎開させたほうがいいよ。せっかく作ったのだから』と申しましたら、『あれは売ってしまった』と言うので、また驚いたようなわけでした。『これだけは自分のために作ったひなだから、どんなに金を積まれても絶対売らねえ』と言っていたのに、手放したというのは、なにかわけがあったのだと思いますが」

「そのおひなさまは、このおばさんとこにあるんだよ」

浜枝が言った。加奈子が、自分の内裏びなにまつわる因縁を話すと、辰造の妹は、涙を浮かべて聞いた。

浜枝と連れだって外に出たとき、うららかな夕日は、街並みのうしろに沈もうとしていた。

「ねえ、浜ちゃん。あの陽子ちゃんて子、おばあさんの若いときの写真に似ていると思わない?」

「そういえばそうだ。そっくりだ」

「うちのおひなさまも、ようく似ているんだわ」

「じゃあ、おじいちゃんがあの子を、やたらに可愛がったっていうのは――」

「そうよ。辰造さんは、最近近所にやって来た陽子ちゃんを見て、ずっとむかし亡くなった奥さんを思い出させられたのね。もしやあのお内裏びなの消息が知れるかと、わたしの名前を電話帖で探す気になったのも、そのことと関係があったんでしょう。辰造さんは決していやらしい気持ちではなく、奥さん懐かしさから陽子ちゃんをいとしんでいたのでしょうけど、そこには、単に近所の子供を可愛がるというのとは違った恋人に対するような感情がにじんでいたので、孫に夢中の権藤さんが、変に気をまわしてしまったのね」

　空襲の中を、孫のためにひな人形を求め歩いた加奈子の祖父。七十歳を過ぎても、亡妻の面影を忘れ得なかった浜枝の祖父。孫娘に対する一途の愛情から、思わぬ殺人を犯してしまった陽子の祖父。――

　三人が三人ともに、やさしく、哀《かな》しい老人たちであった。

「あの人のこと、どうしたらいいと思う?　おばさん」

浜枝が、不意に話しかけた。

「権藤さんのこと？　それについては、わたしにはわたしなりの考えがあるけど、わたしはしょせん他人だから、この問題に口をはさむ権利はないわ。辰造さんの孫である、あなたが、決めることだと思うわ」

「あたしに決めろというんなら――」

浜枝は、ごくりとつばをのんだ。

「あたしは警察には言わないよ。おじいちゃんは、かんにんしてくれると思う。あの人が人殺しで捕まったら、あの女の子、とっても傷つくと思うし、おじいちゃんは、それは喜ばないよね、きっと」

「あなたがそう思うなら、それが一番いいのだわ」

浜枝と肩を並べて歩きながら、加奈子は、自分がいつか結婚するにしても、しないにしても、あの内裏びなは、適当な機会にこの下川浜枝に贈ろう、と考えていた。

最も高級なゲーム

1

静かな秋の夜であった。

東京郊外の一画にある古いレンガ造りの洋館の、十畳敷きくらいの広さの応接間に、いまちょうど五人の若い男性が、顔をそろえたところだった。

この邸《やしき》――つたのからんだ同じ赤レンガの高いへいに囲まれ、ガス灯をかたどった古風な門灯の光に照らし出された表札には「神泉《かみいずみ》」という文字が読める――の住人は、五十代の品のいい夫人と、娘の真知子嬢の二人だけで、平生《へいぜい》は男っ気はないのだが、今夜は、五人が月例の集まりを開く場所として、神泉夫人の好意で数時間部屋を貸してもらった、という次第であった。

この五名は、職業はエンジニアあり、学生あり、画家ありといった具合でまちまちだが、年齢はいずれも二十代――二十二、三歳から六、七歳というところで、それ以外にもう一つ、きわだった共通点があった。すなわち、五人ともそろって、無類の探偵小説好きだったのだ。あえて「探偵小説」と言って「推理小説」と言わなかった理由は、この方面のマニアならばほぼご想像がつくことと思う。つまり、この連中は、今日隆盛をきわめている社会派やハードボイルド推理小説のファンなのではなくて、「謎解《なぞと》き」や「犯人あて」を主体とした、あの古めかしくおどろおどろしい読み物の愛好者なのだ。本を買い込んで読むだけではあきたらず、自分たちで「謎と怪奇」という小雑誌を発行し、作品を載せたり、ミステリに関する書評や読後感——といえば聞こえがいいが要するに作品のこきおろしや最近の書籍の定価に対する苦情など、言いたいことをぶちまけて楽しんでいる。そして月に一回は、こうしてどこか適当な場所に集まって仲間の誰かの出題で犯人あてに興じる、いわば文学の同人と趣味の同好会をいっしょにしたようなグループと思っていただければ間違いない。

「さあさ、皆さん。どうぞごゆっくり」

ドアをノックしてはいって来た神泉夫人が、テーブルの上にビールとおつまみの皿を並べながら言った。

「どうか、かまわないでください。そういう約束なんですから」

今夜の幹事役の松原君が恐縮して言った。ここの部屋を借りるのは、今回が初めてではなく、すでに何回か使わせてもらっていたが、もてなしはいっさいしてもらわない、というのが最初からの約束だったのだ。「そうしないと、今後気軽に借りられなくなる」という、グループ最年長の北沢君の主張に、皆が同意した結果のとり決めであった。

「はいはい。あとはもうなにも致しません。お茶でも水でも、キッチンからご自由にお持ちになってくださいな」

神泉夫人は、にこやかにほほ笑んだ。その笑顔に力づけられてか、眼鏡をかけた駒場君がおずおずと言いだした。

「あの——真知子さんは？」

「おりますわ。今夜は折角『謎と怪奇』の皆さんがお集まりなのですから、ご一緒させていただけばいいのに、かぜ気味だとか言って引きこもっていますの」

「わるいのですか？」

駒場君は、いたく心配そうだ。

「かぜですか？　いいえ、ちょっとせきが出るくらいですの。でもあの子、気まぐれですのでね。しょうがないんですわ、わたくしがわがままに育ててしまって」

事情を知らない夫人は、相変わらずにこやかに笑んで部屋を出て行った。が、駒場君は、テーブルに突っ伏すようにして、頭を抱えてしまった。

「やっぱり駄目なんだ。僕のこと怒ってるんだ。同じ家の中にいながら出ても来ないなんて」

「悲観するなよ、そう」

羽根木君と代田君が、左右から駒場君の肩をたたいた。

「お母さんも言ってたじゃないか。気まぐれなんだよ彼女は。また気が変わったら、けろっとして出てくるさ」

「そうかなあ、なんだか冷たい汗が出て来た。誰かハンカチを貸してくれないか。忘れて来てしまったんだ」

代田君が派手なチェックのハンカチを取りだして貸してやった。駒場君は、汗を拭ってからハンカチを代田君に返した。

読者もお察しのとおり、駒場君は、この神泉家の一人娘真知子さんに熱烈な恋をしているのである。ところが、内気な彼は、なかなか自分の気持ちを口にだすことができず、やっとの思いで告白しようとすると、茶目で勝気な真知子さんは、故意にか無意識にか、とんでもない冗談を言いだしてはぐらかしてしまう。駒場君は次第にいらいらしてきて、ささいなことから、この世にただ一つの宝とも思う真知子さんとけんかをしてしまった。それが三週間くらい前のことで、それ以来、真知子さんからはなんの音沙汰もなく、駒場君は悶々《もんもん》の状態が昂《こう》じて、へたすると自殺せんばかりの有様。友情に厚いグループの面々は、一計を案じて、今月の例会を神泉家の応接間を借りて開くことにしたのである。ここで集まりをやったら、ひと一倍探偵小説好きの真知子さんは、きっと出て来て参加するだろう。彼女も駒場君との仲をもとに戻すきっかけがなくて困っているのかもしれないから、このような場で自然に二人が口をきき合うようになれれば、というのが、一同のねらいであった。真知子さんは、これまでにも「謎と怪奇」の犯人あてにはたびたび参加し、いわば準レギュラーのようなかたちになっていたのだから、このねらいはあながち的はずれともいえないはずだったのだが、こうして皆が集まったのに、軽いかぜなどを口実に姿を見せないのでは、事態は相当深刻と考えねばならないのかもしれなかった。

「さあ。そろそろ始めようや。こうしていては時間がたつばかりだ」

幹事役の松原君が、黒いビニールかばんを引き寄せながら言った。

が、作者としては、この辺で、五人のメンバーについて紹介しておく義務があるように思う。そこで犯人あてゲームはもうしばらく待ってもらうことにして、簡単にメンバー紹介といくとしよう。

ドアに近い椅子から順に右まわりに記すと、まず最初が松原泰弘《まつばらやすひろ》君だ。彼は大学を出たての新進気鋭の心理学者だが、異端文学やエログロナンセンスにも大いに興味をもっている。雑誌「謎と怪奇」の編集は、彼が一手に引き受けてやっている。体は小柄だが、目が大きく、不敵な面がまえの青年である。

その右隣は北沢《きたざわ》十郎君だ。先にも言ったとおり、このグループの最年長で二十六、七になるだろうか。郊外の私鉄の駅の近くにピザパイを焼く小さな店を出している。年長なばかりでなくグループ中でいちばん背が高い。――というよりも、ひょろ長くて、茶色でまるいすっとんきょうな目をしている。「名探偵仁木雄太郎は、きっとおれのような男だよ」というのが口ぐせである。

三番目は羽根木《はねぎ》和政《かずまさ》君。彼の博覧強記には誰もかなう者がいない。某大学史学科の学生で、平安朝の研究をしている。平安時代を選んだ理由は、「女性がいっぱい出てくる時代でなけりゃつまらない」からだという。「歴史学者のタマゴ」というところだが、その博識を考えたら「歴史学者のヒナドリ」くらいの価値は十分にある。背はさほど高くないががっちりした体格で、テレビの連想ゲームに登場する若い俳優Oに似ている。その隣、壁の飾り棚を背にしてすわっているのが駒場春樹《こまばはるき》君である。強度の近眼で眼鏡をかけている。おとなしく、内気で、対人恐怖症の気がある。人との接触の多い職業では勤まらないことを自覚して、機械科を専攻し、ある工作機械の会社に勤めている。目下熱烈な恋愛中であることは、先に言ったとおりである。

最後のひとり、代田巨人《だいたきよじん》君は、画家である。名前のとおりでっぷりと太った大男だが、プロ野球に関しては大変なアンチ・ジャイアンツで、ジャイアンツが勝つと、その日は飯がうまくなくなって酒の量が倍量にふえるという。常に弱い者の味方で、必ず最下位のチームを応援する。だから、アンチ・ジャイアンツといっても、ジャイアンツが最下位であった年には懸命にこれを応援していた。「謎と怪奇」にイラストを（もちろん無料で）描いているが、編集者の松原君は、「彼の絵は少女趣味で、この雑誌にはふさわしくない」と手きびしい。

2

さて、その松原君が、かばんのチャックを開けて取りだしたのは、三十枚くらいの原稿用紙の束であった。

「えーと、今月は僕が出題の当番で、犯人あての問題を作らなければならなかったのですが、ここに丁度作品が一篇来ているので、今回はこれを使いたいと思います。表題は『女人《によにん》の館《やかた》』。硲井巌介《はざまいがんすけ》君から投稿してきたものですが——」

「ずるいよ、そんなの。そうしたら君は、一回義務を免れるわけじゃないか」

代田君が抗議を申し込んだ。

「いや、そういうつもりはないよ。僕は今回は出題作品を作らないが、この次誰かが仕事が忙しくてできないというような場合にピンチヒッターに立つ。これならどうだい？」

「うん、それならわかる」

「しかしだね」

と言い出したのは北沢君だ。

「君は編集者としてその原稿を読んだんだろう？　すると、結末がもうわかっていて、折角の犯人あての楽しみに君は参加できないことになるじゃないか。自分で書いた作品なら仕方ないけど、残念だね」

「その点の心配はご無用だ。硲井氏は、結末の部分だけは別にして、この封筒に入れ、封をして送ってきた。だから僕もまだ読んでいないんだ」

テーブルの上には、原稿と並べて、セロテープで厳封したクラフト紙の封筒が載っている。表に、『『女人の館、解答篇』――出題篇を読み終わるまで開封を禁ず」とボールペンで書いてある。

「ふうん。さすが硲井氏だ。周到だな」

北沢君が感服した。が、そうは言うものの、彼はこの硲井巌介なる人物に会ったことはない。北沢君ばかりでなく、グループの誰も会ったことがないのである。「謎と怪奇」の同人は本当は前記の五名にこの硲井君を加えた六名なのだが、この人物だけは一回も月例の犯人あてに参加したことがなく、それ以外にも仲間の前に姿を現わしたことがないのだ。

しかし、雑誌を発行するための会費はきちんと送ってくるし、ほとんど毎号、作品や小気味よい毒舌を並べた作品評をよこすので、グループの一同にとっては、いつも会っているお互い同士と変わらない仲間の一人として扱われているのであった。

ともかく、今回の出題小説は、「女人の館」ということに決定した。

当番の松原君が、原稿の一ページ目を開いて、ゆっくりと朗読を始めた。あとの四人は、メモ用紙の準備をして、じっと耳を澄ました。窓の外は、秋の夜の冷気そのものが鳴り響いているかと思われるほどの虫の声である。

では、作者である私も、読者であるあなたも、しばらくはこの朗読に耳を傾けることにしようではないか。

女人の館　裕井巌介作

その朝は、東京地方には珍しい大雪でありました。白銀と化した街々家々の上には、なおも降り続く雪がしんしんとつもり、まことに美しい眺めです。この美しい純白の街に、あのようなむごたらしい惨劇が行なわれていようとは、ああ、いったい誰が予想し得たでありましょうか。

所は東京の郊外、私鉄の駅から十分ほども歩いたあたりに、古風な邸宅がありました。つたのつるのからんだ、どっしりした赤レンガの建物で、同じく赤レンガの門柱の上には、ガス灯を形どった門灯が、風情を添えている――そんな邸であったのです。

この邸には、この家の持ち主である成城《なりしろ》夫人という中年の未亡人が、五人の若い娘と住んでいました。娘といっても、彼女らは未亡人の実の娘ではありません。五人とも、ある女子大の学生で、この成城家に下宿させてもらっているのです。

お断わりしておきますが、この物語は、いまからおよそ二十年くらい前のことで、当時は、東京の町には下宿やアパートがすくなく、それに男性ならばともかく、妙齢のお嬢さんがあまり環境のわるい所に部屋を借りて住むわけにもいかなかったのです。

未亡人の成城夫人は、広い邸にたった一人で住むのは寂しいからと、女子学生のための下宿をすることを思いたち、たまたま知り合いの小田原《おだわら》助教授がX女子大で教鞭《きょうべん》をとっているところから、地方から来ている教え子を紹介してもらって、家に住まわせることにしたのです。夫人は、昔、ある女学校で行儀作法の先生をしていたような女性なので、娘たちの両親も大変喜んで、安心して娘を下宿させることになったのでした。

さて、その朝、成城家の食堂には、紅茶やトーストの温かい湯気のたつ食卓のまわりに、女子学生たちが集まっていました。しつけのきびしい成城夫人は、娘たちに、日曜日を除いては朝寝坊をすることを許さず、朝食は、皆でそろって食べるというきまりにしていたのです。

「おや？　梅岡《うめおか》さんは？」

確かに、梅岡乙子《おとこ》の姿だけが見えません。

「わたし、起こしてきます」

そういったのは大倉厚子《おおくらあつこ》でした。厚子と乙子は同じ英文科なので、比較的親しくしている仲なのでした。

厚子は、急ぎ足で乙子の部屋に行って、

「梅岡さん、お食事よ」

とドアをたたきました。

ここでちょっと、部屋の位置について説明しますと、玄関をはいった右手に三つの部屋が並んでいて、とっつきが梅岡乙子、二番目が業徳寺《ごうとくじ》恵美《えみ》と京堂《きょうどう》歌枝《うたえ》、一番奥が舟橋《ふなばし》郁代《いくよ》と大倉厚子という部屋割りになっています。つまり厚子がたたいたドアは、玄関の一番とっつきというわけです。

ところがです。声をかけても乙子の部屋からは答えがないではありませんか。あたりは、雪あかりで普段と違った感じなので、はっきりとはしませんが、注意して見るとドアの下から電灯の光がもれているようです。

「起きているのに返事しないなんて。――また眠り込んでしまったのかしら？」

不審に思ってノブをまわすと、ドアはあっけなくあきました。

とたんにけたたましい悲鳴が起こりました。日頃おちついた大倉厚子ですが、部屋の中の様子を一目見たときは、思わずありったけの声をあげてしまったのでありました。

「どうしたの？」

「なにかあったの？」

娘たちが口々に叫びながら駆け寄ってきました。

「なんという声を出すのです？　大倉さんらしくもない」

一番あとから歩み寄った成城夫人は、まゆをひそめながら言いました。が、厚子の震えながら指さす室内を一目見たとたん、さすがの夫人も、その場に棒立ちになってしまったのです。

部屋の中央に、うつ伏せに倒れているのは、ああ、梅岡乙子ではありませんか。若々しい淡緑色のワンピース姿で、その頸《くび》にはオレンジ色の派手なスカーフが食い込んでいます。外出から帰ったばかりだったのか、床の上には茶のオーバーと、上等の皮のハンドバッグが投げ出されていました。

走り寄った夫人が、かがみ込んで、乙子の体に手をかけました。が、すぐ、まっ青な顔を横に振りました。

「駄目。誰か一一〇《ヒャクトオ》番に――」

「はい」

落ちつきをとり戻した大倉厚子が、電話のある部屋に駆けていきました。

こうして、静かな女人の館は、たちまちにして、アビキョウカンの場となったのであります。――

「なんだかやけに古めかしい文章だな」

と言ったのは、代田君だ。

「パロディのつもりでやってんだよ。『新青年』時代の探偵小説の。なかなかおもしろいじゃないか」

と、これは北沢君。羽根木君は、黙ってにやにや笑っている。が、駒場君はというと、犯人あてどころではないらしく、用意のメモ帖にほかの人のように登場人物の名前をメモしようともせず、泣きだしそうな目で宙をにらんでいる。

「ともかく先へ進んでくれよ」

羽根木君がうながした。松原君はうなずいてまた原稿を取りあげた。

3

ややあって到着したのは、警視庁捜査一課の喜多見《きたみ》警部補とその部下たち、地元警察署の狛江《こまえ》部長刑事、それに鑑識班の面々でした。成城夫人と四人の女子学生は、順ぐりに一室に呼ばれて事情を聞かれましたが、そのときの模様を要点だけ記すと次のようになります。

最初事情聴取を受けた成城夫人は、青ざめながらもしっかりと落ちついた態度でした。喜多見警部補の問いに答えて、

「そうですねえ、亡くなった梅岡さんは、正直に申しますと、あまりお友だちから好かれるたちではなかったようです。業徳寺さん、京堂さん、舟橋さんとは、親しくしていたとはいえません。大倉さんとはわりと仲よくしていましたが、それは、大倉さんが誰とでも合わせていける性質の人なのと、大倉さんだけが同じ英文科だったというためもあるのでしょう。はい。業徳寺さんと舟橋さんは国文科、京堂さんは家政科なのです」

「ほかの連中が二人一部屋なのに、被害者だけが一人部屋なのも、友人と仲がよくないからですか？」

「いいえ、これは、そういう理由からではございません。梅岡さんのところももとは二人部屋だったのですけれど、もう一人のお嬢さんが病気で一年休学して郷里に帰っているので、いまのところ一人なのです」

「あまり仲のよくなかった友だちの中の誰かが犯人という可能性は？」

「とんでもありません。皆さんいいおうちのお嬢さんですし、殺すなどという極端なと

ころまでゆくほど恨んでいた理由はなにもありませんもの」

「現場の状況を見ると、被害者は外出から帰ったばかりのようだが、どこか出かけておったのですか?」

「きのうは確か、二時頃学校から帰って、もう一度外出しました。外出については、門限の十時までにちゃんと帰ればいいことにしてあって、出かけるときは一々あいさつしたりはいたしません。でも、たまたま出かける姿を見かけたのです。そのときは、あの淡緑のワンピースにオーバーを着て、オレンジ色のスカーフをしていました。はい、オーバーもバッグも、あの部屋に投げ出してあった茶色のです」

「凶器として用いられたスカーフは、被害者のものでしょうね?」

「はい。オレンジ色の上等の絹のスカーフをいつも使っていました」

「ちょっと待ってください。わたしは男で、女性の服装のことなどよくわからないのだが、あれはそんなに上等な品のようには見えなかったがな」

喜多見警部補は、部下の制服警官を呼んで、なにかをささやきました。うなずいた警官は、すぐ、派手な色のスカーフを持ってきました。

「これですが」

差しだされても、さすがに手が出ません。たったいままで梅岡乙子の頸に食い込んでいたものだと思うと、気丈な夫人も手を触れる気にはなれませんでした。で、そっと首をさしのべてスカーフを観察しました。

「あっ、これは」

「どうしたんですか」

「これは梅岡さんのではありません。梅岡さんのは本絹で、色も幾らか黄色味がかっています」

「で、これは誰のです？」

成城夫人は口ごもっていましたが、

「京堂さんのです」

「京堂歌枝ですか。京堂歌枝というのは、どういう娘です？」

「まじめな娘さんです。おうちは地方の公務員で、五人の中ではいちばん貧しいようですが、それだけに、教員の資格をとって早く両親を安心させるのだと一生懸命勉強しています」

「被害者との仲は？」

「最近なにかあったのか、ろくに口もきかないふうでした。でも、それだからって梅岡さんを殺すなんてことは――」

「それはこっちで判断します。では、これはどうです？」

警部補は、いま一枚のスカーフを取りだして見せました。

「あ、このほうが梅岡さんのです。よく似た色ですけれど、手ざわりがふわっとしていますでしょう。これ、どこにございました？」

「そんなことは、どうでもいいです」

と警部補は不愛想に答えました。実はこの二枚目のスカーフは、床に放りだされたオーバーの下になっていたのでした。

「で、話を戻すが、ゆうべ被害者が帰って来たのは何時でした？」

「正確にはわかりませんが、九時と十時の間だと思います。十時には門の扉を閉めてかんぬきをかい、玄関にも錠をおろすのですが、そのとき玄関の梅岡さんの棚に、はいて行ったブーツがしまってありました。ブーツには雪がくっついていました。雪が降りだしたのは九時でしたから、九時よりあとで十時よりは前ということになります」

「ここでは、点呼のようなことは？」

「べつに致しません。最初の頃は十時になると、お部屋にいるかどうか調べてまわるようにしていたのですが、もうその時刻に寝てしまっている人もあれば、一心に勉強をしている人もあるので、やめてしまいました。十時に戸締りをしてしまいますから、いやでもその前に帰って来なければなりませんでしょ。ですから、皆さん門限はよく守っておりました」

へいをのり越えて、窓からはいるという手があるでしょうが。——と言いかけて、喜多見警部補は口をつぐみました。この邸は、二メートルもあるレンガのへいで取り囲まれています。女の子が一人でのり越えられるものではありません。

それと、いまの成城夫人の話に誤りがないとすると、犯行時刻の点で重要な手がかりが得られたことになり、喜多見警部補はひそかに心はずむものを感じたのです。というのは、さきほど死体を調べた監察医の意見では、「殺されたのは、昨夜の八時から十時のあいだと見て間違いない」ということでした。もちろん詳しい解剖が終わらないと確定的なことは言えないわけですが、経験を積んだ専門家のカンは、それほど大きくは外れるものでないことを、警部補は、これも経験上知っていました。しかるに、被害者が、雪の降りだした午後九時以降に帰宅したとなると推定死亡時刻の範囲は、さらにぐっと縮まって、九時から十時のあいだということになります。

「奥さんは、ゆうべ九時から十時のあいだはどこにいられました？」

「わたくしですか？　自分の部屋で、家計簿をつけておりました。それがなにか——」

「いやいや。ちょっと聞いてみただけです。ありがとう。次に発見者の——えーと、大倉厚子ですか、その子を呼んでください」

成城夫人は、一礼して出て行きました。

大倉厚子は、口をきっと結んで、はいって来ました。青ざめてはいますが、落ちついた口調で、事件を発見したときの模様を物語りました。

「あんたは四人の中では、死んだ梅岡さんと仲よくしておったそうだが、あの人は誰かに恨まれておったのかね？」

「わかりません。舟橋さん、京堂さん、業徳寺さんは、それぞれ梅岡さんを嫌っていました。わたしも、時々はあの人をいやだと思うことがありました」

「わたしと同じお部屋の舟橋さんは、小さいとき小児マヒにかかって右手が不自由なんです。梅岡さんは、そのことをからかったり、馬鹿にするような言い方をするのです。そんなの、いけないって、わたし何度か言ったんですけど、ききめがありませんでした」

「どういうとき？」

その時、制服警官が部屋にはいって来て、警部補の耳になにごとかささやきました。警部補の目が、きらりと鋭く光りました。

「大倉さん。あんた、被害者が妊娠していたことを知っていましたか」

「妊娠？」

厚子は、思わず叫びかけ、顔を赤らめて言葉をのみ込みました。

「気がつきませんでした。まだ初期だったのでしょうか？」

「三か月だそうだ。相手の男に心当たりは？」

厚子は、しばらくうつむいていましたが、やがて決心したように顔をあげ、

「小田原先生だと思います。国文科の」

「国文科の助教授ですか。被害者は英文科でしょう？」

「そうですけれど、小田原先生は、成城のおば様のお知りあいでもあるし、わたしたち五人をみんなご自分の学生のように可愛がってくださいました。先生の奥様も、わたしたちが遊びに行くと歓迎してくださいました。でも最近、梅岡さんが先生と深い関係に

あるような感じになったので、わたしは先生には近づかなくなりました」

「なるほど」

警部補は大きくうなずいてから、

「次に、舟橋さんを呼んでください」

舟橋郁代は、小柄で色白の、どこか寂しそうな娘でした。大倉厚子の言葉どおり、右の腕が細く、肩からぶらんとさがったようになっています。が、しんはしっかりしたたちとみえて、警部補の問いに、まっすぐ顔をあげて答えるのでした。

「梅岡さんがゆうべ九時すぎに帰って来たことは間違いないと思います。ブーツに雪がついているのを、わたしも見ました。わたし、九時十分前頃に、自分の靴をみがこうと思って玄関に行ったのですが、そのときにはまだブーツはなかったし、梅岡さんの部屋に電灯もついていませんでした。わたしは、靴を、自分の部屋に持って行きました。だって玄関は暖房がないのでひどく寒く、ことにゆうべは零度以下になっていたようでした。だから部屋に持って行って、大倉さんとおしゃべりしながらみがいたのです。みがき終わって玄関に持って行ったのは九時半頃で、そのときはブーツがありましたし、梅岡さんのドアの下から明かりがもれていたので、ああ帰って来たのだな、と思ったのです」

「被害者は、あんたを馬鹿にしたり、意地のわるいことを言ったりしたそうだが」

「そういうこともありました。でも、わたしは平気でした。小さい頃から、ひとに意地わるされるのは慣れていますから。そのことよりも不愉快だったのは、梅岡さんが、高利貸しみたいなまねをしていたことです」

「高利貸し？」

「ええ。わたしたちは皆、地方から出て来て下宿しているので、お小づかいに困ることがあります。梅岡さんはおうちが裕福で、お金を沢山送ってもらえるので、困っている友だちに貸しつけて高い利子を取っていたのです。わたしは一回借りてこりたので、それ以来借りないように気をつけていました。でも、利子に利子がついて困っている人もあったようです」

「それは誰だね？」

「そんなこと、言えませんわ」

「しかし、これは殺人事件なんだよ。どんな細かいことでも聞いておかなければ。――あんたが誰かの名をあげたからといって、すぐにそいつが殺人犯人だと考えるわけではないから」

「それなら言います。京堂さんです」

「京堂歌枝？」

「はい。京堂さんは、おうちが豊かでなくて、その上お父さんが病気をされたりして、一時仕送りが来なくて困っていたことがあるのです。梅岡さんからは、ずいぶんお金を借りて、いまでもまだ返せないのだと思います」

「わかった。京堂さんを呼んでください」

喜多見警部補は、ぶっきらぼうに言いました。

4

京堂歌枝は、大柄で力の強そうな女性でした。その反対に気が弱いのか、おろおろした声で、

「梅岡さんにお金を借りていたのはほんとうです。でもそのために疑われるなんて」

「誰もあんたがやったとは言っとらんよ。幾ら借りがあるんだね？」

「二十七万円です。はじめは六万円ぐらいだったんですけど、返せないでいるうちにどんどんふえちゃって」

「梅岡乙子は、返金のさいそくをしていたのかね」

「いいえ。『返したくなけりゃ返さなくてもいいわよ。その代り利子がどんどんふえるだけだから。いよいよとなったら、あなたのお父さんのところに言っていくだけのことですからね』と言っていました。そう言われると、どうしていいかわかりませんでした。両親にだけは知られたくなかったんです。父の耳にはいったら仰天して、どんなにしてでも返すと言うでしょうけど」

「被害者は、小田原という助教授と親しくしとったそうだが、あんたは知っておったかね？」

「知っていました。小田原先生のお宅には、わたしたち、連れだってよく遊びに行っていました。お子さんはないけど、姉さん女房らしい奥さんがいられて、寒いときだと鍋ものをしたり、夏はお手製のアイスクリームだとか氷あずきを作って、もてなしてくださいました。わたしたち、喜んでよく行ったんですけれど、そのうち、五人の中の二人がなんとなく様子がおかしくなってきたので、厭《いや》になって行かなくなったんです」

「様子がおかしいというと？」

「小田原先生を、男性として見るような態度が見えはじめたのです。つまり、その――」

「助教授に恋をしたというわけ？」

「そうです。そりゃあわたしたち皆、先生をすてきな男性と思って憧れてはいました。でも奥さんがあるんだし、具体的な恋愛の対象とは違っていたんです。でもその二人は――」

「二人、二人というが、誰のことだね？」

「梅岡さんと業徳寺さんです」

「業徳寺恵美も小田原助教授を好いとったのか？」

警部補は目をむきました。歌枝はうなずいて、

「一時は、相当烈《はげ》しく張り合っていたようでした。でも梅岡さんが勝ったのです。梅岡さんのほうが美人で才女だから」

「では業徳寺恵美は梅岡乙子を憎んでいただろうな」

「それはもう大変。でも、業徳寺さんが梅岡さんを殺したなんていうことは、あり得ないと思いますけど」

「なぜだね？」

「最近、小田原先生の梅岡さんに対する態度が冷たくなったようでしたもの。先生が梅岡さんを避け始めたようで、梅岡さんは悩んでいました。業徳寺さんは、それを感づいて、いい気味だ、どうなるか見ていてやるのが楽しみだ、なんて言っていました」

「あんたは最近、梅岡乙子の部屋へ行ったことがあるかね？」

「ありません。二週間か三週間くらい、あの部屋にははいったこともありません」

「そうか。ところで、こいつに見憶えはあるかね？」

　警部補が出して見せたのは、例の被害者の頸にくい込んでいたスカーフでありました。

「わたしのです」

「間違いないね。では、あんたのスカーフがなぜ梅岡乙子ののどを締めあげていたのか、その理由が説明できるかね？」

　京堂歌枝は、真っ青になってがたがた震えだしました。

「知……知りません。梅岡さんはスカーフで締められていたって聞いたけど、彼女自身のスカーフじゃなかったんですか？」

「彼女自身のじゃない、こいつだよ」

「そんなこと知りません。わたしのだけど、二、三日前にどこかでなくしたんです」

「あんたは最近梅岡乙子の部屋に行ったことはないと言ったね。じゃあ、ゆうべはどこにいたね。九時から十時のあいだ」

「ずっとお部屋で勉強していました。業徳寺さんも、かぜ気味だとかいってどこへも出かけなかったので、彼女が証明してくれます」

「では、その業徳寺さんに来るように言ってください」

歌枝は立ちあがってよろめくように出て行きました。入れ代わりにはいってきた業徳寺恵美は、女子学生とも思えない色っぽい視線を喜多見警部補に投げて、

「やっとわたしの番ね。なにをお聞きになりたいの？　警部さん」

「警部ではなくて警部補だよ。ところで、小田原助教授という人を知っているね？」

「もちろん知っていますわ。とってもすてきな先生」

「被害者が、その先生と関係をもっていたという事実は？」

「それももちろん知っていてよ。彼女、おなかに先生のベビーまで宿していたでしょう？」

「そこまで知っていたのかね？」

「それは当たり前でしょ？　あたし、彼女と小田原先生とのことについては、特別敏感なの。恋の敗北者ですからね。ほかの人たちは、多分そこまでの微妙な点には気がついていなかったでしょうけど」

「で、口惜《くや》しくなかったのかね？　あんたは」

「ぜーんぜん。そりゃあ最初はもちろん口惜しかったわよ。先生を取られた当座はね。乙子を締め殺してやりたかった。でもいまでは熱もさめたし、乙子がベビーを宿して悩んでいるのは、ほんとにおもしろい見ものだったわ」

「小田原助教授は、ことをどのように始末するつもりだったのかね？」

「さあねえ。先生も悩んでいたと思うわ。ベビーを処置して、乙子とも別れればいいわけだけど、乙子がうんと言いそうもなかったしね。そうかといって、先生は奥さんと離婚するわけにもいかないの。だってあの奥さんは学長の妹さんなのよ。はじめの結婚に失敗して売れ残っていたのをもらってあげてから、小田原先生は万事がとんとん拍子だったというわけ。いまさら別れられるわけ、ないでしょ」

「わかったわかった。で、あんたは、ゆうべ九時から十時のあいだ、どこにいたかね？」

「部屋よ。歌枝といっしょにいたわ。ラジオで好きなディスクジョッキーがあったから、その一時間はおトイレにも行かないで聴いていたわ。歌枝が勉強してたから、イヤホーンで聴いたんだけど」

「そうか。いや、ありがとう」

　これで喜多見警部補は、この女人の館の住人のすべてから、事情聴取を終わったわけであります。

女人の館を出た警部補は、狛江部長刑事とともに、X女子大学に小田原助教授を訪ねたのでした。業徳寺恵美が「すてきな先生」と言っただけあって、助教授は、四十歳をすこし出たくらいの、すらりとした、なかなか魅力的な男性でした。まあ言ってみれば、硲井巌介氏とピーター・オトゥールを足して二で割ったというところでしょうか。

「えっ？　梅岡乙子が急死？　それはまた可哀そうに。交通事故ですか？」

小田原助教授は、まゆをひそめました。

「いや殺害されたのです」

「殺害？　どうしてまた」

助教授は、信じられないというように、息をのみました。喜多見警部補は、じろりとその顔を見て、

「あの娘が妊娠中だったことはご存知ですか？」

「いや。知っているわけないじゃないですか。あの子は、知りあいの婦人がやっている下宿にいて、よく友だちと連れだって遊びに来てはいましたが、直接の教え子ではないし、そんな詳しいことまでは知りませんよ」

「では、腹の子供の父親に、心当たりはないと言われるのですな」

「妙な言い方はよしてくれ給え。なんの証拠があってそんなことを――」

「まあまあ、怒らんでください。ところで、ゆうべ九時から十時のあいだ、どこにおられました？」

「もちろん自宅ですよ。あの女子学生たちの下宿から、車で五分くらいのところです。ゆうべは女房が用事で実家に帰ってそちらに泊まるので、わたしは外で夕食をすませて、七時頃家に帰りました。そしてひとりで読書をしていましたが、二時間くらいしてそれにも疲れたので、隣の藤沢さんに電話して『チェスをやりませんか』というと、喜んですぐやって来ました。隣の主人とわたしとは、たまたま同じチェスが趣味で、いつも一戦交じえる仲なのです。藤沢さんが玄関にはいって来ながら、『雪がふりだしましたよ』と言いました。あれがちょうど九時頃だったと思います。それから十二時近くまで、勝負に夢中になって、藤沢さんが帰るときになって、だいぶつもっているのに二人でびっくりしたのです。もちろんそのとき、まだ降りしきっていましたよ、雪は」

「わかりました」

喜多見警部補は、女子大を出ました。それからすぐに、小田原助教授の隣人の藤沢氏のところへ助教授の陳述の裏付けを取りに行ったことはいうまでもありません。藤沢氏の証言によって、助教授が昨夜九時頃から十一時半頃までのあいだ、一歩も家を出なかったことは疑いない事実であることがわかりました。

解剖の結果、梅岡乙子の推定死亡時刻は、最初の所見どおり、午後八時から十時のあいだ、死因は柔い布で頸を絞められたものとわかりました。胎児について血液型を調べた結果は、小田原助教授が父親である可能性はかなり濃厚だが、同じ血液型の男はほかにも存在し得るので、父親と断定はできないとのことでした。

なお、室内は荒らされた形跡は全くなく、室内から検出された指紋は、本人のほか、成城夫人と友人の女子学生たちのもの以外にはありませんでした。最後に、この夜、東京地方の雪は、ほとんど九時に降りはじめたと、気象台のデータに記録されています。

さて、読者の皆さん、梅岡乙子のうら若い生命を奪った殺人鬼は、いったいどこの誰なのでありましょうか。

5

「ここまでで、出題篇は終わりです。皆さん、解答を出してください」

松原君が、顔をあげて言った。静まり返っていた室内に、にわかに賑《にぎ》やかなおしゃべりが戻ってきた。

「わからねえな。きょうのは難しいよ」

と、羽根木君。

「動機のあるのは四人だな。舟橋郁代は、不具の腕を馬鹿にされていた。京堂歌枝は、被害者から借金していた。業徳寺恵美は、小田原助教授をはさんでの恋のライバルだった。そして助教授は、妊娠した愛人が邪魔になって持てあましていた。——成城夫人と大倉厚子は動機がないようだが」

と、首を傾《かし》げるのは北沢君だ。代田君が、ボールペンの頭でテーブルをこつこつたたきながら、

「しかし、動機のある人間には全部アリバイがあるだろう？　厚子と郁代、歌枝と恵美がそれぞれ同じ部屋でアリバイを証明し合っている。推定死亡時刻は八時から十時とかなり幅があるが、被害者が雪が降りだした九時より以後に下宿に帰って来たことはブーツについた雪で証明されるから、この幅は九時から十時と限定される。ところがこの時刻に小田原助教授は自宅にいた。だからこの五人にはすべてアリバイがある。成城夫人だけがアリバイがないが、この人には北沢君が言ったとおり動機がない。すると犯人は誰なんだ？」

「僕は駄目だ。全然わからない。大体、かんじんの松原君の朗読がまるっきり頭にはいらなかったんだ」

駒場君が泣き声を出した。

「松原君、君の推理は？」

北沢君が聞いた。松原君は、にやりとした。

「僕の推理は、みんなのとは違うんだ。根本的にべつな推理なんだ」

「というと、この登場人物の中には犯人はいないとでもいうのかい？」

「いや、そういう意味じゃない。いま読みあげたこの小説についていえば、登場人物の一人が確かに犯人なのだろうと思うが、これは羽根木君に推理してもらうのがいいと思うよ。彼ならきっと、解答をドンピシャリと出してくれるから」

「どうしておれが、解答を出さなきゃいけないんだ？」

羽根木君は、もじもじして言った。

「いいじゃないか。犯人がわかったんなら言ってくれよ。おれにはわからない」

北沢君が言った。羽根木君はためらっていたが、にやっと笑って、

「よし、じゃあやるか」

とすわりなおした。

「えーと、順に言ってゆくとだね。北沢さんが言ったとおり、成城夫人と大倉厚子には、梅岡乙子を殺す動機がない。では動機のある四人を一人ずつ消していこう。まず舟橋郁代だが、彼女は犯人ではない。彼女は梅岡乙子に意地わるをされて恨んでいたかもしれないが、彼女は犯人ではあり得ない。なぜなら、彼女は片手が不自由だ。人間の頸をスカーフで締めるのには両手がいる。従って犯人は舟橋郁代ではない。次に、京堂歌枝だが、彼女もまた犯人ではない。彼女がもし梅岡乙子を殺したのだとしたら、その動機は借金だ。であるから、殺害したあとで、歌枝は、乙子がつけていた貸し金のメモとか自分の書いた証文とかを持ち帰ろうとして探したはずだ。そういうものが出てくると、あとあとまずいからね。うまく手に入れられるかどうかはべつとしても、一応探そうとするのが当然だろう？　しかるに、乙子の部屋は全く荒らされていなかった。だから歌枝は犯人ではない」

「ふむふむ。それで？」

「第三に業徳寺恵美だが、これも犯人とは考えられない。理由は、彼女自身も言ってい

るように、梅岡乙子が子供まで宿して悩んでいるときに、わざわざ殺さなければならない理由がない。小田原助教授を中にはさんで争っている状態なら、もちろんライバルだから、相手を排除するということは考えられるし、助教授の心が子供ができたことでいよいよ乙子に傾いているのだったら、恵美が乙子を殺すということもあり得るけれど、実状は助教授は迷惑がって乙子を避けようとしている。こういう状態では、業徳寺恵美としてはむしろ、いい気味だと、意地わるな喜びをもって成り行きを見守るというほうが自然だろう？　従って犯人は業徳寺恵美でもない」

「すると、小田原助教授以外にないじゃないか」

「そのとおり」

「そのとおりったって、助教授にはアリバイがあるんだぜ。九時以降は、隣の主人と自宅でチェスをやっていた。一方、梅岡乙子が雪のついたブーツをはいて帰って来ていることを成城夫人と舟橋郁代が証明している」

代田君が、テーブルの上のメモ用紙を指でつついた。

「ブーツについていたのが雪だと誤認したことが犯人の思うつぼだったんだよ。これは雪じゃない。かき氷さ。小田原助教授の家に遊びに行くと、氷あずきをつくってくれると言っていたろう？　助教授は、細君のるすの夜を利用して梅岡乙子を家に呼んだ。そして彼女のスカーフで絞殺した。それから冷蔵庫の氷を、かき氷を作る機械でかいて魔法びんに入れ、乙子の死体と一緒に車で女人の館へ運んだ。死体を乙子の部屋にほうり込んだとき、部屋に京堂歌枝のスカーフがあるのを見て、それを使って絞めなおした。歌枝に疑いをかけるためにね」

「しかし助教授は、一日でそれを京堂歌枝のスカーフだと気づいたのかい？　おれなんか、どの女の子がどんなスカーフをしてたか、一々憶えていられないがなあ」

と北沢君。

「そこが女たらしの偉大なところさ」

と羽根木君はすましている。

「京堂歌枝は、その前の晩に、梅岡乙子の部屋に行って、返金をもうすこし待ってくれと頼んだ。そして『いいわよ。待てば待つだけ利子がかさむんだから』と言われた。そのとき乙子の部屋にスカーフを忘れて来たんだ。彼女は、スカーフを忘れた場所を記憶していたんだけど、まずいと思って、どこでなくしたかわからない、乙子の部屋にはこのところ行っていないと言った。さて、小田原助教授はというと、持って来たかき氷を、乙子のブーツにぬりつけ、雪の中を歩いて来たように見せかけた。天気予報で、もうすぐ雪が降りだすのを見越していたのだ。そして車で急いで家に帰り、すぐ隣の主人に電話して、チェスにさそったというわけさ」

「うーむ。見事な推理だ」

代田君が感嘆した。羽根木君は、あわてて、

「いや、そう言われると困る。これは実は——」

言いかけたとき、松原君が言葉をはさんだ。

「待て待て。そのタネあかしは僕にさせてくれ」

「なんのタネあかしだって？」

代田君が、きょとんとして聞いた。

「僕は全く異なった種類の推理をもっていると、さっき言ったろう？　それをこれから披露しようと思うんだ。結論を先に言うとこうだ。いま読みあげた犯人あて小説『女人の館』の作者は、誰あろう、ここにいる羽根木和政君なんだ」

「そ……そんな。作者は硲井君だと言ったじゃないか。硲井巌介君」

「そのとおりだよ。硲井巌介こと羽根木和政君さ。つまり一人二役なんだ」

「ほんとかい？　羽根木君」

「ああ」

羽根木君は、てれたように笑った。

「自分で自分の書いた小説の犯人を当てたんじゃフェアじゃないから、ここらで正体を現わすことにしようと思ったところだ。知人の住所を借りて郵便物を出すのも、もうそろそろ面倒くさくなったしね。それにしても松原君、どうしてわかったんだ？」

「朗読しているうちに気がついたんだ。僕が硲井巌介イコール羽根木和政であると考えるに至った理由は、実は四つある」

「聞かせてくれよ」

「おもしろい」

北沢君と代田君が身をのりだした。

「まず、その第一は、『女人の館』の舞台に、この神泉家がモデルとして使われていることだ。神泉さんの家は、古風なレンガづくりで、ミステリの舞台にはもってこいだから、誰かが使ったとしても不思議はない。が、硲井巌介氏は、一度も例会に出席したことがなく、この家に来たこともないはずだ。それなのに明らかにこの家と思われる邸をモデルにしているのは、われわれの中の誰かの変名なのではないか、と想像するのが自然だ。

第二に、わが羽根木和政君は、諸君も知っているとおり、日本史――それも、平安時代を専攻している。なぜこの時代を選んだかというと、女性が沢山登場するからだそうで、女子学生ばかりの下宿で起きた殺人事件というテーマは、フェミニストの同君にまことにふさわしいと言わなければならない。

第三に、この作品に登場する五人の女子学生の名前だが、大倉、舟橋、京堂、業徳寺、梅岡というこの名について、なにか気づくことはないだろうか？」

「なんだか、どっかの駅の名みたいだな」

「そのとおり、東京の南西部を走っている私鉄、小田急線には、次のような名の駅が並んでいる。いわく、祖師谷《そしがや》大蔵《おおくら》、千歳《ちとせ》船橋《ふなばし》、経堂《きょうどう》、豪徳寺《ごうとくじ》、梅ケ《うめが》丘《おか》だ。この中の祖師谷大蔵には、女流推理作家仁木悦子女史が住んでいる。いつだったか僕は、羽根木君と二人連れだって、『謎と怪奇』に随筆を書いてもらう依頼に仁木女史を訪ねたことがある。そのとき、羽根木君は『ほう。なかなか風雅な駅名があるじゃない』と、だいぶ興味をもったようだった。いま言った五つの駅は、祖師谷大蔵から新宿のほうに向かって――つまり上りの方向に言ったものだが、下り方向の駅の名を言うと、成城《せいじょう》、喜多見《きたみ》、狛江《こまえ》であり、さらにだいぶ先のほうに藤沢があって、最後の終点が小田原だ。登場人物の名がすべて小田急線の駅名にちなんである事実に気づいたとき、僕は、仁木女史訪問の折りに羽根木君が小田急線の駅名に興味をもっていたのを思いだしたのだ。

最後に、これは二人一役の決定的な根拠になると思うのだが、『羽根木和政』をローマ字で書くとHANEGI KAZUMASAとなる。この十四文字を並べ変えてできる名前はHAZAMAI GANSUKEすなわち『硲井巌介』だ。どうだい？」

「見事見事」

一同は手をたたいた。沈んでいた駒場君までが、やっとわずかに笑顔を見せた。

「そうだ。僕、忘れていた。これ、持って来てたんだ。皆で飲んでくれ」

駒場君は、テーブルの下に置いていた紙袋からウイスキーの角瓶を取りだした。

「いやあ、こいつはいい」

「さすがは駒場君だ」

一同大喜びであった。

「キッチンから氷をもらって来よう」

松原君が、立って部屋を出て行った。

6

一分くらいもたった頃であろうか。突然、部屋の天井のシャンデリヤがぱっと消えた。あたりは漆黒の闇である。

その闇の中で、

「誰だっ、なにをする」

という叫び声が起こった。

「どうした?」

「なにかあったのか?」

口々に叫ぶ声。それにダブって、人間が床に倒れる音とうめき声が聞こえた。

「どうしたんだ? なにか起こったのか?」

部屋の戸口で松原君が叫んでいる。

「松原君。安全器を見て来てくれ。停電なのだったら、懐中電灯かローソクを借りて――」

羽根木君の声が、緊張しながらもてきぱきとした口調で言った。

しばらくして、ぱっと電灯がついた。

「ブレーカーを戻したらついたよ」

松原君が駆け戻って来たときには、あとの三人は倒れた一人のまわりにかがみ込んでいた。床のじゅうたんに仰向けに倒れているのは駒場君だった。眼鏡がふっとび、ひたいの左上に大きなこぶができて血がすこし流れている。外傷としては大したことはないように見えるが、ぐったりと目をつぶったまま、呼んでも答えないところを見るとただごとではない。

「どうしたっていうんだ?」

松原君も近寄ってのぞき込んだ。が、壁ぎわを指さして、

「あれ、なんだ」

と叫んだ。三人は一せいに松原君の指さしたほうを見た。壁の近くに、青緑色をした金属製の花瓶が、ころがっている。つぼの部分が丸くふくらみ、首が細長くのびている形の花瓶で、ふくらんだ部分に、赤い血がついているのが、人々の背筋を寒くしたのであった。

「なにかありまして?」

戸口から、神泉夫人がのぞいた。が、

「まあ、駒場さん。どうなさいましたの?」

と、叫んだ。

「駒場さんに、駒場さんになにかあったの?」

家の奥のほうから駆けだして来たのは、真知子嬢だった。母親を押しのけるようにし

てのぞき込んだ彼女は、絹を裂くばかりの悲鳴と共に室内にまろび入った。

「駒場さん。死んじゃだめ、死んじゃだめっ」

倒れている駒場君に取りすがって、烈しく泣き始めた。気のせいか、意識を失っていても駒場君のほおには、ぽっと赤味がさしたように見えた。

「そんなにひどい怪我《けが》ではないと思いますが、救急車を呼んだほうがいいでしょうね。それから警察にも知らせて――」

いつのまにか、人々の群れを離れて、一人窓を背にして立っていた羽根木君が言った。

「警察？　でも、いったい誰が駒場さんをあんな目に――」

おろおろする神泉夫人を、落ちついた目で眺めやった羽根木君は、一歩体を横にずらした。

「わかりませんが、おそらく強盗でしょう。ほら、さっきまで閉まっていた窓が、明かりの消えていたあいだにこのとおり開けられています。ここからはいったんですよ」

その言葉に、松原君が、ぎょっとしたように振り返った。犯人あてゲームをやっていた時には閉じられていた窓の戸が開け放されて、流れ込む秋の夜風に、カーテンが何ごとも知らぬげに揺れているのであった。

神泉夫人の電話で、パトカーと救急車が到着したのと、駒場君がうっすらとまぶたをひらいたのと同時だった。

「駒場さん。気がついたの。よかった」

真知子嬢は、一だんと声を張りあげて泣いた。救急車で運ばれてゆく駒場君に、彼女は、まるで新妻のように甲斐甲斐《かいがい》しくつき添って同乗して行ったのであった。

さて、残った面々は、もとより探偵小説が飯より好きな手あいばかり。警察の指紋採取や足跡の検証を、おもしろそうに遠まきにして眺めていた。が、一同が期待したほどには、興味ある事実は出なかったようだった。

結局のところわかったのは、凶器は例の金属製の花瓶であるらしいこと、花瓶は、その日の昼間、神泉夫人が飾り棚を掃除したついでによく拭ってそこに置いたもので、花瓶の表面から検出されたのは夫人の指紋数個だけであったこと。今夜はこの付近一帯には停電はなく、神泉家だけの一時的な停電で、おそらくは同家の配線か電気器具のどれかがショートしたのであろうということであった。同家の安全器には、ヒューズでなくブレーカーがついていて、どこかがショートすると自動的に電流が切れ、ブレーカーを戻すとまた電流が流れる式になっているのだった。

なお、例の羽根木君の指摘した応接間の窓は、その下が花壇になって草花が植わっていたが、そのあたりの草や土が何者かによって踏み荒らされていた。おそらく、その何者かは、窓の下に身をひそめて室内の様子をうかがっていたが、電灯が消えたのを幸い窓の戸をあけて室内に闖入《ちんにゅう》、それに気づいて抵抗しようとした駒場君を、たまたま手に触れた花瓶を使ってなぐり倒した。そのうちに人々が騒ぎ出したので、あわてた賊はまた窓から逃げ去ったのであろう。——というのが、警察のたてたおよその推測であった。

窓は、扉が閉めてあっただけで、中から錠はまだおろしてなかったのである。

「駒場君の倒れる音のした直後、誰かが、窓をとび越えて逃げて行くのが、かすかな星あかりをバックにして見えました。電灯がついたとき、僕らの仲間は全員ここにいたのですから、あれは外部から侵入した人間です」

という、羽根木君の証言が、この推測を裏づけていた。

検証や事情聴取が全部終わり、一同が神泉家を出たのは、終電車に近い時刻だった。病院に電話をかけて様子を聞いたところでは、駒場春樹君の容態は大したことはなく、明日になれば家に帰れるだろうということだった。かたわらに神泉真知子嬢がつきっきりで看護しているという話で、冷やかし気味にくすくす笑いながら話してくれた若い看護婦の口ぶりから、そのおあついさまは見なくても想像がつくというものであった。

「しかし、よかったなあ。大したことにならなくて」

夜道を歩きながら、代田君が大きな息をついて言った。北沢君が、

「それにしても、変な強盗だなあ。いきなりはいって来て、駒場君をなぐりつけただけで逃げてゆくなんて。おい、羽根木君。きみが暗がりで見たというのは、大体どんな男だったい？　背恰好《せかっこう》やなんか」

「さあね」

と、羽根木君はすましている。

「さあねって、きみ見たんだろう？」

「今夜のことは、僕よりも、今夜の共犯者に聞いてもらいたいね」

「共犯者？　それは誰のことだい？」

「この人」

羽根木君は、腕をあげて、まっすぐ松原君を指さした。

「松原君が？　なにを言うんだい、きみ。それに、共犯者だなんて、主犯はいったい誰なんだい？」

「駒場君だよ、主犯は」

「え？　ますます何が何だかわからなくなった。詳しく説明してくれよ、頼む」

「よし。じゃあ話そう。共犯者の立場としては、やっぱり話しにくいだろうからね。駒場君は、最近真知子さんが相手にしてくれないので、ひどく悩んでいた。それは皆も知ってるとおりだ。そこで駒場君は今夜の芝居を考えつき、松原君に相談をもちかけた。いや、それともこの計画は、松原君が考えついて駒場君に吹き込んだのかな。まあ、その辺のことはどっちでもいい。

駒場君が何者かに襲われて怪我をする。そのとき、真知子さんはどうするだろうか？もし真知子さんがほんとうは駒場君を愛していて、ただちょっとした行きがかりや意地からあんな態度を見せているのなら、この機会に真情を見せてくれるだろうし、もしあくまでも態度が変わらないなら、駒場君としては諦めるよりないだろう。いまのままの状態では耐えきれないと思った駒場君は、非常手段に訴える決心をしたんだな。

駒場君がウイスキーを出して皆に奨《すす》めた。それが合図で、松原君はキッチンに氷を取りに行き、電気の安全器を開けた。明かりが消えると、駒場君は、一人芝居で叫び声をあげ、棚の上の花瓶を取って自分の頭をぶんなぐった。なかなかできることじゃない。恋する者の情熱は怖ろしいよ」

「ちょっと待った。あの花瓶には、神泉夫人の指紋しかついていなかったんだぜ」

「もちろんハンカチをかぶせてつかんだのさ。決まってるじゃないか」

「しかし、駒場君はハンカチを持っていないハンカチを忘れて来たと言って、僕から借りたじゃないか」

「それはハンカチを持っていないということを皆に印象づけるためさ。実はポケットに一枚持っていたんだ。現に僕は見たもの」

「見た？　なにを」

「ハンカチをさ。僕はその段階まではもちろん、あれが芝居だとは気づいていなかった。で、松原君に、停電かどうか見て来いと言った。松原君は、見に行くふりをして安全器をもとに戻し、電灯をつけた。そして、ころがっている花瓶に僕たちの注意をひきつけておいて、駒場君のポケットからハンカチを出して自分のポケットに突っ込んだ。瞬間的にだけど、僕はそれを見た。その瞬間にこのからくりがわかったんだ。駒場君が自分で自分の頭をなぐり花瓶をほうり出し、ハンカチをポケットに戻した。——ということは、気を失ったふりをしているのであって、大した怪我じゃないということも察しられた。

それはいいとして、まずい点が一つあった。あのままの状況では、室内にいた僕たちの中の一人が犯人ということになってしまう。僕たちに疑いがかからないためには、あれが駒場君の芝居だったということを公表しなければならなくなる。それでは困るので、僕は、皆が真知子さんの激情の表明に気をとられているあいだに、そっと窓をあけ、窓から誰かが侵入したという話をでっちあげた。あとで聞いたところでは、窓の下の花壇が踏み荒らされていたというから、この芝居の本来の筋書でも、犯人は窓から侵入して来たということになっていたんじゃないのかな？」

「そうなんだ」

松原君は、ばつがわるそうにうなずいた。

「皆が集まる前に、駒場君があの庭にしのび込んで、窓の下を踏み荒らしておいたんだ。そして、電灯が消えているあいだに僕が窓をあけるという手はずになっていたんだが、やっぱりあがっていたとみえて、その作業を忘れたんだ。羽根木君がいてくれたので助かったよ」

「いいさいいさ。真知子さんと駒場君は、これで多分、ストレートにゴールインするよ。全く今夜はいろいろとおもしろかったな」

北沢君が言った。

四人は、星くずのまばらな夜空にむかって、てんでに大きくのびをし、それから、駅のあかりめざして足を早めたのであった。

編者解説

日下三蔵

国産ミステリの歴史の中でエポックとなった作家は誰か、と言われたら、十人中十人が大正末期の江戸川乱歩、昭和三十年代の松本清張、昭和末期の綾辻行人の三人を挙げるだろう。彼らの登場はジャンル自体の流れを大きく変えた。人によっては、これに昭和四十年代の横溝正史ブームを加えるかも知れない。

このうち松本清張は「社会派推理」という用語を生み出し、それまで「探偵小説」と呼ばれていた国産ミステリを、現在の「推理小説」へと変革した功労者である。ミステリの世界には「清張以後」という言葉もあるくらいで、それは間違いではないのだが、清張よりもひと足早く革新的な作品を発表していた作家がいた。それが本書の著者・仁木悦子なのである。

第三回江戸川乱歩賞を受賞し、一九五七（昭和三十二）年十一月に大日本雄弁会講談社（現在の講談社）から刊行された仁木悦子の推理作家としてのデビュー作『猫は知っていた』は十万部を超える売上を記録して、日本のミステリにおける初めてのベストセラーとなった。松本清張が『点と線』『眼の壁』でこれに続くのは翌五八年のことである。

それまでとは桁違いの読者を獲得したことで、一部の愛好家が楽しんでいた小説ジャンル「探偵小説」は広く一般大衆が手にする「推理小説」としてエンターテインメントの中心的存在へとなっていく。

当時の状況については、昨二〇一七年に中公文庫で編んだ仁木悦子の初期傑作集『粘土の犬』で詳しく述べたから、ぜひそちらを参照していただきたい。ここでは仁木悦子の経歴について、最低限のことだけを書いておこう。

仁木悦子は一九二八（昭和三）年、東京に生まれた。四歳の時に胸椎カリエスを発症して病床と車椅子での生活を余儀なくされ、自宅で次兄・義光氏の教育を受けて成長する。本姓の大井三重子名義で雑誌に童話や詩を投稿し、五五年ごろには新進の童話作家として注目されていた。

一方でハヤカワ・ポケット・ミステリを愛読する推理小説ファンでもあり、初めて手がけた長篇『猫は知っていた』を作中の探偵役の一人と同じ仁木悦子名義で刊行してベストセラーとなったことで、推理作家として活動するようになった。

当初は病気で寝たきりの若い女性がミステリの賞を受賞したということがマスコミに大きく報じられ、それがベストセラーにつながった訳だが、実際の作品は平易な文章で社会や世相の機微が活写され、謎解きものとしても優れているという極めて良質なものであった。数度の手術を経て車椅子生活が出来るまでに回復したが、体力的な問題もあって量産には向かなかった。その代り、長篇、短篇を問わず一作一作が力作ぞろいで、「日本のクリスティ」と呼ばれた。

八六年に亡くなるまで推理作家としての活動期間は三十年に及んだが、残した作品は長篇十一作、短篇集二十冊と、決して多くはない。しかも短篇集は重複を除くと実質的には十六冊分であるから、いかに仕事を絞っていたかが、よく分かる。

前述の中公文庫版『粘土の犬』は第一短篇集『粘土の犬』(58年7月/講談社)と第二短篇集『赤い痕』(61年3月/東都書房)を合本にした初期傑作選だったので、続くちくま文庫の復刊には八一年の作品集『赤い猫』をベースとし、七五年以降の作品三篇を増補してみた。『粘土の犬』と対になる後期傑作選である。

『赤い猫』を選んだのは、各篇の質が高いレベルで安定していることは当然として、表題作が連城三紀彦「戻り川心中」と共に第三十四回日本推理作家協会賞短編部門を受賞していること、これまで著者が生み出してきたシリーズ探偵が揃って顔を見せていることが理由である。

まずは短篇「赤い猫」が推理作家協会賞を受賞した際の、著者のコメントをご紹介しておこう。

受賞の言葉

このたび、推理作家協会賞をいただくことになり、びっくりしています。遠い遠い昔の江戸川賞以来、賞というものには縁がないように思い込んでいたのでした。江戸川賞は二十四年前のトリ年で、タイトルに猫がはいっており、今回もなぜかトリ年でタイトルに猫があります。トリと猫は、私にとって縁起がいいのでしょうか。

受賞のしらせを戴いて以来、しきりに思い出されるのは、故江戸川乱歩先生のことです。拙い長篇で江戸川賞を受賞したとき、先生は、まだ二十代の駈けだしの私に「あんたはきっと短篇も書ける人だよ。長篇も短篇も、両方とも頑張って書きなさいよ」と励ましてくださいました。それ以来、長篇にも短篇にも私なりに努力してきたつもりです。先生がご存命であったら、おそらく今回の短篇賞受賞を誰よりも喜んでくださったのではないかと思い、もう一度駈け出しの頃に戻って、頑張ってゆきたいと考えております。

続いて各選考委員の選評から、仁木作品について触れた箇所を抜粋しておく。

権田萬治「仁木悦子の「赤い猫」は、犯人の設定に無理もあるが、風変わりな安楽椅子探偵ものの趣きがあり、それなりにまとまっていて、これまでの作家的業績を考えれば二編受賞してもいいと思った」

陳舜臣「短篇は去年にくらべて、豊作であったような気がする。仁木悦子氏の『赤い猫』は、いかにも仁木さんらしい仕立ての作品で、じゅうぶん堪能できた」

星新一「今回の候補作品のなかでは「戻り川心中」が読後感で群を抜いていた。(中略)文句なしの傑作である。

短編部門で第二に好感を持てたのは「赤い猫」である。完成度の点ですぐれている。書き流していないところがいい。

最近の月刊誌の傾向を見ると、目次をにぎやかにしたがるため、作品一編あたりの枚数がへっている。その制約のなかでミステリーを書くとなると、奇妙な味のタイプを狙わざるをえない。推理的なものを重視した作品となると、ある程度以上の枚数を必要とする。今回、短編部門の候補作に小説現代掲載の作品が多かったのも、そこに原因があるのかもしれない。同誌は他より厚いそうだ」

三好徹「短編部門では、仁木、連城両氏が各選考委員によって認められた。仁木氏の「赤い猫」は、氏ならではの作品である。そこには確かな手応えをもって仁木悦子の世界がくりひろげられており、読後感は爽快である。推理小説は殺人や犯罪を扱うために、ともすれば重苦しくなりがちだが、仁木氏の作品には処女作以来、一貫して澄んだものがあり、これは貴重な資質である」

山村正夫「仁木悦子氏の「赤い猫」は、ほのぼのとした味わいに富んだ好短編である。作中の老未亡人の安楽椅子探偵ぶりや少女の微笑ましい悪戯など、いかにも仁木さんらしい温味に溢れている。結末の偶然性がちょっと気になったが、本格推理のツボを心得た小説作りのうまさはさすがというほかない。ベテラン中のベテランだけに、いまさらながらという感じがしないでもないが、協会賞は本来、ベテラン作家に贈る賞なのである」

作品の質の高さとは裏腹に、仁木悦子はデビュー作の江戸川乱歩賞以降、賞には恵まれず、推理作家協会賞も第十一回（五八年）の「粘土の犬」、第十二回（五九年）の「かあちゃんは犯人じゃない」、第二十五回（七二年）の『冷えきった街』、第二十八回（七五年）の『灯らない窓』、第二十九回（七六年）の『青じろい季節』に続く六度目のノミネートで、ようやく受賞している。

この受賞作をタイトルにして八一年六月に立風書房から刊行されたのが短篇集『赤い猫』である。八四年四月には講談社文庫に収められ、同年十一月には立風書房から新装版が出ている。モノクロの書影では分かりにくいかも知れないが、二冊の立風書房版は同一のカバーデザインで、八一年版が青地、八四年版が赤地になっている。

いずれもカバーそでに「受賞のことば」からの抜粋があり、八一年版のみ帯に権田萬治氏の推薦文「最良の作家的資質が結晶した推理短編集」がある。

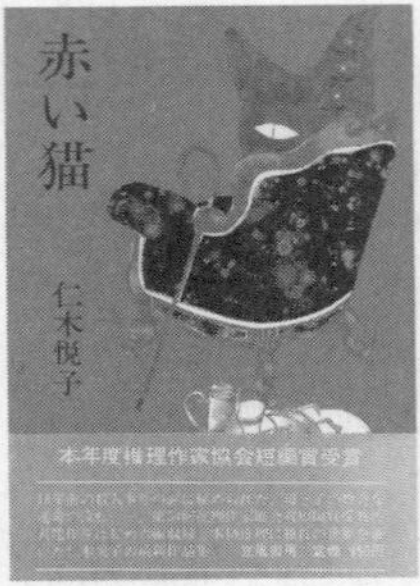

立風書房刊の単行本

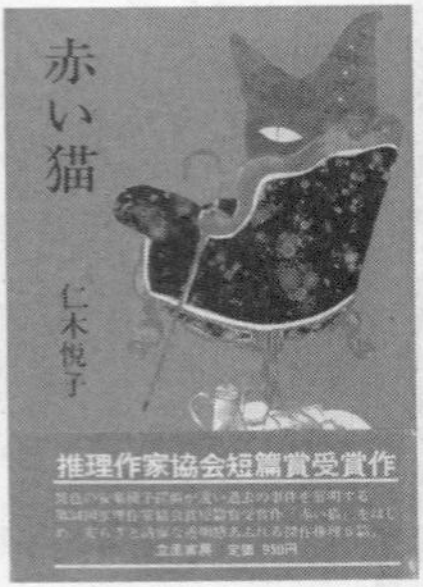

84年版の単行本（立風書房刊）

講談社文庫版

仁木悦子さんは推理作家になる前に童話作家として出発した。だから氏の推理小説にはどんなむごたらしい殺人が描かれていてもふしぎな安らぎと清潔な透明感がある。不可解な謎を解く透徹した視線の背後に罪を犯す人間を見詰める優しさが秘められている。異色の安楽椅子探偵が遠い過去の事件を解明する中ではからずも悲劇的宿命に直面する推理作家協会賞受賞作の「赤い猫」をはじめ、本作品集に収録された最新短篇にはそういう氏の最良の作家的資質が見事に結晶している。

各篇の初出および登場する探偵役は、以下のとおり。

赤い猫　「小説現代」80年3月号

白い部屋　「小説宝石」80年5月号　※三影潤

青い香炉　「野性時代」80年6月号　※仁木雄太郎

子をとろ　子とろ　「ベルママン」79年9～11月号　※浅田悦子

うさぎさんは病気　「ベルママン」79年12月～80年2月号　※浅田悦子

乳色の朝　「小説推理」81年2月号　※吉村駿作

私立探偵の三影潤は長篇『冷えきった街』、短篇「夢魔の爪」「夏の終る日」「緋の記憶」「青い風景画」などに登場。ハードボイルド・タッチの事件が多いが、本篇では銃弾を受けて入院生活を余儀なくされ、安楽椅子探偵として事件を解決している。

初期作品には音大生の妹・仁木悦子がワトソン役、植物学を専攻する大学生の兄・雄太郎が探偵役を務める兄妹探偵の起用が多かった。長篇『猫は知っていた』『林の中の家』『刺のある樹』『黒いリボン』、短篇「灰色の手袋」「弾丸《たま》は飛び出した」「暗い日曜日」などである。後期の作品では悦子は結婚して浅田悦子となり、ママさん探偵として単独で活躍することが多い。「青い香炉」は珍しい雄太郎単独の事件である。

「ベルママン」は「母と子の雑誌」の副題がある学習研究社の月刊誌。童話雑誌出身の仁木悦子にとってはホームグラウンドともいえる媒体だが、作品を連載するに当たって浅田悦子を探偵役に起用したのは自然な流れであったろう。

犯人当ての中篇「みずほ荘殺人事件」(中公文庫版『粘土の犬』所収)で登場した新聞記者の吉村駿作は、長篇『殺人配線図』、短篇「死の花の咲く家」「幼い実」などで探偵役を務める。

本書を楽しまれた方は、ぜひ彼らが活躍するその他の作品も、手にとって見ていただきたい。

本書で新たに増補した三篇の初出は、以下のとおり。

小さい矢　「別冊小説宝石」75年6月号
最も高級なゲーム　「幻影城」77年2月号
早春の街に　「小説推理」78年4月号

「小さい矢」は『死を呼ぶ灯』(76年3月/立風書房)に初収録。角川文庫版作品集では『夢魔の爪』(78年12月)に収録。「最も高級なゲーム」は角川文庫の『みずほ荘殺人事件』(79年3月)、「早春の街に」は角川文庫の『暗い日曜日』(79年8月)に、それぞれ初めて収録された。

『赤い猫』の後、短編集はいずれも立風書房から『一匹や二匹』(83年7月)、『青い風景画』(84年11月)、『聖い夜の中で』(87年4月)の三冊しか出ていない。没後の追悼作

『夢魔の爪』（角川文庫）

『みずほ荘殺人事件』（角川文庫）

『暗い日曜日』（角川文庫）

品集『聖い夜の中で』に至るまで、その作品のクオリティが落ちることはなかった。この本を読んでくださった方は、そのことを実感していただけると思っている。

本書はちくま文庫のためのオリジナル編集です。

各作品の底本は以下の通りです。

講談社文庫『赤い猫』一九八四年四月　第一部収録作品
角川文庫『夢魔の爪』一九七八年十二月「小さい矢」

角川文庫『暗い日曜日』一九七九年八月「早春の街に」

角川文庫『みずほ荘殺人事件』一九七九年四月「最も高級なゲーム」

なお本書のなかには今日の人権意識に照らして不適切な語句や表現がありますが、時代背景と作品の価値にかんがみ、また、著者が故人であるためそのままとしました。

あるフィルムの背景　結城昌治　日下三蔵編

普通の人間が起こす歪んだ事件、そこに至る絶望を描き、思いもよらない結末を鮮やかに提示する。昭和ミステリの名手、オリジナル短篇集。

夜の終る時／熱い死角　結城昌治　日下三蔵編

組織の歪みと現場の刑事の葛藤を乾いた筆致でリアルに描き、日本推理作家協会賞を受賞した警察小説の記念碑的長編『夜の終る時』に短篇４作を増補。

飛田ホテル　黒岩重吾

刑期を終えたやくざ者に起きた妻の失踪を追う表題作など、大阪のどん底で交わる男女の情と性。直木賞作家の傑作ミステリ短篇集。（難波利三）

名短篇、ここにあり　北村薫　宮部みゆき編

読み巧者の二人の議論沸騰し、選びぬかれたお薦め小説12篇。となりの宇宙人／冷たい仕事／隠し芸の男／少女架刑／あしたの夕刊／網／誤訳ほか。

名短篇、さらにあり　北村薫　宮部みゆき編

小説って、やっぱり面白い。人間の愚かさ、不気味さ、人情が詰まった奇妙な12篇。華燭／骨／雲の小径／押入の中の鏡花先生／不動図／鬼火／家霊ほか。

とっておき名短篇　北村薫　宮部みゆき編

「しかし、よく書いたよね、こんなものを……」北村薫を唸らせた、とっておきの名短篇。愛の暴走族／運命の恋人／絢爛の椅子／悪魔／異形ほか。

名短篇ほりだしもの　北村薫　宮部みゆき編

「過呼吸になりそうなほど怖かった！」宮部みゆきを震わせた、ほりだしものの名短篇。だめに向かって／三人のウルトラマダム／少年／穴の底ほか。

読まずにいられぬ名短篇　北村薫　宮部みゆき編

松本清張のミステリを倉本聰が時代劇に!? あの作家の知られざる逸品からオチの読めない怪作まで厳選の18作。北村・宮部の解説対談付き。

教えたくなる名短篇　北村薫　宮部みゆき編

宮部みゆきを驚嘆させた、時代に埋もれた名作家・長谷川修の世界とは？ 人生の悲喜こもごもが詰まった珠玉の13作。北村・宮部の解説対談付き。

読んで、「半七」！　岡本綺堂　北村薫／宮部みゆき編

半七捕物帳には目がない二人の選んだ傑作23篇を二分冊で。「半七」のおいしいところをぎゅぎゅっと凝縮！ お文の魂／石燈籠／勘平の死／ほか。

巨匠たちの想像力〔戦時体制〕
あしたは戦争
日本ＳＦ作家クラブ企画協力

小松左京「召集令状」、星新一、手塚治虫「悪魔の開幕」、昭和のＳＦ作家たちが描いた未来社会。そこには私たちへの警告があった！（斎藤美奈子）

巨匠たちの想像力〔管理社会〕
暴走する正義
日本ＳＦ作家クラブ企画協力

星新一「処刑」、小松左京「戦争はなかった」、水木しげる「こどもの国」、安部公房「闖入者」、筒井康隆「公共伏魔殿」ほか9作品を収録。（真山仁）

巨匠たちの想像力〔文明崩壊〕
たそがれゆく未来
日本ＳＦ作家クラブ企画協力

小松左京「カマガサキ二〇一三年」、水木しげる「宇宙虫」、安部公房「鉛の卵」、倉橋由美子「合成美女」、筒井康隆「下の世界」ほか14作品。（盛田隆二）

60年代日本ＳＦベスト集成
筒井康隆編

「日本ＳＦ初期傑作集」とでも副題をつけるべき作品集である（編者）。二十世紀日本文学のひとつの里程標となる歴史的アンソロジー。（大森望）

異形の白昼
筒井康隆編

様々な種類の「恐怖」を小説ならではの技巧で追求した戦慄すべき名篇たちを収める。わが国のアンソロジー文学史に画期をなす一冊。（東雅夫）

70年代日本ＳＦベスト集成１
筒井康隆編

日本ＳＦの黄金期の傑作を、同時代にセレクトした記念碑的アンソロジー。ＳＦに留まらず「文学の新しい可能性」を切り開いた作品群。（荒巻義雄）

70年代日本ＳＦベスト集成２
筒井康隆編

星新一、小松左京の巨匠から、編者の「おれに関する噂」、松本零士のセクシー美女登場作まで、長篇なみの濃さをもった傑作群が並ぶ。（山田正紀）

70年代日本ＳＦベスト集成３
筒井康隆編

「日本ＳＦの滲透と拡散が始まった年」である1973年の傑作群。デビュー間もない諸星大二郎の「不安の立像」など名品が並ぶ。（佐々木敦）

70年代日本ＳＦベスト集成４
筒井康隆編

「1970年代の日本ＳＦ史としての意味も持たせたいというのが編者の念願である」――同人誌投稿作から巨匠までを揃えるシリーズ第4弾。（堀晃）

70年代日本ＳＦベスト集成５
筒井康隆編

最前線の作家であり希代のアンソロジスト筒井康隆が日本ＳＦの凄さを凝縮して示したシリーズ最終巻。全巻読めばあの時代が追体験できる。（豊田有恒）

日本幻想文学大全
幻妖の水脈 東雅夫編
『源氏物語』から小泉八雲、泉鏡花、江戸川乱歩、都筑道夫……。妖しさ蠢く日本幻想文学、ボリューム満点のオールタイムベスト。

日本幻想文学大全
幻視の系譜 東雅夫編
世阿弥の謡曲から、小川未明、夢野久作、宮沢賢治、中島敦、吉村昭……。幻視の閃きに満ちた日本幻想文学の逸品を集めたベスト・オブ・ベスト。

日本幻想文学大全
日本幻想文学事典 東雅夫
日本の怪奇幻想文学を代表する作家と主要な作品を、第一人者の解説と共に網羅する空前のレファレンス・ブック。初心者からマニアまで必携！

リテラリーゴシック・イン・ジャパン 高原英理編
世界の残酷さと人間の暗黒面を不穏に、鮮烈に表現する「文学的ゴシック」。古典的傑作から現在第一線で活躍する作家まで、多彩な顔触れで案内する。

ファイン／キュート 素敵かわいい作品選 高原英理編
文学で表現される「かわいさ」は、いつだって、どこかファイン。古今の文学から、あなたを必ず「きゅん」とさせる作品を厳選したアンソロジー。

猫の文学館Ⅰ 和田博文編
寺田寅彦、内田百閒、太宰治、向田邦子……いつの時代も、作家たちは猫が大好きだった。猫の気まぐれに振り回されている猫好きに捧げる47篇!!

猫の文学館Ⅱ 和田博文編
夏目漱石、吉行淳之介、星新一、武田花……思わずぞくっとして、ひっそり涙したくなる35篇を収録。猫好きに放つ猫好きによるアンソロジー。

鬼譚 夢枕獏編著
夢枕獏がジャンルにとらわれず、古今の「鬼」にまつわる作品を蒐集した傑作アンソロジー。坂口安吾、手塚治虫、山岸涼子、筒井康隆、馬場あき子、他。

絶望図書館 頭木弘樹編
心から絶望したひとへ、絶望文学の名ソムリエが古今東西の小説、エッセイ、漫画等々からぴったりの作品を紹介。前代未聞の絶望図書館へようこそ！

真鍋博のプラネタリウム 真鍋博 星新一
名コンビ真鍋博と星新一。二人の最初の作品『おーいでてこーい』他、星作品に描かれた挿絵と小説冒頭をまとめた幻の作品集。（真鍋真）

コーヒーと恋愛　獅子文六

恋愛は甘くてほろ苦い。とある男女が巻き起こす恋模様をコミカルに描く昭和の傑作が、現代の「東京」によみがえる。（曽我部恵一）

てんやわんや　獅子文六

戦後のどさくさに慌てふためくお人好し犬丸順吉は社長の特命で四国へ身を隠すが、そこは想像もつかない楽園だった。しかしそこは……。（平松洋子）

娘と私　獅子文六

文豪、獅子文六が作家としても人間としても激動の時間を過ごした昭和初期から戦後、愛娘の成長とともに自身の半生を描いた亡き妻に捧げる自伝小説。

七時間半　獅子文六

東京―大阪間が七時間半かかっていた昭和30年代、特急「ちどり」を舞台に乗務員とお客たちのドタバタ劇を描く隠れた名作が遂に甦る。（千野帽子）

悦ちゃん　獅子文六

ちょっぴりおませな女の子、悦ちゃんがのんびり屋の父親の再婚話をめぐって東京中を奔走するユーモアと愛情に満ちた物語。初期の代表作。（窪美澄）

自由学校　獅子文六

しっかり者の妻とぐうたら亭主に起こった夫婦喧嘩をきっかけに、戦後の新しい価値観をコミカルかつ鋭い感性と痛烈な風刺で描いた代表作。（戌井昭人）

青春怪談　獅子文六

婚約を約束するもお互いの夢や希望を追いかける慎一と千春は、周囲の横槍や思惑、親同士の関係からドタバタ劇に巻き込まれていく。（山崎まどか）

胡椒息子　獅子文六

裕福な家に育つ腕白少年・昌二郎は自身の出生から母、兄姉に苛められる。しかし真っ直ぐな心と行動力は家族と周囲の人間を幸せに導く。（家富未央）

バナナ　獅子文六

大学生の龍馬と友人のサキ子は互いの夢を叶えるためにひょんなことからバナナの輸入でお金儲けをする。しかし事態は思わぬ方向へ……。（鵜飼哲夫）

箱根山　獅子文六

戦後の箱根開発によって翻弄される老舗旅館、玉屋と若松屋。そこに身を置き惹かれ合う男女を描く傑作。箱根の未来と若者の恋の行方は？（大森洋平）

断髪女中　獅子文六　山崎まどか編

新たに注目を集める獅子文六作品で、表題作「断髪女中」を筆頭に女性が活躍する作品にスポットを当てた文庫初収録作を多数含むオリジナル短篇集。

ロボッチイヌ　獅子文六　千野帽子編

長篇作品にも勝る魅力を持ちながら近年は読むことができなくなっていた貴重な傑作短篇小説の中から、男性が活躍する作品を集めたオリジナル短篇集。

青空娘　源氏鶏太

主人公の少女、有子が不遇な境遇から幾多の困難にぶつかりながらも健気にそれを乗り越え希望を手にする日本版シンデレラ・ストーリー。（山内マリコ）

最高殊勲夫人　源氏鶏太

野々宮杏子と三原三郎は家族から勝手な結婚話を迫られるも協力してそれを回避する。しかし徐々に惹かれ合うお互いの本当の気持ちは……。（千野帽子）

家庭の事情　源氏鶏太

父・平太郎は退職金と貯金の全財産を5人の娘と自分で6等分にした。すると各々の使い道からドタバタ劇が巻き起こって、さあ大変⁈（印南敦史）

カレーライスの唄　阿川弘之

会社が倒産した！　どうしよう。美味しいカレーライスの店を始めよう。若い男女の恋と失業と起業の奮闘記。昭和娯楽小説の傑作。（平松洋子）

ぽんこつ　阿川弘之

文豪が残した昭和のエンタメ小説！　時は昭和30年代、知り合った自動車解体業「ぽんこつ屋」の若者と女子大生。その恋の行方は？（阿川佐和子）

末の末っ子　阿川弘之

五十代にして「末の末っ子」誕生を控えた作家・野村耕平は、執筆に雑事に作家仲間の交際にと大わらわ。昭和ファミリー小説の決定版！（阿川淳之）

あひる飛びなさい　阿川弘之

敗戦のどん底のなかで、国産航空機誕生の夢を実現させようとする男たち。仕事に家庭に恋に精一杯生きた昭和の人々を描いた傑作小説。（阿川淳之）

三島由紀夫レター教室　三島由紀夫

五人の登場人物が巻き起こす様々な出来事を手紙で綴る。恋の告白・借金の申し込み・見舞状等、一風変ったユニークな文例集。（群ようこ）

命売ります　三島由紀夫

自殺に失敗し、「命売ります。お好きな目的にお使い下さい」という突飛な広告を出した男のもとに、現われたのは？　（種村季弘）

最終戦争／空族館　今日泊亜蘭　日下三蔵編

日本ＳＦの胎動期から参加し「長老」と呼ばれた伝説的作家の、未発表作「空族館」や単行本未収録作14篇を収録する文庫オリジナルの作品集。（峯島正行）

光の塔　今日泊亜蘭

地球上の電気が消失する「絶電現象」は人類を襲う未曾有の危機の前兆だった。日本ＳＦ初の長篇にして圧倒的な面白さを誇る傑作が復刊。（日下三蔵）

小説 浅草案内　半村良

バブル直前の昭和の浅草。そこに引っ越してきた独り暮らしの作家。地元の人々との交流、風物、人情の機微を虚実織り交ぜて描く。（いとうせいこう）

ゴジラ　香山滋

今も進化を続けるゴジラの原点。太古生命への讃仰、原水爆への怒りなどを込めた、原作者による小説・エッセイなどを集大成する。（竹内博）

せどり男爵数奇譚　梶山季之

せどり＝掘り出し物の古書を安く買って高く転売することを業とすること。古書の世界に魅入られた人々を描く傑作ミステリー。（永江朗）

ラピスラズリ　山尾悠子

言葉の海が紡ぎだす、〈冬眠者〉と人形と、春の目覚めの物語。不世出の幻想小説家が20年の沈黙を破り発表した連作長篇。補筆改訂版。（千野帽子）

増補 夢の遠近法　山尾悠子

「誰かが私に言ったのだ／世界は言葉でできていると」。誰も夢見たことのない世界が、ここではじめて言葉になった。新たに二篇を加えた増補決定版。

うれしい悲鳴をあげてくれ　いしわたり淳治

作詞家、音楽プロデューサーとして活躍する著者の小説＆エッセイ集。彼が「言葉」を紡ぐと誰もが楽しめる「物語」が生まれる。（鈴木おさむ）

こちらあみ子　今村夏子

あみ子の純粋な行動が周囲の人々を否応なく変えていく。第26回太宰治賞、第24回三島由紀夫賞受賞作。書き下ろし「チズさん」収録。（町田康／穂村弘）

さようなら、オレンジ 岩城けい

オーストラリアに流れ着いた難民サリマ。言葉も不自由な彼女が、新しい生活を切り拓いてゆく。第29回太宰治賞受賞・第150回芥川賞候補作。（小野正嗣）

沈黙博物館 小川洋子

「形見じゃ」老婆は言った。死の完結を阻止するために形見が盗まれる。死者が残した断片をめぐるやさしくスリリングな物語。（堀江敏幸）

戦闘破壊学園ダンゲロス 架神恭介

睾丸破壊、性別転換、猥褻目的限定遠距離干渉、瞬間死刑……多彩な力を持つ魔人たちが繰り広げるご都合主義一切ナシの極限能力バトル。（藤田直哉）

星か獣になる季節 最果タヒ

推しの地下アイドルが殺人容疑で逮捕!? 僕は同級生のイケメン森下と真相を探るが――。歪んだピュアネスが傷だらけで疾走する新世代の青春小説！

小路幸也少年少女小説集 小路幸也

「東京バンドワゴン」で人気の著者による子供たちを主人公にした作品集。多感な少年期の姿を描き出す。単行本未収録作を多数収録。文庫オリジナル。

話虫干 小路幸也

夏目漱石「こころ」の内容が書き変えられた！ それは話虫の仕業。新人図書館員が話の世界に入り込み、「こころ」をもとの世界に戻そうとするが……。

虹色と幸運 柴崎友香

珠子、かおり、夏美。三〇代になった三人が、人に会い、おしゃべりし、いろいろ思う一年間。移りゆく季節の中で、日常の細部が輝く傑作。（江南亜美子）

図書館の神様 瀬尾まいこ

赴任した高校で思いがけず文芸部顧問になってしまった清（きよ）。そこでの出会いが、その後の人生を変えてゆく。鮮やかな青春小説。（山本幸久）

僕の明日を照らして 瀬尾まいこ

中2の隼太に新しい父が出来た。優しい父はしかしDVする父でもあった。この家族を失いたくない！ 隼太の闘いと成長の日々を描く。（岩宮恵子）

君は永遠にそいつらより若い 津村記久子

22歳処女。いや「女の童貞」と呼んでほしい――。日常の底に潜むうっすらとした悪意を独特の筆致で描く。第21回太宰治賞受賞作。（松浦理英子）

アレグリアとは仕事はできない　津村記久子

彼女はどうしようもない性悪だった。すぐ休み単純労働をバカにし男性社員に媚を売る。大型コピー機とミノベとの仁義なき戦い！（千野帽子）

まともな家の子供はいない　津村記久子

セキコには居場所がなかった。うちには父親がいる。うざい母親、テキトーな妹。まともな家なんてどこにもない！　中3女子、怒りの物語。（岩宮恵子）

蘆屋家の崩壊　津原泰水

幻想怪奇譚×ミステリ×ユーモアで人気のシリーズ、新作を加えて再文庫化。猿渡と怪奇小説家の伯爵、二人の行く手には怪異が――。（川崎賢子）

ピカルディの薔薇　津原泰水

人気シリーズ第二弾、初の文庫化。作家となった猿渡は今日も怪異に遭遇する。五感を失った人形師、過去へと誘うウクレレの音色――。（土屋敦）

猫ノ眼時計　津原泰水

人気シリーズ完結篇。「豆腐」で結ばれた二人、猿渡と伯爵の珍道中は続く。火を発する女、カメラに写らない友、運命を知らせる猫。（田中啓文）

冠・婚・葬・祭　中島京子

人生の節目に、起こったこと、出会ったひと、考えたこと。冠婚葬祭を切り口に、鮮やかな人生模様が描かれる。第143回直木賞作家の代表作。（瀧井朝世）

ピスタチオ　梨木香歩

棚(たな)がアフリカを訪れたのは本当に偶然だったのか。不思議な出来事の連鎖から、水と生命の壮大な物語「ピスタチオ」が生まれる。（管啓次郎）

とりつくしま　東直子

死んだ人に「とりつくしま係」が言う。モノになってこの世に戻れますよ。妻は夫のカップに弟子は先生の扇子になった。連作短篇集。（大竹昭子）

キオスクのキリオ　東直子

「人生のコツは深刻になりすぎへんこと」。キオスクで働くおっちゃんキリオに、なぜか問題をかかえた人々が訪れてくる。連作短篇。イラスト・森下裕美

星間商事株式会社社史編纂室　三浦しをん

二九歳「腐女子」川田幸代、社史編纂室所属。恋の行方も友情の行方も五里霧中。仲間と共に「同人誌」を武器に社の秘められた過去に挑む!?（金田淳子）

ちくま文庫

赤《あか》い猫《ねこ》　ミステリ短篇傑作選《たんぺんけつさくせん》

二〇一八年五月十日　第一刷発行

著者　仁木悦子（にき・えつこ）
編者　日下三蔵（くさか・さんぞう）
発行者　山野浩一
発行所　株式会社　筑摩書房
東京都台東区蔵前二―五―三　〒一一一―八七五五
振替〇〇一六〇―八―四一二三
装幀者　安野光雅
印刷所　三松堂印刷株式会社
製本所　三松堂印刷株式会社

乱丁・落丁本の場合は、左記宛にご送付下さい。
送料小社負担でお取り替えいたします。
ご注文・お問い合わせも左記へお願いします。
筑摩書房サービスセンター
埼玉県さいたま市北区櫛引町二―六〇四　〒三三一―八五〇七
電話番号　〇四八―六五一―〇〇五三
© Kayo Futsukaichi 2018 Printed in Japan
ISBN978-4-480-43518-7 C0193